KB162917

이화여자대학교 국어문화원 연구총서 5

알기 쉽고 쓰기 쉬운 공공언어

이화여자대학교 국어문화원 연구총서 5

알기 쉽고 쓰기 쉬운 공공언어

최형용, 김선영, 진 정, 한은주

역락

창간사

이화여자대학교 '국어문화원'은 1972년 11월 25일 인문과학대학 부설연구소로 설립된 '한국어문학연구소'를 전신으로 하여 국어문화의 실용화를 아우르고자 2008년 5월 국어상담소를 흡수하면서 탄생하였다. 따라서 그 기반은 이화여자대학교 국어국문학전공의 전임교수와 대학원 이상 출신 연구원을 중심으로 한 국어학·고전문학·현대문학 분야의 축적된 연구 성과에 있다고 할 수 있다.

그런데 '한국어문학연구소'가 '국어문화원'으로 개칭되면서부터는, 안팎으로 연구 성과보다는 실용화에 무게가 옮겨진 것이 사실이다. 그러나 이론적 토대가 없는 실용화는 다만 시의(時宜)를 좇는 데 급급할 뿐 시대를 선도할 수 없는 사상누각(沙上樓閣)에 다름 아니다.

이러한 점에서 '이화여자대학교 국어문화원 연구총서' 창간은 매우 중요한 의미를 갖는다고 할 수 있다. '국어문화원'이 그 전신인 '한국어문학연구소'가 지향하던 국어학·고전문학·현대문학의 심도 있는 연구 성과를 양분으로 삼아 시대적 요구에 부응하고 있다는 사실을 노정(露呈)하는 구체적인 결실이 바로 연구총서 창간이라고 할 수 있기 때문이다.

오늘은 연구총서의 창간을 선포하였지만 이 연구총서의 지속적인 발간이 '한국어문학연구소'의 전통을 발전적으로 계승한다는 것을 의미함과 동시에 머지않아 자료총서 창간, 학위논문총서 창간 등으로 확대될 수 있기를 기원하는 바이다.

2015년 7월 31일

이화여자대학교 국어문화원 원장 최형용 삼가 적음.

책머리에

공공언어라는 말이 요즘처럼 많이 들린 때가 없었다. 소통이 중요하게 생각되면서 공공언어도 다시 조명을 받았다. 반갑다. 공공 기관을 다니면서 공공언어를 늘 만나면서도 실제 생활에서 공공언어는 늘 멀었다. 공무원만 쓰는 언어인 줄 착각했던 때도 있을 만큼 공공언어는 먼 나라 말이었다.

어느 날 동네를 산책하다 '근린 생활 시설 공사 현장'이라는 표지를 보았다. '근린 생활 시설'이란 말이 바로 머리에 들어오지 않았다. 무엇을 하는 공간을 만드는 건지 이해가 잘 되지 않았다. 사전을 찾아본 후에야 이해가 되었다. 작은 예지만 공공언어로서 역할을 다 못했다는 생각이 들었다. 주민을 위한 편의 시설인데 정작 주민은 바로 알 수가 없다니... 쉬운 공공언어가 대통령의 지시로 다시 조명 받게 되어 기쁘다. 공공언어는 정말 쉬워야 한다. 이해하기 쉽게 써야 한다. 그것이 소통을 위한 첫걸음이란 생각이 든다.

공공언어든 일상 언어든 우리가 쓰는 언어는 소통하기 위해서다. 소통하려면 대상과 눈높이를 맞춰야 한다. 공공언어를 쉽게 쓰려는 노력이 바로 사회 대상들과 눈높이를 맞추려는 노력이 아닐까 싶다.

이 책은 세 개의 부로 구성하였고 크게 두 부분으로 나뉜다. 1, 2부에서는 공공언어를 강의하면서 느꼈던 생각과 많이 받았던 질문 등을 재구성하여 실제 사용하는 예를 반영하여 썼다. 따라서 비교적 친근한 어조로 서술하였다. 3부는 공공언어의 평가에 대한 서술을 통해 누구나 평가의 주체가 될 수 있는 기반을 다지기 위하여 좀 더 학술적인 체제와 내용으로 서술하였다.

1부는 공공언어에 대한 기본적인 내용과 넓은 의미로서의 공공언어를 중심으로 살펴보았다. 2부에서는 좁은 의미의 공공언어(공공 기관에서 주로 사용하는 공공언어)를 다루었고 종류별로 나누어 예시를 들어 살펴보았다. 또한 2부 끝 4장에 평가 문제를 넣어 스스로 점검하도록 구성하였다. 3부에서는 공공언어의 평가에 대한 그동안의 노력을 정리하고 평가에 따른 인증 절차에 대해 다루었다.

쓰고 나서 보니 좀 더 실제 예시가 풍부했으면 좋았겠다는 아쉬움도 있고, 이곳저곳 여전히 부족하다는 생각도 든다. 현실과 실제를 반영하여 현장에서 느꼈던 것들을 담아 보기 쉬운 지침서를 쓰려고 노력했는데 우리의 노력이 이 책을 읽는 분들에게 잘 전달되길 간절히 바라는 마음이다. 끝으로 이 책의 기획 단계에서부터 출판에 이르기까지 책의 안팎에서 세심하게 신경 써 준 역락 출판사 권분옥 편집장님께 감사의 인사를 드리고 싶다.

2018년 12월

저자 적음.

차례

제1부 알기 쉬운 공공언어

제1장 공공언어의 개념과 종류 / 17
1. 공공언어의 개념 17
2. 공공언어 관계법 21
가. 국어기본법과 시행령 21
나. 행정 효율과 협업 촉진에 관한 규정과 시행규칙 31
3. 공공언어의 종류 42

제2장 공공언어 사용의 문제점 / 45
1. 정확하지 않은 공공언어 45
가. 어문규범에 맞지 않다 45
나. 관계법에 어긋난다 50
1) 법규의 강제성 50
2) 행정용어 정비의 홍보 51
3) 국어기본법 52
가) 공문서는 한글로 작성한다?! 52
나) 국어책임관은 공공언어의 전문가인가? 53
다) 전문 용어의 표준화 54
4) 행정효율과 협업촉진에 관한 규정 55
5) 관계법에 맞지 않은 예 57
다. 어법에 맞지 않다 59
2. 소통이 되지 않는 공공언어 62
가. 이해하기 어렵다 62
1) 명확하게 쓰기, 구체적으로 쓰기, 쉬운 표현으로 쓰기 63
2) 번역투 표현, 조사, 어미 생략, 중복 사용 65
3) 기관만 아는 용어, 외래어, 낯선 한자어, 전문 용어, 줄임말 66
나. 권위적이다 69
1) 권위적인 어휘 71
2) 권위적인 문장 73
다. 차별적이다 73

제2부 쓰기 쉬운 공공언어

제1장 안내문과 공고문, 이렇게 쓰자 / 79

1. 안내문 작성하기 ······ 79
2. 공고문 작성하기 ······ 84

제2장 기안문, 이렇게 쓰자 / 89

1. 기안문 구성 ······ 90
2. 기안문의 종류 ······ 92
   가. 일반기안문 ······ 92
      1) 행정기관명 작성 ······ 92
      2) 수신 ······ 93
      3) (경유) ······ 93
      4) 제목 ······ 93
      5) 발신명의 ······ 93
      6) 기안자·검토자·협조자·결재권자의 직위/직급 ······ 93
      7) 시행 처리과명-연도별 일련번호(시행일), 접수 처리과명-연도별 일련번호(접수일) ······ 94
      8) 우편번호와 도로명 주소 ······ 94
      9) 누리집(홈페이지) 주소 ······ 94
      10) 공무원의 전자우편(이메일)주소 ······ 94
      11) 공개구분 ······ 94
      12) 관인생략 등 표시 ······ 95
   나. 간이기안문 ······ 95
      1) 생산등록번호 ······ 95
      2) 공개 구분 ······ 95
      3) 기안자, 검토자, 협조자, 결재권자의 직위/직급 ······ 95
      4) 발의자(★), 보고자(◉) 표시 ······ 95
      5) 전결 및 서명 표시 위치 ······ 96
      6) 대결 및 서명 표시 위치 ······ 96
      7) 직위/직급 및 서명 란의 수와 크기 ······ 96

3. 기안문 구성에 따른 작성법 ········· 96
가. 두문 ········· 96
1) 대외 문서 ········· 97
2) 대내 문서 ········· 98
3) 민원 문서 ········· 98
나. 본문 ········· 99
1) 제목 ········· 99
2) 관련 근거 작성법 ········· 100
가) 관련 근거의 표기: 대내외 공문, 규정의 표기 ········· 100
(1) 대외 공문: 기관명∨문서번호(년∨월∨일)∨문서 제목 ········· 100
(2) 대내 공문: 문서번호(년∨월∨일)∨문서 제목 ········· 100
(3) 기타 규정, 공고문 등 ········· 100
나) 관련 근거 작성 ········· 100
(1) 관련 근거가 하나인 경우 ········· 100
(2) 관련 근거가 두 개 이상인 경우 ········· 101
3) 본문 내용 ········· 102
가) 상위 항목부터 내림차순으로 순서 정하여 작성하기 ········· 102
나) ‘다음’, ‘아래’, ‘예시’ 표기 ········· 103
다) 표 작성 ········· 104
라) 줄 띄우기 방법 ········· 104
마) 붙임 ········· 105
바) 끝 표기 ········· 106
다. 결문 ········· 107

제3장 보도 자료, 이렇게 쓰자 / 109
1. 보도 자료는 국민이 읽는 글이다 109
2. 내용에 맞는 구성을 취하자 110
3. 제목은 보도 자료의 핵심이다 118
가. 제목에는 핵심적인 내용이 담겨야 한다 119
나. 제목은 구체적이어야 한다 120
다. 쉽고 친절한 제목이 좋다 120
라. 독자 중심의 제목이어야 한다 122
마. 제목은 독자의 호기심과 관심을 유발해야 한다 124
바. 제목에 너무 많은 내용을 담지 않도록 하자 126
4. 가독성을 높이자 128
5. 한 단락 안에서 문장을 마무리하자 131
6. 사진이나 그림, 표를 적절하게 활용하자 133

제4장 평가 문제 / 137

제3부 공공언어의 평가와 인증

제1장 공공언어의 진단과 평가 / 153
1. 공공언어의 평가를 위한 진단 기준 153
2. 공공언어의 소통성 진단과 평가 165

제2장 공공언어 평가에 따른 인증 제도 / 175

참고 문헌 / 182

부록

■필수 개선 행정 용어 순화어 / 185
■문장 부호 / 225

제1부
알기 쉬운 공공언어

[그림 1] 청와대 '침류각'(출처: 문화재청 누리집)

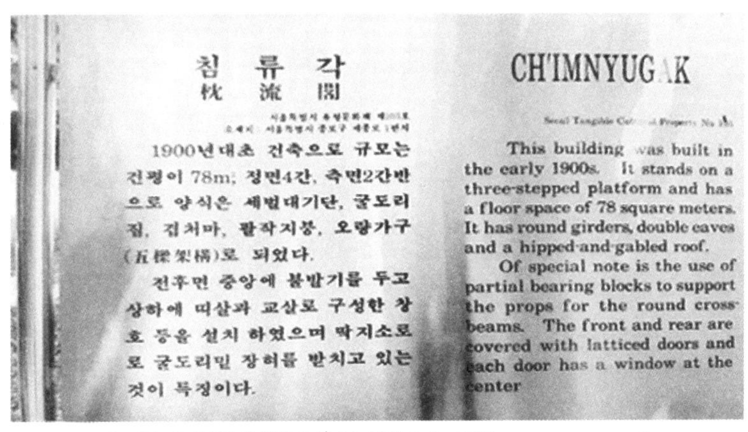

[그림 2] 청와대 '침류각' 안내문(출처: 연합뉴스, 2018. 6. 27.)

사람들에게 공공언어를 아느냐고 물어보면 여전히 많은 사람이 "그게 뭔가요?"라고 되묻곤 한다. 공공언어는 한 사회에 속한 생활과 밀접하게 관련되어 늘 곁에 있다. 텔레비전 프로그램 자막, 지하철역 안내문, 박물관 표지판 등 살면서 사회에서 만나는 언어는 거의 공공언어다. 공공언어를 쉽고 친숙한 언어로 사용하는 사회는 그만큼 소통이 잘 되는 사회라고 말할 수 있을 것이다.

한국 사회의 공공언어는 과연 어떠한가. 누구나 쉽고 편하게 읽고 이해할 수 있을까? 예전과 비해 많이 달라졌다고는 하나 여전히 한국 사회에서 사용되는 공공언어는 뜻을 알 수 없고 어려운 용어가 많다. 공공언어를 누구나 만나며 살지만 누구도 공공언어를 쉽게 이해한다고 말할 수 없는 현실에서 쉬운 공공언어 사용은 더욱 절실하다.

위 사진([그림 1], [그림 2]) 속 건축물은 얼마 전 유명세를 탔다. '침류각'이라는 이름의 이 건축물은 청와대 안에 있는데, 이 건축물의 어려운 안내문이 도마에 올랐다. 사진에서 보는 거처럼 이 안내문에는 '불발기', '띠살', '교살' 등 어려운 용어가 많이 써 있다. 전문가 입장에서 쓰인 안내문이라 일반인은 쉽게 이해할 수 없다. 이처럼 어렵게 쓰인 안내문은 주변에서 쉽게 찾아볼 수 있다. 어렵게 쓰인 공공언어로 이해할 수 없었던 상황을 누구나 한 번쯤 겪어 보았을 것이다.

쉬운 공공언어는 한국 사회가 얼마나 배려하는 사회인지 보여주는 하나의 예다. 전문가만 알 수 있게 작성된 안내문이라든지, 외래어로 쓰인 정책 용어 등은 실제 그것을 봐야 할 대상자를 그다지 배려하지 않은 거처럼 보인다. 공공언어 대상자는 사회적 약자만 해당되지 않는다. 국민이 대상자이기에 특정 계층만 알 수 있는 표현보다는 누구나 이해할 수 있는 쉬운 표현을 써야 한다.

마음의 온도는 어떻게 높일 수 있을까? 그것은 서로를 배려하면서 높아질 수 있다. 그런 의미에서 눈높이를 맞춘 알기 쉬운 공공언어 사용이 사회의 온도를 높이는 방법 중 하나가 될 수도 있지 않을까. 어려운 말로 쓰인 공공언어가 많다는 건 그 사회가 여전히 공공언어 대상자인 국민을 덜 배려한다는 의미일 수도 있다.

약자를 배려하는 사회가 따뜻한 사회이다. 알기 쉬운 공공언어 사용은 배려하는 사회로 나아가는 첫걸음이다. 사회 약자에게 눈을 돌려 눈높이를 낮추는 사회 문화를 우선 국민을 대상으로 하는 공공언어부터 쉽게 쓰는 것으로 시작해 보면 어떨까. 그렇다면 보다 많은 사람에게 쉬운 공공언어 쓰기에 대해 알려줘야 하지 않을까. 이러한 물음에서 이 책은 시작한다.

제1장
공공언어의 개념과 종류

1. 공공언어[1]의 개념

공공언어 정의를 살펴보면, 국립국어원 누리집 '우리말샘' 사전에는 다음과 같이 나온다.

> 공공^언어 (公共言語)
> 공공^언어「001」『언어』 정부 및 공공 기관에서, 사회의 구성원이 보고 듣고 읽는 것을 전제로 사용하는 공공성을 띤 언어를 통틀어 이르는 말. 각종 공문서, 대중 매체에서 사용하는 언어, 거리에서 쉽게 볼 수 있는 현수막이나 간판에 사용하는 언어, 계약서・약관・사용 설명서, 교양 서적에 사용하는 언어, 대중을 상대로 강의할 때 사용하는 언어 따위가 이에 해당한다.

우리말과 글을 다루는 대표기관인 국립국어원에서는 다음과 같이 정의한다.[2]

> 공공언어란 법령・공문서・공공기관의 보도 자료・안내문・게시문・신문・방송

1) 우리말샘에서는 '공공언어'를 띄어쓰기가 원칙이고 붙여쓰기를 허용하는 것으로 나온다. 이 책에서는 '공공언어'를 한 단어로 생각하여 붙여쓰기를 적용하였다.

2) 국립국어원(2017), 바른 국어 생활. 국립국어원.

등에 사용되는 용어・표현・문장・발언 등과 같이 국민을 대상으로 공공성을 띠고 사용하는 언어를 말한다.

공공의 장에서 해당 업무자가 공공의 구성원들을 대상으로 생성해 내는 일체의 글과 말.

공공언어는 공적인 목적으로 사용되어 사적으로 사용하는 언어와는 구별된다. 공공언어의 범위는 넓은 의미와 좁은 의미로 나뉘는데 좁은 의미의 공공언어는 공공 기관에서 사용하는 언어를 말한다. 반면 넓은 의미의 공공언어는 일반 국민을 대상으로 하는 언어를 모두 포함하므로 공공 기관에서 사용하는 언어뿐 아니라 공공성을 목적으로 사용하는 언어 모두를 말한다.

길에 다니면서 볼 수 있는 현수막, 간판, 표지판, 안내문 등도 모두 공공언어이다. 넓은 의미의 공공언어는 불특정 일반 국민을 대상으로 하기에 바르고 쉽게 써야 한다.

바르고 쉬운 말로 공공언어를 사용하려면 우선 우리말[3]에 대한 바른 지식이 필요하다. 우리말은 '어문규정'을 두어 우리말을 바르게 사용하도록 지침을 두었다. '바르고'라는 말에는 '어문규정에 잘 맞는'이란 의미가 들어있다.

'쉬운'이라는 말은 좀 더 복잡하다. '쉬운 우리말'이란 '일상 언어와 차이가 많이 나지 않는 우리말'을 의미한다. 공공언어에 일상 언어를 그대로 사용하지는 않더라도 일상 언어와 동떨어져 생소하고 어려우면 '쉬운'이라고 할 수 없을 것이다. 이 부분은 나중에 다시 다루기로 하겠다. 여기에서는 공공언어가 무엇인지에 대한 이해를 다루기로 하자. 공공언어는 공공성이 목적이므로 공무원뿐 아니라 공공성을 띤다면 일반 국민이 사용하는 언어도 공공언어에 들어갈 수 있다.

공공언어에 대한 흥미로운 조사가 있다. 2014년 공공언어 인식 실태 조사 보고서[4]를 보면 공공언어에 대한 생각이 일반 국민과 공무원이 서로 달랐다. 이 보고서에서 다룬 공공언어는 넓은 의미로서 공공언어와 좁은 의미로서의 공공언어인 '공공 기관의 문서에 사용된 글'인 '공문서'를 포함한다. 여기에 나온 내용을 살펴보면 다음과 같다.

3) 여기서는 순우리말과 한자어를 모두 포함한다.

4) 리서치앤리서치(2014), 공공언어 인식 실태 조사 보고서, 문화체육관광부, 국립국어원.

[표 1] 공공언어와 일상 언어 차이

(단위: %)

	일반국민 (N=500)	공무원 (N=500)
차이	63.7	40.8
보통	28.5	29.8
비슷	7.6	29.4

[표 2] 가장 중요하게 다루어야 하는 공공언어 요소

(단위: %)

	일반국민 (N=500)	공무원 (N=500)
용이성	35.9	30.2
정보성	28.6	32.2
정확성	17.8	19.4
공공성	17.7	18.2

[표 3] 현재 공공언어 개선 필요 항목

(단위: %)

	일반국민 (N=500)	공무원 (N=500)
어려운 행정 용어	60.4	74.0
무분별한 외국어, 한자어	20.0	30.0
개조식 문장의 보고서(축약 표현)	11.5	33.4
고압, 차별적인 표현	7.9	23.6
기타	6.2	0.6

[표 4] 일반 국민: 공공언어 이해가 국민 생활에 미치는 영향

(N=500, 단위: %)

	중요	보통	비중요
일반 국민	85.7	12.1	2.2

[표 5] 공무원: 현재 공공언어 개선 필요성

(N=500, 단위: %)

	개선 필요	개선 불필요
공무원	79.6	20.4

[표 6] 공무원: 공공언어/공문서 사용 및 작성 시 기울이는 노력(1+2+3순위)

(N=500, 단위: %)

	공무원 개인의 의식 개현	국어 관련 정보	기존의 문서를 활용한다	국어 관련 교육을 받는다	기관 내외부 감수를 활용한다	기타	별다른 노력을 기울이지 않는다
공무원	71.0	70.8	64.4	40.0	34.0	1.2	4.2

[표 7] 공무원: 쉽고 바른 공공언어 쓰기 정책 실현을 위한 선행 사항

(N=500, 단위: %)

	공무원 개인의 의식 개혁	공문서 작성 양식 개선	상사의 인식 변화	반복 교육	기타
공무원	32.6	30.6	21.6	14.4	0.8

일반 국민은 공공언어와 일상 언어에 차이가 있다고 답한 비율이 더 높은 반면, 공무원은 비슷하다는 의견이 일반 국민보다 많았다. 이것은 일반 국민이 잘 사용하지 않는 용어나 표현을 공무원이 더 사용했다는 것을 의미한다.

가장 중요한 공공언어 요소를 묻는 질문에 일반 국민과 공무원은 높은 비율로 모두 용이성을 말했다. 쉽게 써야 한다는 것이다. 현재 바뀌어야 할 공공언어 개선 항목에서는 어려운 행정 용어가 제일 많이 나왔다. 공공언어가 일상생활에 주는 영향이 매우 큰 것으로 조사되었고 공무원들도 공공언어가 개선되어야 한다고 답하였다. 또한 공공언어를 개선하기 위한 선행 사항으로 인식 개혁을 꼽은 것이 매우 흥미롭다. 인식을 먼저 바꿔야만 공공언어도 쉽게 쓸 수 있다는 의미로 해석된다.

앞서 말했듯이 알기 쉬운 공공언어 사용은 눈높이를 낮추는 행위이다. 공공언어 요건 중 소통성은 용이성, 즉 쉽게 쓰는 것을 의미한다. 소통이 잘 되는 사회로 가기 위

해 지금까지 관행으로 또는 습관으로 써 왔던 공공언어를 개선해야 할 필요가 있다.

공공언어를 지금까지는 아무 의식 없이 바라보았다면 이제는 의식을 하면서 다른 시선으로 바라보자. 나는 알고 있지만 혹시 모르는 사람도 있지 않을까라고 의식하면서 한 번 더 공공언어를 돌아봐야 할 것이다.

2. 공공언어 관계법

공공언어를 바르게 사용한다는 것은 공공의 기준에 맞추어 언어를 사용한다는 것을 의미한다. 그렇다면 공공의 기준은 무엇일까? 어렵고 막연하게 느껴지지만 답은 의외로 명확하고 쉽게 찾을 수 있다. 관련 법령에 규정되어 있는 대로 쓰면 된다. 관련 법령에는 공공언어의 발전을 위한 정책에서 세세한 공문서 작성 규칙까지 담겨 있다. 공직 생활을 하면서 문서 작성이나 언어 사용에 곤란함을 겪을 때, 관련 법령을 찾아보는 것만으로도 큰 도움을 받을 수 있을 것이다.

이 장에서는 크게 국어기본법, 국어기본법 시행령, 행정 효율과 협업 촉진에 관한 규정과 이의 시행 규칙을 살펴본다.

가. 국어기본법과 시행령

국어기본법은 2005년 1월 27일에 제정되었으며 2011년 4월 14일 총칙을 포함한 내용 전반이 개정되었고 2017년 3월 21일 일부 개정되었다. 총 5장 27조의 항목으로 이루어져 있다.

제1장은 총칙으로 목적, 기본 이념, 정의, 국가와 지방자치단체의 책무, 다른 법률과의 관계와 관련한 내용을 담고 있다.

제2장에는 국어 발전 기본 계획의 수립 등의 내용이 담겨 있으며 제3장에는 국어 사용의 촉진과 보급과 관련한 내용이, 제 4장에는 국어 능력의 향상을 위한 정책과 관련한 내용이 담겨 있다. 제5장은 협의와 권한의 위임 등의 내용을 다룬 보칙이다.

이 법은 국어의 문화유산으로서의 가치를 명확하게 규정하고 국가와 지방자치단체, 공공 기관이 이를 어떻게 발전시켜 나가야 하는지를 제시하고 있다.

> **제1조 (목적)** 이 법은 국어사용을 촉진하고 국어의 발전과 보전의 기반을 마련하여 국민의 창조적 사고력의 증진을 도모함으로써 국민의 문화적 삶의 질을 향상하고 민족문화의 발전에 이바지함을 목적으로 한다.

위의 '목적'에서 세 가지 내용을 확인할 수 있다. 먼저, 국어사용의 발전이 국민의 창조적 사고력을 증진할 수 있다는 내용이다. 이는 다시 국민의 문화적 삶의 질을 향상하는 것과 민족문화의 발전과 관련한 내용으로 이어진다. 이러한 규정은 국어를 사용하는 것이 단순히 의사소통의 차원에서만 그치는 것이 아니라는 점을 국가적으로 인식하고 있다는 것을 의미한다. 국어사용의 문제는 국민 개개인의 창조적 사고력의 영역을 포함하여 국민 전체의 문화적 영역에까지 확대된다. 공공의 영역에서 사용되는 언어의 문제는 결국 어떠한 사람을 만드는가, 그리고 어떠한 문화를 형성하고 발전시키는가의 문제로 귀결된다.

아울러 우리 민족이 한국어라는 고유한 언어를 지니고 있기에 국어사용의 발전은 민족문화의 발전으로까지 이어진다. 이러한 지점은 다음의 제1장 제2조 '기본 이념'에서 더 뚜렷하게 확인된다.

> **제2조 (기본 이념)** 국가와 국민은 국어가 민족 제일의 문화유산이며 문화 창조의 원동력임을 깊이 인식하여 국어 발전에 적극적으로 힘씀으로써 민족문화의 정체성을 확립하고 국어를 잘 보전하여 후손에게 계승할 수 있도록 하여야 한다.

이러한 국어 발전에 가장 앞장서야 할 곳은 어디인가? 국어기본법은 이러한 책무를 이행할 주체로 국가와 지방자치단체를 명시하고 있다.

제4조 (국가와 지방자치단체의 책무) ① 국가와 지방자치단체는 변화하는 언어 사용 환경에 능동적으로 대응하고, 국민의 국어능력 향상과 지역어 보전 등 국어의 발전과 보전을 위하여 노력하여야 한다.

② 국가와 지방자치단체는 정신상 · 신체상의 장애로 언어 사용에 어려움을 겪고 있는 국민이 불편 없이 국어를 사용할 수 있도록 필요한 정책을 수립하여 시행하여야 한다.

위 조항에서 특기할 만한 것은 지역어 보전과 장애인을 고려한 부분이다. 우리가 공공언어의 영역에서 이의 발전과 보전을 위한다고 했을 때, 언뜻 떠올리는 것은 표준어일 것이다. 표준어는 '교양 있는 사람들이 두루 쓰는 현대 서울말'이라는 표준어의 개념에서 보듯 '두루' 쓰고 '교양'을 드러낼 '표준'으로서의 위상을 가지고 있다. 그러나 언어의 사용은 의사소통의 영역에만 머무는 것이 아니다. 문화를 형성하고 발전시켜 나가는 데에도 그 목적이 있다. 지역어는 그 자체로 우리 지역 문화를 담고 있는 중요한 문화이다. 그러하기에 지역어를 보전하고 발전시켜 나가는 것은 우리 고유의 문화를 지키는 일이다. 한 예로 대전에서 지역어를 활용하여 시민 공공 자전거에 '타슈'라는 이름을 붙인 일은 지역어의 보전과 발전의 관점에서 모범적이라고 평가할 수 있다.

[그림 3] 지역어를 활용한 공공언어(출처: 대전시청 누리집)

또한 국가는 국민을 소외시키지 않는 정책을 펼쳐나가야 한다. 장애인의 언어생활에 관심을 가지고 이들이 사회에서 소외되는 일이 없도록 힘써야 한다. 공무원의 수어 교육 이수나 점자의 표기, 문자 언어 전달 매체의 개발 등의 사업 등을 펼쳐 장애인들이 일상생활에서 국어를 사용할 때 불편하지 않도록 해야 한다.

제2장은 국어의 발전과 보전과 관련한 책무를 맡은 국가와 지방자치단체가 구체적으로 어떤 일들을 해야 하는가를 밝히고 있다.

먼저, 중앙 정부 기관 차원에서 국어사용과 관련한 총괄적인 계획의 수립과 시행은 문화체육관광부가 담당한다.

제6조 (국어 발전 기본계획의 수립) ① 문화체육관광부장관은 국어의 발전과 보전을 위하여 5년마다 국어 발전 기본계획(이하 "기본계획"이라 한다)을 수립 · 시행하여야 한다.

② 문화체육관광부장관은 기본계획을 수립하려는 경우에는 제13조에 따른 국어심의회의 심의를 거쳐야 한다.

③ 기본계획에는 다음 각 호의 사항이 포함되어야 한다. [개정 2017.3.21] [[시행일 2017.9.22]]

1. 국어 정책의 기본 방향과 추진 목표에 관한 사항
2. 어문규범의 제정과 개정 방향에 관한 사항
3. 국민의 국어능력 증진과 국어사용 환경의 개선에 관한 사항
4. 국어 정책과 국어 교육의 연계에 관한 사항
5. 국어의 가치를 널리 알리고 국어문화유산을 보전하는 일에 관한 사항
6. 국어의 국외 보급에 관한 사항
7. 국어의 정보화에 관한 사항
8. 남북한 언어 통일 방안에 관한 사항
9. 정신상 · 신체상의 장애로 언어 사용에 어려움을 겪고 있는 국민과 국내 거주 외국인의 국어 사용상의 불편 해소에 관한 사항
10. 국어 순화와 전문용어의 표준화 · 체계화에 관한 사항
11. 국어 발전을 위한 민간 부문의 활동 촉진에 관한 사항
12. 그 밖에 국어의 사용과 발전 및 보전에 관한 사항

간략히 하면, 문화체육관광부장관은 5년마다 ③항에 제시된 사항들과 관련한 기본 계획을 국어심의회를 거쳐 수립, 시행해야 한다. 어문 규범과 국어 교육, 국어 정보화, 장애인의 언어 사용, 남북한 언어 문제, 국어 순화 등의 국어와 관련한 사항을 전반적으로 다룬다. 5년 주기로 이루어지는 본 계획뿐만 아니라 정부는 매년 국어의 발전과 관련한 시책과 그 시행 결과를 국회에 제출하도록 하고 있다.

제8조 (보고) 정부는 매년 국어의 발전과 보전에 관한 시책과 그 시행 결과에 관한 보고서를 정기회가 열리기 전까지 국회에 제출하여야 한다.

1년마다 행정기관의 시책을 입법기관에 보고하게 하여 사업이 보다 실제적이고 체계적으로 이루어지도록 하는 조항이다. 2017년 3월 21일에 개정되어 2017년 9월 22일 시행된 조항으로 국어기본법을 제정한 후 법에 규정된 정책 등이 제대로 이루어지고 있는지를 1년 주기로 점검하게 한다.

제2장에서 중앙 행정 기관뿐만 아니라 소속 기관과 지방자치단체의 책무는 담당자를 지정하는 것에서부터 시작된다. '국어책임관 제도'가 그것이다.

제10조 (국어책임관의 지정) ① 국가기관과 지방자치단체의 장은 국어의 발전 및 보전을 위한 업무를 총괄하는 국어책임관을 소속 공무원 중에서 지정하여야 한다.

② 제1항에 따른 국어책임관의 지정 및 임무 등에 관하여 필요한 사항은 대통령령으로 정한다.

국어기본법에서 정한 바에 따라 국어기본법 시행령에서는 국어책임관 지정에 관한 구체적인 사항이 제시되어 있다.

국어기본법 시행령

제3조 (국어책임관의 지정 및 임무) ① 법 제10조제1항에 따라 중앙행정기관과 그 소속 기관의 장 및 지방자치단체의 장은 해당 기관의 홍보나 국어 담당 부서장 또는 이에 준하는 직위의 공무원을 국어책임관으로 지정하고, 그 사실을 문화체육관광부장관에게 통보하여야 한다. [개정 2017.9.19.]

② 국어책임관의 임무는 다음과 같다.

1. 해당 기관이 수행하는 정책을 효과적으로 국민에게 알리기 위한 알기 쉬운 용어의 개발과 보급 및 정확한 문장의 사용 장려

2. 해당 기관의 정책 대상이 되는 사람들의 국어 사용 환경 개선 시책의 수립과 추진

3. 해당 기관 직원의 국어능력 향상을 위한 시책의 수립과 추진

4. 기관 간 국어와 관련된 업무의 협조

시행령을 보면 홍보 부서의 장이나 국어 담당 부서장이 국어책임관이 되는데 현재, 각 기관에서 국어 담당 부서가 설치된 곳이 적기에 주로 홍보과 등이 국어 관련 업무를 맡고 있다. 현장에서는 홍보와 국어 관련 업무가 크게 연관되지 않아 실제, 많은 홍보 부서의 장들이 어려움을 겪고 있다. 또한, 국어 정책이 왜 필요하고 이를 어떻게 발전시켜야 하는지에 대한 공감대가 이루어지지 않아 혼란스러워 한다. 이는 각 기관에서 국어 전문가가 부재한 것에서 비롯되는 문제이다. 법적으로 기관이 국어책임관을 두게 되어 있으나 부서의 이동이 잦고 국어책임관을 보좌할 전문가 또한 존재하지 않아 정책의 지속성을 보장하기 힘들다. 국어 전문가의 육성과 채용 등의 적극적인 노력이 필요하다.

3장은 공공 기관에서 공문서를 작성할 때의 지침을 담고 있다.

제3장 국어사용의 촉진 및 보급

제14조 (공문서의 작성) ① 공공기관등은 공문서를 일반 국민이 알기 쉬운 용어와 문장으로 써야 하며, 어문규범에 맞추어 한글로 작성하여야 한다. 다만, 대통령령으로 정하는 경우에는 괄호 안에 한자 또는 다른 외국 글자를 쓸 수 있다.

국어기본법 시행령

제11조 (공문서의 작성과 한글 사용) 법 제14조제1항 단서에 따라 공공기관의 공문서를 작성할 때 괄호 안에 한자나 외국 글자를 쓸 수 있는 경우는 다음 각 호와 같다.

1. 뜻을 정확하게 전달하기 위하여 필요한 경우
2. 어렵거나 낯선 전문어 또는 신조어(新造語)를 사용하는 경우

위 조항을 정리하면 다음과 같다.

첫째, 국민이 알기 쉬운 용어와 문장을 써야 한다.

둘째, 어문규범에 맞게 써야 한다.

셋째, 한글 전용으로 써야 한다. 다만, 대통령령으로 정하는 경우는 괄호에 한자나 외국 글자를 쓴다.

행정상 공문서는 행정기관 또는 공무원이 직무상 작성하고 처리한 문서나 행정기관이 접수한 문서이다. 이러한 공문서는 다음의 기능을 갖는다.[5)]

1) 의사의 기록 · 구체화

문서는 사람의 의사를 구체적으로 표현하는 기능을 갖는다. 사람이 가지고 있

5) 『행정 운영 편람』, 2018, 행정안전부

는 주관적인 의사는 문자·숫자·기호 등을 활용하여 종이나 다른 매체에 표시하여 문서화함으로써 그 내용이 구체화된다. 이 기능은 문서의 기안에서부터 결재까지 문서가 성립하는 과정에서 나타나는 것이다.

2) 의사의 전달

문서는 자기의 의사를 타인에게 전달하는 기능을 갖는다. 문서에 의한 의사전달은 전화나 구두로 전달하는 것보다 좀 더 정확하고 변함없는 내용을 전달할 수 있다. 이것은 의사를 공간적으로 확산하는 기능으로서 문서의 발송·도달 등 유통과정에서 나타난다.

3) 의사의 보존

문서는 의사를 오랫동안 보존하는 기능을 갖는다. 문서로써 전달된 의사는 지속적으로 보존할 수 있고 역사자료로써 가치를 갖기도 한다. 이는 의사표시를 시간적으로 확산시키는 역할을 한다.

4) 자료 제공

보관·보존된 문서는 필요한 경우 언제든 참고자료 내지 증거자료로 제공되어 행정활동을 지원·촉진시킨다.

5) 업무의 연결·조정

문서의 기안·결재 및 협조 과정 등을 통해 조직 내외의 업무처리 및 정보순환이 이루어져 업무의 연결·조정 기능을 수행하게 된다.

공문서는 결국 의사소통이라는 본질적인 기능을 가지는 것이다. 소통은 한 방향으로 이루어지는 것이 아니다. 소통하는 주체들이 서로 반응하며 협동을 해야 성공하는 것이다. 이를 위한 기본 지침이 바로 위에서 정리한 세 가지이다.

그런데 우리는 주변에서 소통이 잘 이루어지지 않는 경우를 많이 접한다. 다음은 어떤 기관의 보도 자료의 예이다

ㅇ 민관협력 재난구호시스템 가동을 통한 현장대응역량 강화
- Station Bill에 따른 재난관리책임기관 등 민간부문 인프라 동원
ㅇ IT 접목(드론 등)을 통한 미래형 구호서비스 선제적 적용 가능성 검토

위의 보도 자료를 보고 일반 국민들이 내용을 이해할 수 있을까? 공용 문자가 아닌 외국 문자를 그대로 쓰면서 이를 읽지 못하는 국민들을 소외시키고 있다. 또한 이를 읽을 수 있다 하더라도 해당 영역에서만 통용이 되는 전문적 용어이기에 국민은 위 기관이 무엇을 하려는지 알 수가 없다. 즉, 소통에 실패한 것이다. 한글맞춤법 등 어문규범이 틀린 경우는 어떨까? 우리는 인터넷 뉴스 등에서 맞춤법을 잘못 썼을 경우 공공 대중이 질타하는 모습을 흔히 발견한다. 한글맞춤법 등이 틀리면 해당 내용을 지적하는 댓글이 가장 첫머리에 세시되고 많은 공감을 받는다. 그리고 글쓴이의 교양 수준과 직업에서의 전문성까지 의심 받는 지경에 이른다. 이와 같이 공공 대중은 우리가 생각하는 것보다 훨씬 더 어문규범의 준수를 요구한다. 어느 기관보다도 공신력을 갖추어야 할 공공 기관이라면 당연히 어문규범을 지켜 문서를 작성하여야 기관의 신뢰도를 유지할 수 있을 것이다.

공공언어에서 문제가 되는 또 하나의 문제는 바로 전문 용어의 남용이다. 법령, 과학, 의료, 건축 등의 영역에서 업무 종사자만이 이해하는 용어를 사용하여 국민과 소통이 제대로 이루어지지 못한다.

"국가 SOC에 D.N.A 기술을 이식, 지능형 SOC로 혁신"

-2018년, 국가 인프라 지능화 선도 프로젝트 착수 -

제9조(경미한 시설유지) 법 제13조제1항 단서에서 "경미한 유지"라 함은 배수거의 개거부분 또는 오수받이 및 빗물받이의 청소를 말한다.

위의 내용을 단번에 이해할 수 있는 국민이 얼마나 될까? 너무 어려운 외국어나 풀이되지 않은 전문 용어를 사용하여 국민과 소통을 이룰 수 없게 하는 문제와 관련하여 다음과 같은 법 규정이 존재한다.

제17조 (전문용어의 표준화 등) ① 국가는 국민이 각 분야의 전문용어를 쉽고 편리하게 사용할 수 있도록 표준화하고 체계화하여 보급하여야 한다. [개정 2017.3.21] [[시행일 2017.9.22]]

2018년 3월, 대통령으로부터 각 기관에 지침이 전달되었다.

대통령 지시 사항('18.03.13. 국무회의)

- 영어 용어, 외래어 등이 법령 속에 사용되거나 회의석상에서도 많이 사용되고 있음. 매일 새로운 용어가 들어와서 우선은 그 뜻을 확인하는데 어려움을 겪을 정도이므로 가능하면 정부가 나서서 우리말로 하면 좋을 것임
- 외국어가 들어왔을 때 그 용어를 최대한 우리말로 권위 있게 번역을 해보고 그래도 안 되는 경우 그대로 쓰도록 하는 등의 기능을 국립국어원에서 하고 있는 것으로 알고 있음. 문체부는 교육부와 협업을 통해서 좀 더 체계적으로 국립국어원이 작업을 하는 방안과 그 작업을 국민들에게 교육하거나 학교에서 교육하는 일 등과 관련해서 종합적인 개선안을 마련해서 보고할 것.

이는 각 기관이 국민이 잘 알지 못하는 용어를 사용하는 것을 문제 삼은 것이다. 신조어나 전문 용어 등에 외국어가 남발되어 국가 기관의 회의에서조차 소통이 잘 이루어지지 못하는 것이 현실이다.

이러한 현실 문제의 해결은 공공언어를 사용하는 공무원, 기관 종사자가 문제의식을 얼마나 가지고 있는가, 관심을 얼마나 두고 있는가에 달려 있다. 언어생활의 모범이 되고 국민을 배려하고자 하는 마음가짐에 달려 있다.

나. 행정 효율과 협업 촉진에 관한 규정과 시행규칙

행정안전부에서는 행정기관의 행정업무 효율을 높이기 위하여 「행정 효율과 협업 촉진에 관한 규정」과 「행정 효율과 협업 촉진에 관한 규정 시행규칙」을 정하여 공문서 작성이나 처리에 관한 내용을 규정하고 있다.

「행정 효율과 협업 촉진에 관한 규정」은 총 5장으로 구성하고 있으며, 「행정 효율과 협업 촉진에 관한 규정 시행규칙」은 「행정 효율과 협업 촉진에 관한 규정」에서 위임된 사항과 그 시행에 필요한 사항을 규정함을 목적으로 하고 있다.

「행정 효율과 협업 촉진에 관한 규정」은 「행정 업무의 효율적 운영에 관한 규정」이라는 표현에서 2016년 4월 26일자로 개정되었다. 규정의 이름이 이처럼 바뀐 이유는 '행정 업무 운영 편람 본문'에서 밝힌 바와 같이 기존 규정의 내용에서 '협업'을 강조하는 문화를 만들고자하는 의미가 크다. 행정기관의 상호 기능을 연계하거나 시설과 장비, 정보 등을 공동으로 활용하는 방식으로 '융합행정'이 아닌 '행정협업'으로 바꾸어 업무의 효율성을 높이고 행정서비스에 대한 국민의 만족도를 높이려는 행정기관의 노력하는 모습을 표현하고 있는 것이다.

행정 업무 운영 편람 본문

거. 「행정 효율과 협업 촉진에 관한 규정」으로 일부개정: 2016. 4. 26.

1) 융합행정을 행정협업으로 용어 정비

행정기관 상호간의 기능을 연계하거나 시설·장비 및 정보 등을 공동으로 활용하는 방식의 행정을 '융합행정'에서 '행정협업[6]'으로 변경하는 등 관련용어를 정비하였다.

2) 행정협업과제의 등록 및 추가 발굴

행정기관의 장은 관련 행정기관의 장과 사전 협의를 거쳐 발굴한 행정협업과제를 행정협업시스템에 등록하도록 하고, 사전 협의를 요청받은 관련 행정기관의 장은 협조하도록 하였다.

3) 행정기관 간 이견에 대한 협의 지원

행정자치부장관은 행정협업과제의 발굴 및 수행 과정에서 관련 행정기관 간 이견이 발생하는 경우 관련 행정기관의 협업책임관 간의 회의 등을 통하여 원활한 협의가 이루어지도록 필요한 지원을 할 수 있도록 하였다.

4) 협업책임관 신설

행정기관의 장은 소속 기획조정실장 또는 이에 준하는 직위의 공무원을 해당 행정기관의 행정협업에 관한 업무를 총괄하는 협업책임관으로 임명하고, 그 사실을 행정협업시스템에 등록하도록 하였다.

5) 행정협업우수기관 포상 등

행정자치부장관은 행정협업성과가 우수한 행정기관을 선정하여 포상 또는 홍보할 수 있고, 행정기관의 장은 행정협업에 이바지한 공로가 뚜렷한 공무원 등을 포상하고 인사상 우대할 수 있도록 하였다.

「행정 효율과 협업 촉진에 관한 규정」 제2장에서는 '공문서 관리 등 행정업무의 처리'에 대한 내용으로 공문서의 작성과 처리, 업무관리 시스템을 만들고 운영하는 내용을 설명하고 있다. 우리의 '알기 쉽고 쓰기 쉬운 공공언어'에서 많은 다루어질 부분이기도 하다.

제3장에서는 '행정업무의 효율적 수행'을 위해 지식행정에 대한 해설과 온-나라 시스템의 운용에 대한 상세한 해설을 포함하고 있다. 익숙한 단어이나 명확하게 의미가 다가오지 않는 '지식행정'에 관한 의미는 "정책의 품질 및 행정서비스의 향상을 추구

---

6) 행정협업의 개념(『2016 행정업무 운영 편람』 제2절 행정협업조직의 설치 · 운영: 165쪽)
'협업(collaboration)'은 다수의 행위자 · 기관이 공동의 목표를 달성하거나 공동의 문제를 해결하기 위해, 공동의 자원과 노력을 투입하여 시너지효과를 창출하는 집합적 행위(collective activities)이다.
협업은 소통(communication), 협조(cooperation), 조정(coordination) 등 단순 · 일회적 상호작용이 아닌, 공유된 미션 · 목표에 기반을 둔 지속적 상호작용을 통한 협력적 업무수행 방식으로서의 특성을 가진다.

하는 일련의 활동으로 지식의 창출과 공유, 활용 과정을 조직 차원에서 체계적으로 관리하는 것을 포괄하는 개념이다. 지식행정은 업무지식의 입수와 활용 경로를 획기적으로 개선하고, 신속한 문제해결을 가능하게 하여 행정의 생산성 및 전문성을 높인다. 또한, 지식행정을 통하여 창의적 업무수행이 가능해짐으로써 정책의 품질개선 등 행정서비스의 질 향상에 기여할 수 있다."라고 정의하고 있다. 쉽게 말해 지식행정은 보다 창의적이고 가치 있는 행정업무 수행을 통해 행정서비스의 질을 향상시키는 하나의 업무활동으로 이해할 수 있다. 즉, 국민이 국가의 행정시스템을 보다 쉽게 이해하여 소통할 수 있도록 하는 노력으로 볼 수 있다.

[그림 4] 온-나라 문서 시스템과 행정정보 시스템간의 연계 현황

(출처: 『2016 행정업무 운영 편람』 제3절 지식행정의 활성화, 120쪽)

행정 효율과 협업 촉진에 관한 규정 제1조는 이 규정의 목적으로 "이 영은 행정기관의 행정업무의 간소화 · 표준화 · 과학화 및 정보화를 도모하고 행정기관 간의 협업을 촉진하여 행정의 효율을 높이는 것을 목적으로 한다."라고 명시하고 있다.

「행정 효율과 협업 촉진에 관한 규정」과 「행정 효율과 협업 촉진에 관한 규정 시행규칙」 제1조는 행정 기관 간의 협업을 통해 업무의 효율성을 높이는 것에 그 목적

을 두고 있다. 따라서 이 영은 행정업무를 수행하는 수요자들에게는 숙지해야 할 사항이다.

「행정 효율과 협업 촉진에 관한 규정」과 「행정 효율과 협업 촉진에 관한 규정 시행규칙」 중 주요한 내용은 다음과 같다.

행정 효율과 협업 촉진에 관한 규정(대통령령)

제7조(문서 작성의 일반원칙) ① 문서는 「국어기본법」 제3조제3호에 따른 어문규범에 맞게 한글로 작성하되, 뜻을 정확하게 전달하기 위하여 필요한 경우에는 괄호 안에 한자나 그 밖의 외국어를 함께 적을 수 있으며, 특별한 사유가 없으면 가로로 쓴다.

② 문서의 내용은 간결하고 명확하게 표현하고 일반화되지 않은 약어와 전문용어 등의 사용을 피하여 이해하기 쉽게 작성하여야 한다.

③ 문서에는 음성정보나 영상정보 등이 수록되거나 연계된 바코드 등을 표기할 수 있다.

④ 문서에 쓰는 숫자는 특별한 사유가 없으면 아라비아 숫자를 쓴다.

⑤ 문서에 쓰는 날짜는 숫자로 표기하되, 연·월·일의 글자는 생략하고 그 자리에 마침표를 찍어 표시하며, 시·분은 24시각제에 따라 숫자로 표기하되, 시·분의 글자는 생략하고 그 사이에 쌍점을 찍어 구분한다. 다만, 특별한 사유가 있으면 다른 방법으로 표시할 수 있다.

⑥ 문서 작성에 사용하는 용지는 특별한 사유가 없으면 가로 210밀리미터, 세로 297밀리미터의 직사각형 용지로 한다.

⑦ 제1항부터 제6항까지에서 규정한 사항 외에 문서 작성에 필요한 사항은 행정안전부령으로 정한다.

문서 작성의 일반원칙을 「행정효율과 협업 촉진에 관한 규정」 제7조에서 풀이하고 있다. 이제 제7조 가운데 설명이 필요한 것들을 구분하여 이해해 보도록 하겠다.

제7조 제1항에서 '문서는 「국어기본법」 제3조 제3호에 따라 어문규범에 맞게 한글

로 작성한다'고 하여, 여기서 말하는 '문서'는 '공문서'로 이해할 수 있다.

또한 「국어기본법」 제14조(공문서의 작성)에 나타난 "공공기관 등은 공문서를 일반 국민이 알기 쉬운 용어와 문장으로 써야하며, 어문규범에 맞추어 한글로 작성하여야 한다. 다만, 대통령령으로 정하는 경우에는 괄호 란에 한자 또는 다른 외국글자를 쓸 수 있다."와 「행정 효율과 협업 촉진에 관한 규정」 제7조제1항 "공공기관 등이 작성하는 공문서의 한글 사용에 관하여 그 밖에 필요한 사항은 대통령령으로 정한다."는 같은 맥락으로 이해하는 것이 좋다.

공문서는 '한글'로 작성해야 한다. 그런데 공공언어인 공문서를 작성할 때에 외국어, 외래어, 한자의 사용이 빈번하여 의미 전달이 바르지 못한 경우가 있다. 또한 이해하기 어렵고 낯선 언어를 사용한 경우도 있다. 이때 한글로 표기하고 외국어, 외래어, 한자어를 한글로 표시한 후 소괄호를 사용하여 외국문자나, 한자를 쓴다. 또한 외국어, 외래어, 한자어를 우리말로 다듬어 놓은 것이 있으면 우리말로 다듬은 말을 사용하는 하는 것을 권장하고, 그렇지 않으면 최소한 한글로 읽을 수 있도록 외래어 표기법에 맞추어 쓴다.

O2O: 온오프라인 연계(O2O, Online to offline)

'우리말 다듬기(https://malteo.korean.go.kr/)'에 우리말로 다듬어 있는 경우: brown bag semina (외래어 표기법에 따라) → 브라운 백 세미나 (우리말 다듬기에 따라) → 도시락 회의, 도시락 토론회

제7조 제2항 "문서의 내용은 간결하고 명확하게 써야 한다. 일반화되지 않은 약어나 전문 용어 등의 사용을 피하여 이해하기 쉽게 작성한다."에서는 공문서를 읽는 대상이 누구인가를 파악하여 읽는 사람이 이해하기 쉽게 작성하는 것을 우선하고 있다.

각 기관의 종사자에게 익숙한 전문 용어나 외국어가 국민들에게는 이해하기 어려운 경우가 많다. 예를 들어 "*****, **사회적경제 청년 창업캠프 성료"라는 보도 자료 제목에서 '사회적경제'와 '성료'는 한눈에 이해하기 어려운 단어이다. '사회적'과

'경제'를 나누면 이해가 비교적 이해하기 쉽지만 '사회적경제'는 경제 전문용어로 '사회적경제'란 양극화 해소와 일자리 창출 등 공동이익과 사회적 가치의 실현을 위해 사회적경제조직이 상호협력과 사회연대를 바탕으로 사업체를 통해 수행하는 모든 경제적 활동을 말한다. 이는 자본주의 시장 경제가 발전하면서 나타나는 불평등과 빈부격차, 환경 파괴 등 사회문제를 해결하기 위해 등장했다고 정의한다. 게다가 띄어 쓰지 않아 전문용어를 잘 모르는 일반인은 그 의미해석이 더욱 모호할 것이다. 이때 '사회적경제'에 대한 간단한 해설을 넣어 주거나 쉬운 표현으로 대체할 수 있다면 제목에서는 전문용어를 잘 모르는 일반인 이해하기 쉬운 표현으로 대체하고 본문 내용에서 용어의 정의를 설명한 다음 기사의 내용을 이어간다면 이해하기 좋았을 것이다. '성료' 또한 일반인들이 많이 쓰는 단어가 아닌 공문서나 기관에서 많이 사용하는 즉, 읽는 사람이 이해하기 쉬운 익숙한 단어가 아니다. '성료'보다는 '성공적으로 마침, 성공적으로 끝남, 성대하게 마침' 등으로 표현을 바꾸어 작성하면 좋다.

제7조 제4항에서는 "문서에 쓰는 숫자는 특별한 사유가 없으면 아라비아 숫자를 쓴다."라고 정해져 있다. 공공언어의 문서에서 날짜 표기, 시간 표기, 금액 표기는 아라비아 숫자로 쓴다.

제7조 제5항은 날짜와 시간 표기에 대한 구체적인 설명을 베풀고 있다. 전술한 바와 같이 공문서에서 날짜는 아라비아 숫자로 표기하되, 년·월·일 글자는 생략하고 그 자리에 마침표로 표기한다. 년·월·일의 글자를 생략한다는 표현을 명확하게 하고 있음에도 공문서에서 종종 나타나는 실수가 '일(日)'의 마침표 생략이다.

2018. 10. 12(수) (×) → 2018. 10. 12.(수) (○)

'10. 12(수)'처럼 '일(日)'을 대신하는 마침표의 생략이 공문서에서 가장 빈번하게 드러나는 실수인데, 이는 '년·월·일 글자는 생략한다'이라는 표현보다는 '년·월·일 글자를 대신하여 마침표로 표기한다.'로 이해하는 것이 옳다. 마침표는 년·월·일 글자를 대신하므로 어떤 위치의 마침표도 생략할 수 없기 때문이다.

날짜는 월·일 앞에 한 타만 띄어 쓴다. 한 자리 숫자든 두 자리 숫자든 항상 한 타만 띄어 쓴다. '한 타'와 '한 글자'의 의미를 명확히 알아야 할 것이다. 공공언어를 작성하다 보면 '한 글자'를 띄어 쓴다는 표현을 볼 수 있는데 이는 '한글의 한 글자'를 의미하며 한글의 한 글자는 '두 타'다. 한 글자와 한 타, 두 타의 의미 구분을 정확히 하여 공공언어의 문서를 작성해야 한다.

다시 날짜 표기로 돌아오면 '2018.∨11.∨23.(금)'으로 쓰고, 요일은 소괄호로 표기하며 '일(日)'의 마침표에 붙여서 표기한다.

시간 표기는 '시(時)', '분(分)'의 글자는 생략하고 그 사이에 쌍점(:)을 찍고, 쌍점 사이는 띄어 쓰지 않는다. 24시간제에 따라 표기하며 '시(時)', '분(分)'에 일의 자리 숫자 오는 경우에는 '0'을 써 준다. 이는 날짜 표기와 차이를 갖는 것이기도 하다.

01 : 00
13 : 00
09 : 30
21 : 30

그렇다면 위에 제시되어 있지 않은 금액은 어떻게 표기하는지에 대해서도 생각해 볼 필요가 있다. 이에 대해서는 다음을 참고할 수 있다.

행정 효율과 협업 촉진에 관한 규정 시행규칙

(행정안전부령)

제2조(공문서 작성의 일반원칙)

② 문서에 금액을 표시할 때에는 「행정 효율과 협업 촉진에 관한 규정」(이하 "영"이라 한다) 제7조제4항에 따라 아라비아 숫자로 쓰되, 숫자 다음에 괄호를 하고 다음과 같이 한글로 적어야 한다.

예시 금113,560원(금일십일만삼천오백육십원)

행정 효율과 협업 촉진에 관한 규정 제7조제4항과 행정 효율과 협업 촉진에 관한 규정 시행규칙 제2조제2항에서 공문서의 금액 표기를 따로 제시하고 있다. 그 이유는 어문규범에 따르면 단위성 의존명사는 그 앞 말과 띄어 쓸 수 있다고 되어있다. '원'은 돈을 세는 단위이므로 띄어 쓸 수 있는 단위성 의존명사이나 공공언어의 문서 작성에서는 띄어 쓰지 않는다. 또한 숫자를 셀 때 어문규범에서는 만 단위로 띄어 쓴다고 하나, 공공언어에서 금액 표기는 만 단위로 띄어 쓰지 않는다.

금458,600원(금사십오만팔천육백원)
금5,050,000원(금오백오만원)
금100,000,000원(금일억원)

아라비아 숫자는 또한 항목을 표기하는 데서도 흔히 사용된다. 따라서 이에 대해서도 살펴볼 필요가 있다.

행정 효율과 협업 촉진에 관한 규정 시행규칙

(행정안전부령)

제2조(공문서 작성의 일반원칙) ① 공문서(이하 "문서"라 한다)의 내용을 둘 이상의 항목으로 구분할 필요가 있으면 그 항목을 순서(항목 구분이 숫자인 경우에는 오름차순, 한글인 경우에는 가나다순을 말한다)대로 표시하되, 상위 항목부터 하위 항목까지 1., 가., 1), 가), (1), (가), ①, ㉮의 형태로 표시한다. 다만, 필요한 경우에는 □, ○, -, · 등과 같은 특수한 기호로 표시할 수 있다.

공공언어와 공문서를 작성하다 보면 항목 표기를 해야 하는 경우가 자주 있다. 이 때 「행정 효율과 협업 촉진에 관한 규정」 제2조(공문서 작성의 일반 원칙) 제1항과 그에 따른 시행규칙에 제시하고 있는 사항을 참고한다.

아래의 '[표 8] 항목1' 항목 구분의 항목 표시의 '표시 위치 및 항목 띄우기'는 아래의 표로 설명할 수 있다.

첫째 항목을 표기할 때는 왼쪽에 띄어쓰기 없이 아라비아 숫자 '1'로 시작한다. 둘째 항목부터는 '가'로 표기하며 상위 항목 위치에서 오른쪽으로 두 타씩 옮겨 시작한다. 셋째 항목은 '(1)' 등으로 '[표 9] 항목2'처럼 작성한다.

즉 첫째 항목은 왼쪽에서 띄어쓰기 없이 시작하며, 다음 둘째 항목부터는 각 항목을 두 타(한 글자)씩 왼쪽에서 들여 쓴다.

항목기호와 그 항목 내용 사이에는 항목 옆에 마침표를 찍고 한 타를 띄며 항목 내용을 작성한다. 만약 항목이 한줄 이상인 경우에는 항목 내용의 첫 글자에 맞추어 정렬하여 작성하거나, 'Shift+Tab' 키를 사용하여 작성할 수 있다.

항목 중 '가, 나, 다, 라,......, 하'까지 다 쓰고 난 뒤 항목으로 내용을 더 써야 하는 경우에는 '거, 너, 더, 러,......., 허'로 쓴다.

항목의 내용이 많지 않거나 필요한 경우 특수기호 '■, ○, -, ·'도 쓸 수 있다. 주로 보도 자료에서는 특수기호를 제시하여 형식이나 내용을 구분 짓기도 한다.

항목에 따른 들여쓰기 예

1.∨국립국어원 2017-1(2017. 1. 1.) 「국어순화 방침」과 관련한 내용입니다.

∨∨가.∨「국어순화 방침」과 관련하여 아래의 내용을 요청합니다.

∨∨∨∨1)∨중앙행정기관 보도 자료 상시점검 결과, 최근 3년 이내 5회 이상 출현한 외래어, 외국어 중 일반 국민이 이해하기 어려운 용어, 쉬운 대체어가 있어도 불필요하게 사용하는 외래어가 있었습니다. 이 중 50개를 필수 개선 행정 용어로 지정하여 다듬어 쓰는 것을 권장합니다.

[표 8] 항목 1

수신∨∨○○○장관(○○○과장)
(경유)
제목∨∨○○○○○○
1.∨○○○○○○○○○○○○○
∨∨**가.**∨○○○○○○○○○○○○○
∨∨∨∨**1)**∨○○○○○○○○○○○○○
∨∨∨∨ ∨∨**가)**∨○○○○○○○○○○○○○
∨∨∨∨ ∨∨∨∨**(1)**∨○○○○○○○○○○○○○
∨∨∨∨ ∨∨∨∨ ∨∨**(가)**∨○○○○○○○○○○○○○
2.∨○○○○○○○○○○○○○○○○○○○○○○○○○○○

[표 9] 항목 2

구 분	항목기호	비 고
첫째 항목 둘째 항목 셋째 항목 넷째 항목 다섯째 항목 여섯째 항목 일곱째 항목 여덟째 항목	1., 2., 3., 4., … 가., 나., 다., 라., … 1), 2), 3), 4), … 가), 나), 다), 라), … (1), (2), (3), (4), … (가), (나), (다), (라), … ①, ②, ③, ④, … ㉮, ㉯, ㉰, ㉱, …	둘째, 넷째, 여섯째, 여덟째 항목의 경우, 하., 하), (하), ㉻ 이상 계속되는 때에는 거., 거), (거), (거), 너., 너), (너), (너)… 로 표시

마지막으로 관인 찍는 법에 대해서도 알아 두어야 하는데 이에 대해서는 다음의 시행 규칙을 참고할 필요가 있다.

행정 효율과 협업 촉진에 관한 규정 시행 규칙

제11조(관인날인 또는 서명) ① 영 제14조제1항 전단에 따라 관인을 찍는 경우에는 발신 명의 표시의 마지막 글자가 인영의 가운데 오도록 한다. 다만, 등본·초본 등 민원서류를 발급할 때 사용하는 직인은 발신 명의 표시의 오른쪽에 찍을 수 있다.

행 정 기 관 명

수신

(경유)

제목
[ ] 관인 등록(재등록) 신청
[ ] 관인(전자이미지관인) 폐기 신고
[ ] 전자이미지관인 등록(재등록) 신청

「행정 효율과 협업 촉진에 관한 규정 시행규칙」 제29조제3항, 제30조제3항에 따라 [ ] 관인 등록(재등록) 신청 [ ] 관인(전자이미지관인) 폐기 신고 [ ] 전자이미지관인 등록(재등록) 신청합니다.

관인 명칭		
종 류		[ ] 청인 [ ] 직인 [ ] 특수관인
등록(재등록, 폐기) 사유		
폐기 대상 관인 처리	폐기 예정일 (분실일)	년 월 일
	폐기 방법	[ ] 이관 [ ] 기타( )
	폐기한 사람 (분실한 사람)	소속 : 직급 : 성명 :
비 고		

발 신 명 의 인

기안자 직위(직급) 서명 검토자 직위(직급) 서명 결재권자 직위(직급) 서명

협조자

시행 처리과명-연도별 일련번호(시행일) 접수 처리과명-연도별 일련번호(접수일)

우 도로명주소 / 홈페이지 주소

전화번호( ) 팩스번호( ) / 공무원의 전자우편주소 / 공개 구분

3. 공공언어의 종류

공공언어는 크게 넓은 의미와 좁은 의미로 나뉘는데 좁은 의미의 공공언어는 공공 기관에서 사용하는 언어를 말한다. 넓은 의미의 공공언어는 좁은 의미의 공공언어보다 범위가 훨씬 넓어 종류도 많다. 아래 예시를 살펴보자.

○

00시이민자통합센터 **사회통합프로그램 개강식**

○

속보! **'경주 지진'후쿠오카에서도 감지**

○

'국토정책 Brief' **'데이케어센터'** **'맘편한 카드'** **'SBAC중소기업정책자금지원센터'** **'Dunamic 부산'**

위 예시에서 어느 것이 공공언어일까? 흔히 공공언어를 공공 기관에 근무하는 공무원만 사용하는 언어로 오해를 하지만 위에 제시된 예를 포함하여 교통 표지판, 안내문, 행정복지센터 서류 등도 공공언어에 들어간다. 공공 기관이나 일반 기관에서 내건 현수막은 물론, 거리 간판, 뉴스 자막, 정책 명도 모두 공공언어이다.

교사가 교실에서 하는 말은 공공언어일까? 회사에서 회의 시간에 하는 말이나 보고서는? 아파트에 붙인 전단지 광고는? 거리 신호 안내는? 결론을 말하자면 위에 나온 예들은 모두 공공언어다. 결국 집이나 사적 모임에서 하는 말과 글을 제외하면 모두 공공언어에 들어간다.

공공언어는 어떤 것이 더 중요하다 아니다를 따질 수 없다. 모든 공공언어는 불특정 일반 국민을 대상으로 하기에 당연히 바르고 이해하기 쉽게 써야 한다. 일반 국민 어느 누구라도 소외되지 않도록 최선을 다해 전하려는 노력을 해야 한다. 이것이 공공언어가 가진 의무이다.

공공언어를 사용하는 사람(공공언어 사용자)은 공공 기관에 근무하는 공무원을 비롯하여 민간 단체와 기업에 소속된 사람들이다. 군인, 연예인 등도 공공언어 사용자에 들어간다. 공공언어 대상자는 일반 국민으로 국민을 대상으로 한 공공성을 띤 모든 글과 말은 공공언어이다.

공공언어는 종류가 매우 많다. 사용자가 누구인가에 따라 크게 정부와 공공 기관이 사용하는 공공언어가 있고 민간 기업과 단체가 사용하는 공공언어가 있다. 여기에는 글로 작성한 문어와 말로 한 구어를 모두 포함한다.

지역 복지센터나 시청, 구청 등을 방문하면서 만나는 민원서류 양식, 게시문, 안내문, 설명문 등은 공공 기관이 사용 주체이면서 국민을 대상으로 하는 문어체 공공언어이다. 대국민 담화, 정책 알림, 전화 안내 등은 말로 한 공공언어로 사용 주체는 정부와 공공 기관이다.

민간 단체나 민간 기업이 사용하는 문어체 공공언어는 신문 기사, 은행·보험 약관, 홍보문, 광고문, 거리 간판, 공연물 안내서, 자막 등이다. 구어체 공공언어는 방송에서 사용하는 언어와 영화·연극 대사 등이 있다.

공공언어는 문장을 비롯하여 단어나 구(句) 등도 포함한다. 예를 들면, 고속도로 표지판도 공공언어이고 '비보호' 신호 같은 교통 신호 안내판도 공공언어이다. 공공언어는 국민을 대상으로 한다는 '공공성'을 띤 언어를 말한다. 앞서 말했듯이 공공언어는 종류가 많고 사용자도 범위가 넓다. 공공언어 대상자인 일반 국민이면서 공공언어 사용자가 될 수 있다. 또한 언제든 공공언어 대상자인 일반 국민이 될 수 있기에 공공언어 사용자의 위치에서도 늘 일반 국민을 생각하여 말과 글을 써야 한다.

정리하면 정부·공공 기관이 국민을 대상으로 한 모든 말과 글은 모두 공공언어이고 민간 단체·기업·사람이 국민을 대상으로 한 말과 글도 공공언어이기에 잘 써야 할 의무와 책임이 있다. 또한 공공언어 사용자의 입장이라도 언제든지 대상자인 국민의 입장에 설 수 있기에 어느 입장에 있든지 공공언어를 잘 사용할 의무와 책임이 있다.

공공언어의 종류를 살펴보았는데 뒤에서 다시 다루겠지만 예를 보며 알기 쉬운 공공언어 사용을 잠시 보도록 하겠다.

다음은 공공언어 중 하나인 '소화전 사용 방법' 안내문이다. 같은 소화전 사용 방법 안내문인데 비교해 보면 '알기 쉽게 쓴다는 것'의 의미를 알 수 있다.

○ **소화전 밸브를 시계 반대 방향으로 돌려서 개방한다**

○ **소화전 밸브를 왼쪽으로 돌려서 개방한다**

소화전 있는 곳에 붙어 있는 '소화전 사용 방법' 안내문 중 일부인데 예전에는 '시계 반대 방향으로'라는 표현이 적혀 있었다. 요즘은 조금 더 쉬운 표현으로 바뀌었는데 바로 '왼쪽으로'라는 표현이다. 이밖에도 예전 '소화전 사용 방법' 안내문에는 일반적으로 잘 사용하지 않는 표현인 '전개, 관창, 개방, 화점' 등의 표현을 썼는데 최근에는 이런 어려운 표현 대신에 '함 밖으로 꺼낸다','왼쪽','불을 끈다' 등 비교적 쉬운 표현으로 바뀌었다.

불이 났을 때 사용하는 소화전은 더욱 바로 알아볼 수 있는 쉬운 표현을 써야 안내문의 역할을 제대로 할 수 있다. 위의 예처럼 '시계 반대 방향'보다는 '왼쪽'이 훨씬 이해가 빠르고 쉽게 전달되는 거처럼 알기 쉬운 표현으로 바꾸면 사용이 훨씬 쉬워진다.

알기 쉬운 공공언어 쓰기란 무조건 쉬운 말을 사용해서 쓰라는 것이 아니라 사용하는 상황에 맞게 어느 것이 더 잘 이해될 수 있을까를 생각하자는 의미이다. 공공언어의 다양한 종류를 생각하면서 종류와 상황에 맞는 좀 더 쉬운 표현을 써서 일반 국민이 더 잘 이해할 수 있게 쓰자는 것이다.

제2장

공공언어 사용의 문제점

1. 정확하지 않은 공공언어

가. 어문규범에 맞지 않다

재난 안내 문자를 받았다. 그 내용을 그대로 옮겨 본다.

> [**도청] 제25호 태풍 콩레이가 **지역을 통과하는 오늘 밤부터 내일 오전까지 불필요한 외출을 삼가해 주시기 바랍니다.

위 안내 문자에는 잘못 쓰인 단어가 있다. 어떤 것일까 찾아보자. 찾기가 어렵다면 다음의 뉴스 자막을 한번 보자.

육로서도 초속 30m 강풍…외출 삼가해야

이제 확인할 수 있을 것이다. 바로 '삼가해'라는 단어이다. 이 표기는 틀렸다. 왜냐하면 '삼가하다'라는 말은 없고 '삼가다'라는 말만 있기에 '삼가해'라는 활용은 존재할 수 없기 때문이다. 올바른 표현은 '삼가', '삼가야'이다. 대표적인 공공언어의 영역인 방송 뉴스 자막에서까지 맞지 않는 표기가 나올 정도로 어문규범이 잘 지켜지지 않고 있다. 사례를 더 확인해 보자. 다음은 모 예능 프로그램 자막이다.

다 기억나! 비밀번호 알려줄께

평서형의 종결어미는 된소리 표기를 하지 않는다. 위와 같은 경우에 '알려줄께'는 틀리고 '알려줄게'가 맞다. 이렇게 어문규범에 맞지 않는 자막이나 기사를 보면 방송국이나 기자의 신뢰도에 문제가 생긴다. 즉, 어문규범을 잘 지키느냐 잘 지키지 못하느냐의 문제가 내용과 작성자의 신뢰도에까지 영향을 미친다는 것이다. 잡코리아의 2016년도 조사에 따르면 대학생의 90%가 맞춤법을 자주 틀리는 이성에게 호감도가 떨어진다고 한다. 기업 인사담당자의 무려 43.4%가 자기 소개서 등에서 맞춤법이 틀린 지원자를 탈락시킨다고도 조사되었다. 이처럼 어문규범이 개인의 신뢰도를 평가하는 하나의 지표로써 분명하게 작용하는데 하물며 공공의 영역에서는 얼마나 엄격하겠는가.

요즘은 인터넷 시대이다 보니 공공언어의 많은 부분이 인터넷으로 이루어지고 있다. 언론사의 기사 또한 종이로 접하는 것보다 인터넷 포털 사이트에서 접하는 것이 더 일상적이다. 인터넷이라는 매체는 양방향적 소통이 가능한 매체이기에 인터넷에 무엇인가가 게재되는 순간 국민의 반응을 즉각적으로 확인할 수 있다. 기자가 '됬다'라는 표기라도 하는 날엔 가장 호응을 받는 댓글이 '기자의 자격'을 묻는 댓글이 될 정도로 언중은 어문규범에 민감하다.

공공 기관의 경우를 살펴보자. 국립국어원이 국회의원들에게 제출한 '중앙행정기관 보도 자료 개선 권고 현황' 자료를 보면, 중앙행정기관이 2014년부터 2018년 9월까지 작성한 보도 자료 1만 9789건 가운데 48.6%인 9618건이 국립국어원의 개선 권고 지적을 받았다. 국립국어원은 9618건의 보도 자료에서 3만 2292건의 표현이 맞춤법 오류나 불필요한 외래어 사용 등으로 어문규범을 어겼다고 분석했다. '겪고'를 '격고'라고 쓰거나 '생존율'을 '생존률'로 쓰고 '자리매김'을 띄어 쓰는 오류도 발견되었다. 어떤 기관은 '병목 현상'을 의미하는 '보틀넥'을 '바틀넥'이라고 써 외래어 표기를 틀리기도 하였다.

앞 장에서 살펴보았듯이 '국어기본법' 14조에 따르면, 공공기관 등은 공문서를 일반인이 알기 쉬운 용어와 문장으로 써야 하고 어문규범에 맞추어 한글로 작성해야 한다. 어문규범에 맞지 않는 공문서는 위법한 것이 된다. 아울러 공공 기관에서 빈번히 어문규범을 틀린다면 그 기관의 업무 능력을 신뢰받기가 쉽지 않을 것이다. 그러하기에 공공 기관 종사자와 공무원은 어문규범을 지키는 것에 민감하게 반응하고 바른 표기를 할 수 있도록 해야 한다.

어문규범이란 무엇인가? 표준국어대사전에서 풀이된 바에 따르면 '언어생활에서 따르고 지켜야 할 공식적인 기준'이 되는 것으로 한글 맞춤법, 표준어 규정, 외래어 표기법, 국어의 로마자 표기법을 아우르는 말이다. 앞에서 제시한 '삼가해', '알려줄께', '됬다'와 같은 문제가 한글 맞춤법의 영역에 들어가는 문제이다. 이렇게 한글 맞춤법이 어려운 경우에는 사전을 찾아보는 습관을 들이면 쉽게 해결이 된다. 한글 맞춤법은 띄어쓰기의 문제와 문장 부호의 문제를 포함한다. 특히, 띄어쓰기는 공문서에서 가장 많은 오류를 보이는 부분이다. 국립국어원의 2013년 공공 기관 보도 자료 실태 조사에 따르면 띄어쓰기의 오류 빈도가 37%를 보여 한글 맞춤법이나 외래어 표기법 등을 제치고 가장 많은 오류 유형으로 조사되었다. 다음의 예를 보자.

○ 협력 기관의 요청인바, **사업 기획서를 10월 8일까지 제출해 주시기 바랍니다.
○ 요청한 바대로 ** 사업 기획서를 10월 8일까지 제출해 주셔서 감사합니다.

흔히, 띄어쓰기가 어렵다고 하는 지점은 비슷한 말을 어느 경우에는 띄어 쓰고 어느 경우에는 붙여 써야 하기 때문일 것이다. 위의 예에서도 '-ㄴ 바'를 붙여 써야 하는지 띄어 써야 하는지 쉽지 않다. 첫 번째 예인 '요청인바'의 '-ㄴ바'는 '어미'로서 붙여 써야 한다. 두 번째 예인 '요청한 바'의 '-ㄴ 바' 는 '어미'와 '의존명사'의 관계를 가지는 말로서 띄어 써야 옳다. 이와 같은 예로 '-ㄴ 데'의 경우를 들 수 있다. '행사를 진행하는데 태풍이 몰아쳐 행사를 중단할 수밖에 없었다.'의 경우에는 '어미'로서 붙여 쓰고 '사업을 진행하는 데에 어려움이 많다'의 경우에는 띄어 써야 한다. 이러한 경우, '어미'는 다른 어미로 바꾸어 보고 뒷말에 조사를 붙여 보아 말이 되는지를 살펴보면 의존명사인지 어미인지 구분할 수 있다. 어미 '-ㄴ바'는 다른 어미인 '-니', '-니까'와 바꾸어 쓸 수 있으며 조사 결합이 어렵다. 반면, 어미와 의존명사의 결합형인 '-ㄴ 바' 뒤에는 조사가 붙을 수 있다. '는데'의 경우도 이러한 식으로 구별하면 된다.

공문서에서 자주 발견되는 띄어쓰기의 오류로 단위 명사의 띄어쓰기가 있다.

- 전년도 대비 한국을 찾은 관광객 12만명 증가 → 12만∨명
- 계약액 3조원 → 3조∨원
- 연등 2만여개 → 2만여∨개

위에서 사용된 '명', '원', '개' 등은 단위성 의존명사로 모두 띄어 써야 한다. 다만, '행정 효율과 협업 촉진에 관한 규정 시행규칙'에 따라 금액을 표시할 때 위조, 변조를 예방하기 위해 '원'의 경우 붙여 쓰는 경우도 있다. 주로 회계 처리를 할 때에 필요한 항목이다.

명사와 명사가 나열된 경우의 띄어쓰기 오류도 자주 발견된다. '생산실적'을 붙여 써야 하는지 띄어 써야 하는지 헷갈린다. 한글과 컴퓨터의 한글 프로그램으로 빨간 표시가 되지 않아 붙여 써도 될 듯싶다. 이렇게 명사 나열 단어의 띄어쓰기 문제는 사전을 찾아보면 쉽게 확인할 수 있다. '생산실적'을 국립국어원의 표준국어대사전에서 찾아보자.

▾ 표준국어대사전 검색

'생산실적'에 대한 검색 결과입니다.(0건)

위와 같은 결과가 나오면 무조건 띄어 써야 한다.

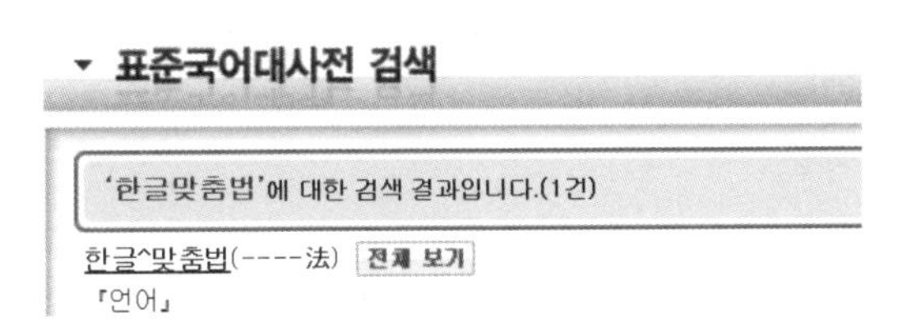

'한글 맞춤법'의 예처럼 '∧' 표시가 있을 때에는 띄어 쓰는 것이 원칙이나 붙여 쓰는 것도 허용한다.

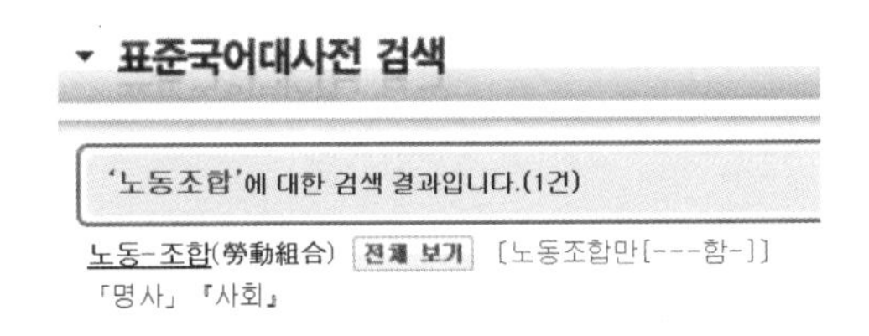

'노동조합'의 예처럼 붙임표 '-'가 있는 경우에는 언제나 붙여 써야 한다. 이처럼 한글 맞춤법이나 띄어쓰기의 문제는 사전을 활용하면 쉽게 확인할 수 있다.

'샵'과 '숍'과 같은 외래어 표기법과 관련한 사항은 국립국어원 누리집의 사전·국어 지식란의 외래어 표기법-용례 찾기에서 쉽게 확인할 수 있다. 인명, 지명 등 많은 명사들이 용례에 실려 있다. 용례에서 찾기 어렵다면 규정 보기를 선택하연 국제 음성 기호와 해당 단어의 발음 기호를 맞추어 보면 해결할 수 있다. 가장 쉬운 방법은 지역의 국어문화원이나 국립국어원에 문의하는 것이다. 국립국어원의 가나다 전화나 온라인 가나다에 문의하면 하루 내에 답을 얻을 수 있다.

어문규범은 어렵다. 외우기 힘든 규칙들이 많고 사용하는 단어의 수가 많기에 이를 일일이 알아두기가 만만치 않다. 그러하기에 어문규범에 맞는 표기들을 몇 개 알아두는 것보다 더 중요한 것은 맞는 표기를 찾아보려는 자세일 것이다. 문서를 작성할 때, 사전을 찾아보거나 국립국어원이나 국어 관련 기관에 문의하는 습관을 들이면 좋다.

그렇게 하나, 둘 지식을 쌓아간다면 언젠가는 사전과 문의 없이 온전히 바른 공문서를 작성하게 될 것이다.

나. 관계법에 어긋난다

정부는 1981년부터 본격적으로 행정용어 순화작업을 시작하였다. 1992년에는『행정용어 순화 편람』을 내기도 하였다. 2010년 이후 광역지방자치단체와 기초지방자치단체에서도 행정용어 순화 작업과 올바른 국어사용에 관한 조례도 제정하였다.

또한, 현재는 국립국어원과 각 지역에 지정된 대학의 국어문화원과 시민단체의 국어문화원 그리고 공공기관은 올바른 공공언어 사용을 위한 여러 사업과 교육을 진행하고 있다.

1) 법규의 강제성

대통령의 쉬운 공공언어 사용에 대한 지시사항도 있었고 국립국어원과 여러 기관들의 노력에도 불구하고 아직 공공언어는 가야할 길이 먼 것도 사실이다. 공공언어에 대한 인식 조사에서 공공언어를 다루는 기관 종사자들도 공공언어에 대한 공공기관 종사자들의 의식 변화가 가장 시급하고 중요한 문제로 꼽은 것처럼 우리의 공공언어를 쉽고 바르게 사용하는 일은 의식의 변화가 매우 중요하다. 그뿐만 아니라 국어기본법, 행정효율과 협업촉진에 관한 규정 등의 법규를 만들어 놓았다면 이 법규, 규정 등을 꼭 지킬 수 있게 강제성을 두는 것도 공공언어 바르게 쓰기의 시작이 될 수 있으리라 본다. 그래서 국어기본법은 공공언어를 사용하고 공문서를 작성할 때는 반드시 지켜야할 의무 조항으로 정해야 한다.

2017년 9월에 국어기본법 "제10조(국어책임관)제1항 국가기관과 지방자치단체의 장은 국어의 발전 및 보전을 위한 업무를 총괄하는 국어책임관을 소속 공무원 중에서 <u>지정할 수 있다</u>"에서 "국가기관과 지방자치단체의 장은 국어의 발전 및 보전을 위한 업무를 총괄하는 국어책임관을 소속 공무원 중에서 <u>지정하여야 한다.</u>"로 바꾸어 당위성을 부여하며 지켜야할 규정으로 인식하게 했다. 이는 공공기관의 국어책임관이 형식적인 위치만이 아님을 인식시키는 데 매우 중요한 의미를 부여한다.

개인 정보 보호에 대한 인식이 높아지면서 기관에서 사용하는 공문서에서도 주민등록번호 등을 그대로 노출되는 일이 없도록 주의와 노력을 기울이고 있다. 이에 대해 행정효율과 협업촉진에 관한 규정 제2장제3절 ‘서식의 제정 및 활용’에 따라 ‘2018 행정업무 운영 편람’ 일반 원칙 첫 번째에 민원인의 개인정보를 보호할 수 있도록 설계하여 주민등록번호란은 ‘생년월일’로 대체하고 등록기준지란은 작성하지 않지만, 행정정보공동이용, 신원조회 등 꼭 필요한 경우에만 ‘주민등록번호’ 또는 ‘등록기준지’란을 두하며, 개인정보보호위원회의 개인정보 침해요인평가 확인을 받아야 한다.

<예시> 성명+주소+생년월일로 신청인 특정 가능

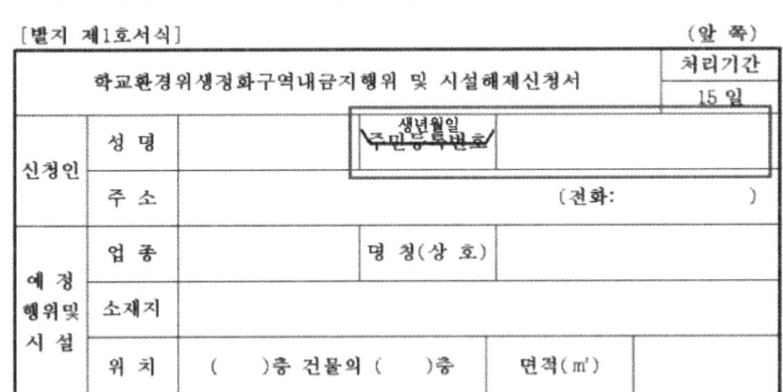

[별지 제1호서식] (앞 쪽)

학교환경위생정화구역내금지행위 및 시설해제신청서				처리기간 15 일
신청인	성 명		생년월일 ~~주민등록번호~~	
	주 소	(전화:)		
예 정 행위및 시 설	업 종		명 칭(상 호)	
	소재지			
	위 치	( )층 건물의 ( )층	면적(㎡)	

(출처: 2018 행정업무 운영 편람, 129쪽)

이러한 기준과 규칙을 두어 국어기본법과 행정효율과 협업촉진에 관한 규정 등을 의무화하는 데 적극적으로 반영할 수 있도록 서식도 바꾸어야 할 것이다.

2) 행정용어 정비의 홍보

국립국어원에서 매해 행정용어를 정비하여 순화한 것을 언론 매체 등을 통해 홍보하며 사용을 권장하고 있다. 2018년에도 정비한 행정용어를 한자어 50개, 외국어・외래어 50개 총 100개를 정비하여 발표하였다.[7]

정비한 행정용어를 적극적으로 반영하여 공공언어와 공문서 작성에 활용할 수 있도록 해야 한다.

행정용어 정비만이 아니고 공공언어의 다듬어진 우리말은 국립국어원에서 운영하고 있는 누리집 우리말 다듬기(https://publang.korean.go.kr)도 사용할 수 있고, 국립국어원 내 누리집의 '정책용어 상담'을 찾아 활용할 수도 있다. 공공언어지원의 경우는 실제 각 기관의 공공언어 사용에 있어 다듬어야 할 공공언어와 공문서들을 감수하는 작업을 친절하게 하고 있고, 이러한 작업은 각 지역 대학의 국어문화원에서도 하고 있다. 서울 지역은 이화여대 국어문화원(http://eomun.ewha.ac.kr)을 찾아 문의하여도 좋다.

3) 국어기본법

가) 공문서는 한글로 작성한다?!

국어기본법 제3장은 국어사용의 촉진과 보급을 위한 내용을 수록하고 있다. 제14조 제1항에는 "공문서 작성의 원칙'을 '공공기관 등은 공문서를 일반 국민이 알기 쉬운 용어와 문장으로 써야 하며, 어문규범에 맞추어 한글로 작성하여야 한다. 다만, 대통령령으로 정하는 경우에는 괄호 안에 한자 또는 다른 외국 글자를 쓸 수 있다."라고 하여 실제 공공언어로서 두드러지게 표기하고 있는 공문서 작성에서 '한글' 표기를 규칙으로 삼고 있다. 당연하게 여길 수 있는 '한글' 표기가 다른 면에서 바라보면 논란의 여지가 있을 수도 있었다. 종종 국립국어원 공공언어 수업 때 '공문서에 작성하는 글이 모두 순한글은 아니지 않냐?'는 질문을 받는다. 실제로 이러한 의문을 제기한 단체가 있었다.

우리의 공문서와 교과서에서 '한글 전용'을 하는 것은 국민의 기본권을 침해한다고 하여 헌법소헌을 한 것이다. 공문서 작성의 기본 문자는 한글이다. 그러나 국한문을 혼용해야 한다고 한 단체에서는 "2천 년 동안 써 온 한자도 우리말로 인정해야 하며 이는 우리의 국어를 발전시키기도 한다. 즉, 상호보완적으로 사용해야 한다."라고 주

---

7) 우리 교재 부록에는 '2004. 7. 12.~2018. 7. 16. 행정용어 순화어 총 384개'를 정비한 내용을 담아 두었다.

장하였다.

공개 변론으로 다양한 찬반 의견을 받아들인 헌법재판소는 쟁점을 정리한 다음 재판관들의 평의를 거쳐 공공기관에서 작성하는 공문서를 한글로 작성하도록 한 국어기본법은 헌법에 어긋나지 않는다는 결정을 내렸다. 헌재는 "국민들은 공문서를 통해 공적 생활에 관한 정보를 습득하고 자신의 권리·의무와 관련된 사항을 알게 되므로 국민 대부분이 읽고 이해할 수 있는 한글로 작성할 필요가 있다"라고 밝혔다. 이어 "한자어를 굳이 한자로 쓰지 않더라도 앞뒤 문맥으로 그 뜻을 이해할 수 있는 경우가 대부분이고, 전문용어나 신조어의 경우에는 괄호 안에 한자나 외국어를 병기할 수 있으므로 의미 전달력이나 가독성이 낮아진다고 보기 어렵다"라고 설명하였다. 이로 인해 우리는 한글로 공공언어를 표기하는 것을 마땅한 일로 인정할 수 있게 되었다.

나) 국어책임관은 공공언어의 전문가인가?

'국가기관과 지방자치단체의 장은 국어의 발전 및 보전을 위한 업무를 총괄하는 국어책임관을 소속 공무원 중에서 지정하여야 한다'고 하여 이제 많은 국가기관과 지방자치단체에는 국어책임관을 두고 있다. 대변인이 있는 기관에서는 대변인실이 국어책임관의 역할을 성실히 수행하고 있고, 홍보부·기획부 등 여러 부서에서 그 업무를 담당하고 있다. 물론 각 기관의 공공언어 사용에 이바지하는 국어책임관들이 있지만 그렇다고 하여 그들이 모두 국어의 전문가는 아니기 때문에 공공언어를 어문규범과 문장의 호응, 우리말다운 표현 등을 사용하여 작성하는 것이 쉽지만은 않다. 또한 각 부서별로 다른 업무들도 함께 수행해야하기에 국어책임관의 역할을 집중적으로 하는 것은 더욱 어려운 일이다. 이러한 어려움을 극복하기 위해 기관별로 국어전문가를 들이기도 한다. 서울의 모 지방자치단체에서는 2015년 국어전문가를 들이는 선구적인 모습을 보이며 보도 자료, 공문서, 안내 표지판, 포스터, 민원서류 등을 수정하고 감수할 수 있도록 하였다. 더 나아가 지역 주민들의 바른 국어 사용을 위해서 주민센터 내의 문화센터 등에서 어른들을 위한 맞춤 국어 교육을 실시하고, 청소년을 위해서 지역청소년 공부방을 찾아 국어 교육을 하며 지역민을 위한 맞춤형 교육을 진행하였다. 매우 좋은 예로서의 국어전문가 활용이었다.

현실적으로 국어책임관이 맡은 업무를 진행하며 국어책임관의 역할을 수행한다는 것은 매우 힘든 일이다. 그뿐만 아니라 국어의 기본 지식이 없으면 어려운 일이기도 하다. 따라서 국어책임관 제도만 국어기본법에 둘 것이 아니라 국어전문가를 적극 수용할 수 있는 대안을 마련해 주는 것도 올바른 공공언어 사용에 이바지 할 수 있을 것이다.

다) 전문 용어의 표준화

2010년에 버락 오바마에 의해 미국은 '쉬운 영어 쓰기법(The Plain Writing Act of 2010)'이 제정되었다. 공무원들은 공무원만이 아는 어려운 말로 작성했던 공문서를 일반 시민의 눈높이에 맞춰 순화 과정을 거치도록 하였다. 그 이전 클린턴 행정부 시절에 앨 고어 부통령은 "쉬운 언어는 시민이 누릴 권리이다."라고 규정하고 알기 쉽게 공문서를 작성한 공무원에게는 공무원상을 주기도 하였다.

미국의 공공언어의 예를 언급한 것은 쉽게만 쓰라고 강요하는 정책보다는 실질적 변화에 힘을 쓰자는 의미이다.

공공언어를 쉽게 쓰는 첫걸음은 공문서의 어휘에서부터 시작할 것이다. 공문서에서 사용하는 어휘가 쉬워지려면 각 기관의 전문 용어가 이해하기 쉬운 용어로 다듬어져야 한다.

그 예로 우리나라에서는 법제처와 국방부가 있다.

법률 용어는 모든 국민이 어려워한다. 이러한 실정을 알고 법제처는 2006년부터 한자로 된 법률을 한글화하고, 어문규범에 맞도록 바꾸는 등 알기 쉬운 법령 만들기 사업을 추진해 왔다. 2018년 7월 30일 법제처와 행정안전부는 국민의 눈높이에 맞춰 쉬운 법령을 만들기 위해 어려운 법령 용어의 정비를 전담하는 '알기 쉬운 법령팀'을 신설하였다.

한 해 평균 2,000여 건의 법령이 개정되고 100여 건의 새로운 법령이 만들어지는 과정에서 일반 국민에게는 생소한 전문용어, 외국어 등이 법령에 사용되고 있는 것이 현실이다.

이에 법제처는 '알기 쉬운 법령팀'을 만들어 입법절차 초기 단계부터 법령안 초안에 포함된 어려운 용어를 쉬운 용어로 바꾸는 사전 차단 체계를 갖추기로 하였다. 또한, 2019년까지 4,400여 건의 현행 법령을 모두 재검토해 어려운 용어를 찾아내어 쉬운 표현으로 바꾸는 정비도 추진할 예정이라고 한다.[8)]

국방부는 2018년 '전문용어 표준화협의회'를 운영하여 국방 분야의 전문용어를 국민들이 쉽고 편리하게 사용할 수 있도록 표준화하고 체계화한다고 밝혔다. 국방부 국어책임관(대변인)을 위원장으로 하는 협의회는 신규 법령안에 어려운 법률용어나 전문용어가 포함되지 않도록 심의하는 역할도 하게 된다. 이뿐만 아니라 국방부 내부망에 반드시 개선해야 하는 행정용어 선정 결과와 행정용어를 바르게 쓴 사례 등 다양한 자료를 제공하고, 올바른 공공언어를 사용하는 문화가 정착되도록 할 계획이라고 한다.

이러한 법제처와 국방부의 노력을 정부 차원에서 포상을 해주거나 언론의 홍보를 통해 전문 용어의 우리말다듬기에 앞장서는 기관으로 칭찬을 아끼지 않아야 할 것이다.

또한 이렇게 전문 용어를 정비하고 표준화한 기관의 공무원들이 정비한 용어를 사용하여 쉽게 쓴 공문서로 업무를 수행했을 때 그 노력을 인정하는 포상 제도가 함께 따르면 자발적이고 적극적으로 공공언어를 쉽게 쓰는 문화가 만들어 질 것이다.

그에 따라 다른 기관의 전문 용어의 정비도 국민의 눈높이에 맞은 어휘와 문장으로 바뀌는 것은 자연스러운 일로 연결할 수 있을 것이다.

또한, 공공기관의 직원들은 정기적으로 공공언어와 언어 사용에 대한 교육을 의무적으로 받도록 하고 공무원의 근무 평정이나 승진 평가 점수에 공공언어 사용을 준거 사항으로 넣고 국가에서는 모든 공공기관의 국어책임관과 국어전문가에게 그들 공공기관에서 만들어 낸 공공언어를 점검하고 관리할 수 있도록 평가 기준을 만들어 준다.

4) 행정효율과 협업촉진에 관한 규정

다음처럼 행정효율과 협업촉진에 관한 규정 제7조제2항에서는 '문서'를 직접 언급한다. 문서는 공문서와 사문서 모두를 포함할 수 있으므로 '공문서'로 이해하는 것이 좋겠다.

---

8) 출처: http://moleg.tistory.com/4424 [법제처 공식 블로그]

제7조(문서 작성의 일반원칙) 제2항 문서의 내용은 간결하고 명확하게 표현하고 일반화되지 않은 약어와 전문용어 등의 사용을 피하여 이해하기 쉽게 작성하여야 한다.

제7조제2항의 내용도 '일반화되지 않은 약어와 전문용어 등의 사용을 피하여 이해하기 쉽게 작성하여야 한다.'는 표현은 자칫 오해를 일으킬 수도 있다. '일반화되지 않은 약어와 전문용어 등의 사용을 피한다'에서 일반 국민이 이해하기 어려운 약어와 전문용어를 공공언어에서는 그대로 드러나게 사용하는 것은 소통을 방해하고 친절하지 않은 문서를 만드는 지름길이다. 따라서 일반화되지 않은 약어와 전문용어 등의 사용을 피하여 이해하기 쉽게 작성하기 위해 약어나 전문용어의 사용을 피하고 그 약어와 전문용어를 길게 설명하듯이 작성하면 간단하고 명료해야 하는 공문서 내용 작성에 위배될 수 있다. 이때 다듬어진 우리말이 있는 경우 대체하여 사용하면 그런 문제들을 해소할 수 있으므로 일반화되지 않은 약어와 전문용어 등의 사용을 피하기보다는 이해하기 쉽게 작성할 수 있도록 우리말다듬기, 행정용어 순화어 등을 참고하고 또한 전문 용어의 표준화에 노력을 기울여야 할 것이다.

금액 표기

행정효율과 협업촉진에 관한 규정 시행 규칙

제2조(공문서 작성의 일반원칙) ②문서에 금액을 표시할 때에는 「행정 효율과 협업 촉진에 관한 규정」(이하 "영"이라 한다) 제7조제4항에 따라 아라비아 숫자로 쓰되, 숫자 다음에 괄호를 하고 다음과 같이 한글로 적어야 한다.

예시 금113,560원(금일십일만삼천오백육십원)

<개정 2016.7.11.>

이 규정은 어문규범의 금액 표기 규정과는 다른 표기로 규칙을 정하고 있다.

<어문규범> 한글맞춤법 제5장 띄어쓰기 제44항

다만, 금액을 적을 때는 변조(變造) 등의 사고를 방지하려는 뜻에서 붙여 쓰는 게 관례로 되어 있다.

일금: 삼십일만오천육백칠십팔원정.

돈: 일백칠십육만오천원임.

행정효율과 협업촉진에 관한 규정 시행규칙과 어문규범의 표기법에 차이가 있다. 한글로 금액을 표기할 때 '일금', '금', '원', '원정'의 표시가 우선 다르다. 따라서 이 표기도 하나로 정할 필요가 있다. 우리의 공문서에서는 행정효율과 협업촉진에 관한 규정 시행규칙에 맞추어 쓰도록 한다.

5) 관계법에 맞지 않은 예

공공언어 사용에서 관계법과 다른 표기나 표현들이 무수히 많다.

우선 국어기본법의 '한글' 표기를 살펴보자.

(출처: 서울특별시 누리집)

서울시, **UIA** 2017 서울세계건축대회 성과확산을 위한 심포지움

(출처: 서울특별시 보도 자료, 2018. 10. 7.)

文대통령-프란치스코 교황 '평화'를 매개로 한 인연..첫 **訪北**까지 이어질까

(출처: 파이낸셜 뉴스, 2018. 10. 9.)

"외산**SW** 꼼짝마!"…70% 거품 뺀 **LG** **CNS** **ERP**로 '도전장'

(출처: 머니투데이, 2018. 10. 9.)

한글문화연대는 2012년부터 2016년까지 중앙정부의 석 달 치 보도 자료 3천 건씩을 조사한 결과, 보도 자료 1편당 3~4회꼴로 '한글'로 작성하는 원칙을 위반하는 것으로 발표했다. 영문자로 표기하는 것이 대부분이었다.

'18. 11. 24.(토)
2018. 9. 9 - 9. 14
2018. 10. 2~16.
2018. 09. 01.~09. 08.
2018. 9. 15일부터 10. 9일까지
2018. 3월말

날짜 표기도 앞의 예처럼 많이 틀리게 쓴다.

연월일 글씨는 생략하고 그 자리에 마침표를 찍어야 하며, 월과 일 앞은 한 타만 띄어 쓴다. 년도를 나타낼 때 문장 부호(')를 사용하여 줄여 쓰지 않는다. 조사로 물결표(~)의 의미를 나타내는 '부터', '까지'는 월일의 마침표에 붙여 쓴다. 어느 달의 '초, 중, 말'을 표기할 때는 한 타 씩 띄어 쓴다.

2018.∨9.∨9.(일)
2018.∨10.∨12.
2018.∨10.∨2.~10.∨16.
'18. 11. 24.(토) → 2018.∨11.∨24.(토)
2018.∨9.∨15.부터∨10.∨9.까지
2018. 3월말 → 2018.∨3.∨말

문장 부호 물결표 앞뒤는 붙여 쓴다.

13 : 00~18 : 00
AM 09 : 00~PM 14 : 00
오후 15 : 00~17 : 00

시간 표기는 24시각으로 하고 시분은 생략하여 시분 대신 쌍점을 찍는다. 문장 부호 쌍점(:)은 앞뒤를 붙여서 표기한다. 24시각으로 표기하므로 오전, 오후, AM, PM 표기는 하지 않는다. '분'이 없고 '시'만 있는 경우는 숫자 다음에 '시' 표기를 할 수 있다.

09 : 30
13 : 00~18 : 00
13시

참고로 시분이 한 자리 숫자인 경우에는 '09:05'처럼 쓴다.

48,500,000원
일금 48,500,000원정
사천팔백오십만 원

금액표기는 아라비아숫자로 한 다음 괄호 안에 한글로 표기한다. 이때 금액과 단위 명사 '원'은 띄어 쓰지 않는다.

금48,500,000원(금사천팔백오십만원)

다. 어법에 맞지 않다

여기서는 공공언어 문장을 살펴볼 것이다. 공공언어 중 공문서는 글로 쓰인 경우가 많다. 말로 할 때와 달리 글로 쓸 때는 어법에 맞게 써야 한다. 공공언어는 공적 언어이기에 우리말 어법에 맞게 써야 정확한 정보를 잘 전달하는 데 문제가 생기지 않는다. 어법에 맞게 쓴다는 건 우선 우리말을 바르게 쓰자는 약속을 잘 지키자는 것이다. 이것은 우리말 어문규정을 잘 지켜 쓰자는 것이다. 공공언어로서 문장을 쓸 때는 한국어 문법에 맞는 문장을 써야 한다.

바른 문장이란 크게 문법에 맞는 문장, 명확한 문장, 논리적이고 구체적인 문장을 말한다.[9] 그렇다면 어법에만 맞으면 좋은 공공언어 문장일까? 어법에는 맞지만 우리말답지 않게 쓰인 문장을 많이 볼 수 있는데 이런 문장을 바르게 썼다고 할 수 없다. 우리말답지 않게 쓰인 문장에 번역투 표현이 있다.

여전히 남아 있는 일본어식 표현도 피해야 한다. 요즘은 영어식 표현도 많이 쓰는데 이것도 피해야 한다. 이런 번역투 표현은 문법에 맞게 썼더라도 우리말 문장 표현이 아니어서 읽을 때 어색하고 잘 읽히지 않을 수 있다. 문장을 쓸 때 구어체 표현으로만 쓸 수는 없지만 구어체와 너무 동떨어진 표현은 공공언어는 어렵고 이해하기 힘들다는 인식을 줄 수 있다.

앞서 공공언어 요건에 소통성이 중요하다고 했는데 소통성은 용이성의 다른 표현이다. 쉬운 공공언어가 되려면 사용하는 용어를 쉽게 쓰고, 문장도 일상 언어와 너무 동떨어지지 않도록 쉽고 바른 문장 표현으로 써야 한다.

어법에 맞게 써야 한다는 것은 공공언어 요건 중 정확성에 해당하는데 여기에는 다음과 같은 요소를 포함한다.

ㅇ 어문 규정을 잘 지켰는가
ㅇ 호응이 잘 맞는가

문장에 적용을 해보면 우선은 우리말 어문 규정(맞춤법, 띄어쓰기, 외래어 · 외국어 표기법)을 잘 지켜서 썼는지를 본다. 어문 규정에 관해서는 여기서 따로 다루지는 않는다.[10]

---

9) 이관규(2002), 개정판 학교 문법론, 월인, 509.

문장은 기본적으로 문법에 맞게 써야 한다. 문법에 맞는 문장의 기본은 문장을 구성하는 주요 성분들끼리 잘 맞게 쓰는 것이다.[11] 우리말 문장을 구성하는 주요 문장 성분에는 주어, 목적어, 서술어가 있다. 이 세 가지 문장 성분은 문장을 구성하는 기본이고 매우 중요한 문장 구성 요소이기에 반드시 서로 잘 맞아야 한다. 공공언어 문장을 보면 특히 공문서에서 우리말답지 않게 쓰여 읽으면서 어렵게 느껴지는 경우가 많다. 주어와 서술어의 호응이 잘 안 맞으면 문장이 어색해져 이해가 잘 안 된다.

다시 말해, 문장의 주요 성분인 주어, 목적어, 서술어는 우리말 문장에서 매우 중요하다. 주요 문장 성분이기에 주어, 목적어, 서술어가 잘 맞아야 문장이 이해가 잘 되고 잘 읽힌다. 특히 주어와 서술어는 우리말 문장에서 매우 중요하다. 우리말은 서술어와 주어, 목적어 등 주요 문장 성분끼리 서로 잘 맞아야 한다.

공공언어 문장을 쓸 때 문장 주요 성분이 잘 맞지 않는 경우는 대부분 긴 공문서 문장을 쓸 때다. 실제 공문서 문장을 보면 한 문장의 길이가 긴 문장을 자주 만날 수 있다. 문장 길이가 길어지다 보면 주어, 목적어, 서술어끼리 호응을 잘 맞추기가 쉽지 않게 된다. 한 문장을 꼭 짧게 써야 하는 것은 아니나 한 문장이 길어질 때는 반드시 문장 주요 성분끼리 잘 호응하는지를 중간중간 점검해야 한다.

예 1 이 글의 목적은 이해하기 쉽고 바르게 쓰는 공공언어를 사용하는 첫걸음이 될 것이다.

어느 부분이 이상한가?

이 문장에서 '목적은'은 '~될 것이다'와 주어와 서술어의 호응이 맞지 않다.

예 1-1 이 글의 목적은 이해하기 쉽고 바르게 쓰는 공공언어 사용을 알리는 데 있다.

예 1-1로 바꾸어야 자연스럽다. 주어와 서술어가 맞지 않으면 문장은 매우 어색해

10) 어문 규정은 국립국어원 누리집에서 찾아 볼 수 있다.

11) 이관규(2002), 개정판 학교 문법론, 월인, 509.

지고 의미가 바르게 전달되지 않는다.

문장이 어색한 경우는 또 있다. 우리말 부사어 중에는 특정한 서술어를 요구하는 경우가 있는데, '반드시, 절대로, 결코, 혹시' 등이다. 이런 부사어는 특정한 서술어하고만 호응하기 때문에 반드시 맞게 써야 한다. 정리를 하면 다음과 같다.[12]

결코~않다	과연~구나
그다지~하지 않다	만약~(ㄴ)라면
도대체~이냐	부디~하여라
드디어~하다	비록~일지라도
마치~같다	아마~-ㄹ 것이다
여간~않다	일절~않다(못하다)
차라리~-ㄹ지언정	차마~않다
혹시~거든	

2. 소통이 되지 않는 공공언어

가. 이해하기 어렵다

공공언어 요건 중에 소통성은 용이성을 의미한다. 앞서 계속 이야기를 했지만 공공언어를 쉽게 쓰는 것은 매우 중요하다. 쓰인 공공언어 중 어렵게 느껴지는 표현들은 대부분 일상생활에서 잘 사용하지 않는 어휘나 표현들이다. 낯선 한자어나 외래어도 어렵게 느껴지고 신조어나 줄임말도 이해하기 어렵다. 위에 제시한 표현만 줄여도 공공언어는 대상자인 국민에게 훨씬 쉽게 다가갈 것이다.

이에 따라 국립국어원은 어려운 행정 용어를 알기 쉬운 말로 다듬은 '우리말 다듬

12) 이관규(2002), 개정판 학교 문법론, 월인, 512.

기(https://malteo.korean.go.kr/)'를 두어 누구나 참고할 수 있도록 하였다.

공문서 문장에도 어렵고 어색한 표현들을 많이 쓰는데 특히 일상 언어와 동떨어진 어휘와 문장 표현을 쓴 예가 많이 보인다. 공문서에는 공적인 면이 있으므로 일상 언어와 구별하여 사용할 수는 있으나 해당 기관만 알 수 있는 어휘나 외국어를 그대로 사용하고 잘 사용하지 않는 어려운 한자어 등을 많이 쓴다면 자연히 공문서는 어려운 공공언어가 될 수밖에 없고 소통성도 떨어지게 될 것이다. 그러므로 이해하기 쉽게 쓴 문장은 정보도 잘 전달할 수 있어 더욱 효율적이라 말할 수 있다.

1) 명확하게 쓰기, 구체적으로 쓰기, 쉬운 표현으로 쓰기

명확한 문장은 한 가지로 해석되는 문장이다.[13] 다시 말해 한 문장이 여러 의미로 해석이 된다면 명확하게 쓰지 않았다는 것이다. 공공언어에서 소통성과 함께 중요한 요소는 정보성이다. 정보성은 의미가 정확하게 전달되도록 썼는가를 본다. 가장 좋은 방법은 한 문장에 하나의 정보만을 담는 것이다.

그러나 문장을 쓰다 보면 한 문장에 하나의 정보만을 담는 것이 매우 어렵다는 것을 알게 된다. 공문서는 한정된 지면에 일정량의 정보를 담아야 한다는 한계가 있다. 그래서인지 공문서 문장을 쓸 때 한 문장에 여러 개의 정보를 담아 길게는 다섯 줄 이상으로 한 문장을 쓰기도 한다. 길게 쓰는 것을 무조건 좋지 않다고 말할 수는 없지만 한 문장이 길어지면 주요 문장 성분끼리 호응이 잘 안 되거나 정보를 잘못 해석할 수도 있어 한 문장을 길게 쓸 때는 오히려 신경을 더 많이 써야 한다. 또한 한 문장이 길면 읽을 때 잘 읽히지 않을 수 있다. 따라서 되도록 한 문장에 정보 하나, 둘 정도만 오도록 공문서 문장을 쓰도록 한다.

공공언어 요건 중에서 문장에서 나타내는 정보성은 다음과 같은 세부사항을 확인해야 한다.

○ 핵심 정보가 잘 드러나는가
○ 불필요한 정보를 담거나 정보를 너무 생략하지 않는가

13) 이관규(2002), 개정판 학교 문법론, 월인, 514.

○ 정보를 논리적으로 알기 쉽게 잘 배열했는가

정보가 잘 전달되는 문장은 의미가 명확한 문장이다. 문장을 쓸 때 쓰는 사람이 자주 착각하는 부분이 바로 '정보'다. 쓰는 사람은 본인이 쓰려는 내용을 알고 쓰기 때문에 문장을 모호하게 쓰더라도 인식을 못 할 수 있다. 예를 들면,

예 1 오늘 구내식당에서 맛있는 점심을 먹었다.

이 문장은 문법에 맞게 썼지만 정보성이 떨어진다. 음식을 먹은 사람만 알 수 있는 문장으로 이 문장을 읽는 사람에게는 뭐가 맛있다는 것인지 이해되지 않는다.

예 1-1 오늘 구내식당에서 치킨이 나온 맛있는 점심을 먹었다.

좀 더 구체적으로 정보가 드러나서 읽는 사람도 훨씬 이해하기 쉽다. 이해하기 쉬운 문장은 의미가 잘 전달되는 문장이면서 정보가 구체적으로 제시되어 정보를 잘 파악할 수 있는 문장을 말한다. 그러려면 선행되어야 할 것이 바로 '읽는 사람'에 대한 생각이다. 혹시 문장을 쓰면서 나만 알고 있는 문장을 쓰지는 않는지 돌아봐야 한다. 왜냐면 공문서 문장을 쓸 때는 구체적으로 정보를 전달하는 게 중요하기 때문이다.

예 2 여성부에서 관심을 갖고 실효성 있게 이루어지도록 방안을 마련하도록 한다.

이 문장은 이해가 잘 되면서 잘 읽히는가? '방안'을 마련해야 하는 행위 주체는 누구일까? '여성부'인가? 그다지 매끄럽게 잘 읽히지 않는 문장이다. 이 문장은 '정확성'과 '정보성'에서 걸리기 때문인데 조사를 바꾸면 훨씬 이해가 잘 된다. '여성부에서'는 '여성부가' 또는 '여성부는'으로 바꾸어야 한다. 이 문장에서 중요한 정보는 '여성부', '방안을 마련한다'이다. '관심을 갖고 실효성 있게 이루어지도록'은 부연 설명이므로 빼도 중요한 정보를 전달하는 데 무리가 없다.

예 2-1 여성부가 관심을 갖고 방안을 마련하도록 한다.
예 2-2 여성부가 방안을 마련하도록 한다.
예 2-3 실효성 있게 이루어지도록 여성부가 방안을 마련하도록 한다.
예 2-4 실효성 있게 이루어지도록 여성부가 관심을 갖고 방안을 마련하도록 한다.

원래 의도를 살리자면 예 2-4로 수정하는 게 좋을 것이다. 그러나 '실효성'은 사전을 찾아보면 "실제로 효과를 나타내는 성질"이라는 뜻으로 '실효성 있게 이루어지도록'으로 길게 쓰기보다는 불필요한 부분을 줄여 '여성부가 실효성 있는 방안을 마련하도록 한다.'라고 쓰는 것이 나을 것이다.

2) 번역투 표현, 조사, 어미 생략, 중복 사용

어법에 맞지 않는 것은 아니나 자연스럽지 못한 문장들이 있는데 일본어·영어 번역투 표현, 의미가 반복된 표현, 지나친 조사·어미 생략 표현 등이다.

예 1 장관이 참석하는 관계로 부처장들도 모두 참석하기 바람.
예 2 이는 백제와 중국의 밀접한 교류 관계의 가능성을 보여준다.
예 3 도자기에 있어서는 고려청자가 최고다.
예 4 민원으로 인해 업무 폭주가 우려된다.
예 5 새로 태어난 신생아에게 매달 30만 원씩 지급하기로 함.
예 6 기계를 가동시키고 있다.
예 7 철저를 기하다/적극 이용 바람

예 1~예 4는 외국어 번역투 표현이다. 예 1은 '장관이 참석하니'로 고칠 수 있다. 예 2는 '-의'를 겹쳐서 사용하였는데 '이는 백제와 중국이 밀접하게 교류했다는 것을 보여준다'로 바꾼다. 예 3, 예 4는 각각 '도자기는', '민원으로'로 수정하면 훨씬 우리말다운 문장이 된다.

예 5는 의미가 겹친 표현인데 우리말 '새'와 한자어'신'을 쓸 때 나올 수 있는 오류다. 다른 예로는 '새로운 새 학기', '새로 신축한' 등이 있다. '해마다 매년'도 마찬가지이다. 예 6은 '가동하다'라고 하면 더 자연스럽다. 예 7은 '철저히', '적극적으로'라고 고친다.

조사나 어미는 우리말에서 매우 중요하고 첨가어인 우리말의 중요한 특징이다. 임의대로 생략해서 사용하면 문장이 매우 어색해진다. 공문서에서는 자주 조사나 어미가 생략된 형태가 등장한다. 아마도 제한된 지면에 일정한 양의 정보를 넣으려다 보니 조사나 어미를 생략하여 글자 수를 줄이려는 의도로 보인다.

예 8 지자체 타당성 검토 결과 적정성 검토 요청 바람.

우선 '지자체'는 '지방자치단체'로 풀어서 쓴다. 공공언어에서는 줄임말은 이해하기 어려울 수 있기에 줄여서 쓰지 않는다.

'타당성 검토 결과 적정성 검토 요청'에서 보면 조사를 모두 생략하여 어휘만 나열한 형태이다. 이런 문장이 여러 문장 반복되면 매우 어색하여 의미 전달이 잘 안 된다. 이런 경우 글자 수가 늘더라도 조사를 붙여 풀어 써 주는 것이 좋다.

예 8-1 지방자치단체의 타당성을 검토한 결과를 보고 적성한 지 여부를 검토해 주기 바랍니다.

앞의 예들은 모두 공문서에서 자주 나타나는 문장 표현들이다. 공문서가 주는 공적이고 딱딱한 느낌이 공문서 문장을 쓸 때 어휘나 문장 표현에도 나타나는 것에 주의를 기울여야겠다.

3) 기관만 아는 용어, 외래어, 낯선 한자어, 전문 용어, 줄임말

그 외 이해하기 어려운 예를 살펴보면 공공언어인 공문서 쓰기 규정에 맞지 않게 쓴 경우다. 공공언어인 공문서를 쓸 때는 한글을 우선으로 쓰고 필요에 따라 괄호( ) 안에 외래어, 외국어, 한자어를 표기할 수 있다. 줄임말은 풀어서 쓰고 어려운 전문 용어는 한글로 표기한 후 필요에 따라 설명을 붙여준다. 우리말로 다듬어진 외래어나 외국어는 다듬어진 우리말을 쓴다.

예 9 IT사업 → 정보 통신(IT)사업

예 10 지자체 → 지방 자치 단체
뺑반(뺑소니 사고 조사반) → 교통 범죄 수사팀

예 11 홈스테이 → 가정 체험
피칭 → 투자 유치

'환류'라는 용어가 있다. 표준국어대사전에서 찾으면 다음과 같이 나온다.

환류 (還流)[활-]
「명사」
「1」『지리』 물 또는 공기의 흐름이 방향을 바꾸어 되돌아 흐름. 또는 그런 현상.
「2」『지리』 적도 해류가 대륙이나 섬에 부딪혀서 둘로 나뉘어 극지방을 향하여 점차 동쪽으로 흐르는 난류. 멕시코 만류 따위가 있다.
「3」『화학』 가열에 의하여 생긴 증기를 응축하여 다시 본디의 위치로 되돌리는 화학 실험 방법.

이 외 다른 의미는 찾을 수가 없다. 다음 문장을 보자.

예 12 **AHP 환류** 기준과 절차, 설문지 임의 작성 방지 대책 등을 구체적으로 규정하는 방안을 마련하도록 통보하였다.

이 문장에서 '환류'라는 단어가 나오는데 사전적 의미로는 도저히 해석이 되지 않는다. 도대체 무슨 뜻일까? 이 문장에서 '환류'는 '피드백'의 의미로 쓰였다. '환류'라는 용어는 일부 공공 기관에서 '피드백'의 의미로 사용한다. 이 용어를 자주 사용하는 기관에서는 누구나 아는 일반적인 표현으로 착각하여 어려운 말이라고 인식을 못 할 수 있다. 그러나 이 용어는 일부 기관에서만 '피드백' 의미로 사용할 뿐 대다수에게는 그 뜻을 알기 어려운 용어이다. 사람들은 어휘의 뜻을 알아볼 때 보통의 경우 사전을 이용하는데 용어가 사전에 나온 뜻과 다르게 쓰였다면 문장 의미를 파악하는데 어려울 수 있다.

'AHP'라는 용어는 더 알 수 없는 어려운 용어이다. 특정한 분야를 다루는 공공 기관에서는 어려운 전문 용어나 외래어를 많이 쓰게 된다. 안 쓸 수는 없기에 이런 용어를 쓸 때는 읽는 사람이 최대한 이해할 수 있도록 쓰려는 배려가 필요하다. 공공언어로서 전문 용어를 사용할 때는 한글로 먼저 쓴 후 괄호( ) 안에 외래어나 원어로 표기하는 것이 원칙이다. 공문서를 쓸 때는 외래어나 외국어를 그대로 사용하거나 줄여서 사용하면 안 된다.

예 12-1 계층화 분석법(AHP) 피드백(feedback)기준과 절차, 설문지 임의 작성 방지 대책 등을 구체적으로 규정하는 방안을 마련하도록 통보하였다.

위와 같이 바꿔야 한다. 여기에 덧붙여 각 용어에 설명을 달아주면 더 좋다. 이렇게까지 하는 이유는 공공언어는 소통성이 중요하기 때문이다. 공공언어는 읽는 사람을 반드시 생각해야 한다.

예 13 총 사업비 500억원 미만 사업 중 총 사업비를 축소할 유인이 있는 사업을 선별하여~

'유인'이 무슨 뜻인지 알 수 없어 문장 의미가 잘 전달되지 않는다.

유인 08 (誘因)
「명사」
어떤 일 또는 현상을 일으키는 원인.

사전에 나온 의미다. 한자어인데 잘 사용하지 않는 단어로 읽는 사람에게 어렵게 느껴질 수 있다. 이 말도 좀 더 쉬운 말로 바꾸는 게 좋다.

예 13-1 총 사업비 500억원 미만 사업 중에서 총 사업비를 축소해야 할 이유가 있는 사업을 선별하여~

어려운 단어를 바꾸니 훨씬 쉬운 문장이 되었다. 기관에서 관행처럼 사용하는 말

중에는 이처럼 이해가 잘 되지 않는 어려운 용어가 많다. 관행에 따라서 쓰다 보면 쓰는 사람에게는 익숙해져 어렵지 않게 느껴질 수 있으나 공공언어는 읽는 사람을 반드시 염두에 두고 써야 한다. 공공언어는 읽는 사람에게 의미를 제대로 잘 전달해 줘야 한다. 공공언어에서 소통성이 중요한 데는 바로 이런 이유에서다.

나. 권위적이다

표준국어대사전에서는 '권위적'이라는 말을 '권위를 내세우는 것'으로 정의하고 있다. 사전에서는 그 예로 "권위적 관료의식", "그 의사는 시종일관 권위적으로 환자를 상대했다."를 들고 있다. 좀 더 구체적으로 '권위'의 의미를 알아보자.

표준국어대사전에서는 '권위'를 "남을 지휘하거나 통솔하여 따르게 하는 힘. 일정한 분야에서 사회적으로 인정을 받고 영향력을 끼칠 수 있는 위신."으로 정의하고 있다. 그에 따라 '권위 있다. 권위를 세우다. 권위가 실추 되다' 등의 표현을 관용어로도 사용하고 있다.

표준국어대사전에서의 예와 마찬가지로 우리는 '권위적'이라는 말을 사용하는 경우 권위에 복종하고, 부정적 표현이나 의미 해석으로는 약자에게 군림함으로써 힘을 과시하는 것으로 이해하기도 한다. 이러한 이유에 따라 매우 긍정적 관점에서 국가기관이나 관공서에서 작성하는 공공언어가 권위적인 태도를 취하는 것에 사회적으로 인정을 받고 영향력을 끼칠 수 있는 위신으로 생각하여 순종하는 것도 같다. 그러다 보니 그동안의 의식 속에 권위가 있는 공공언어를 우리는 어려운 한자말이나 외국어가 많이 있는 것이 '공공언어로서 권위 있는 글'이라고 믿고 따랐다.

그러나 공공언어는 사실에 근거해 쉽고 친절해야 한다.

쉬운 공공언어를 불편해 하는 것은 그동안 보아왔던 공공언어의 모습이 아니므로 우리가 이해하기는 쉽지만 익숙하지 않기 때문에 불편해 보이는 것이다.

青年文化 誤導되고있다

低質·流行으로 크게변질

享樂的인 블루진·통기타·생맥주는 似而非

날카로운 理性 발산해야

[그림 5] 1980년대 신문

(출처: https://search.naver.com/search.naver?sm=tab_niv&where=image&quer)

은평 갈현1구역, 매머드 단지로 변신 가속

재개발 건축심의 통과한지 반년만에 사업시행인가 도진

4140가구 대단지 '부푼 꿈'

인근 삼송에 스타필드 입주 연신내역엔 GTX 호재까지

[그림 6] 2017년 신문(출처: 매일경제, 2017. 11. 24.)

앞의 두 신문을 보자.

[그림 5]는 1980년대 신문은 제목에서부터 한자가 자리하고 있다. 물론 기사 내용에서도 한자의 사용이 빈번하다. 이 시절의 신문 등 공공언어는 한자를 사용해야만 공공언어다운 표현과 표기로 인정하던 관습이 있었다. 한자를 써야 권위 있는 글이라는 의식이 있었기 때문일 것이다. 그러나 국어기본법에 맞추어 읽기 어려운 한자어인

‘靑年文化 誤導’를 한글로 바꾸면 누구나 읽고 이해하는 데 보다 쉬울 것이다. 이것은 공공언어의 권위를 떨어뜨리는 것도 아닐 것이다.

현재 우리가 보고 있는 [그림 6]의 신문 기사는 다행히 한글로 표기하고 있어 읽기에는 편리하다. 그렇지만 표제에서 ‘매머드’와 ‘가속’이라는 단어의 사용으로 이해에 다소 불편할 수도 있어 보인다. 외국어인 ‘매머드’를 쉽게 이해하지 못하는 독자가 분명히 있을 것이므로 ‘거대한, 엄청난’ 정도의 우리말로 바꾸어 표현하고, ‘가속’이라는 말은 ‘속도를 더한다’는 의미이므로 정확한 정보 전달의 의미는 아니다. 기사의 내용에 따라 이 표제를 조금 수정해 본다면 ‘은평구 갈현1지구, 거대한 단지로 빠르게 변화’로 가능할 것이다.

공공언어는 소통이 어려운 권위적인 단어나 문장이 아닌 쉽고 친절한 단어, 문장을 쓰는 것이 국민의 권리를 배려하는 더 권위 있는 글이라 할 수 있다.

1) 권위적인 어휘

‘오늘은 날씨가 매우 좋다’

이 문장을 공공언어답게 써 보자고 하면 우리는 우선 어휘 선택이 공공언어다운지를 살필 것이다.

‘금일 날씨 쾌청’

‘오늘’과 ‘매우 좋다’보다는 공적인 느낌의 한자어 ‘금일’과 문어적 표현이 강한 ‘쾌청’이라는 어휘를 선택한다. 문장이 간결하고 명료해야 한다는 생각에 조사와 종결어미를 드러내는 것보다는 명사의 나열을 통해 표현하는 것을 명료한 공공언어로 인식한다.

즉 우리는 ‘금번, 필히, 익일, 부합하는, 차월, 타 기관, 일환으로, 향후, 지득한, 제고, 송부, 가료, 양도양수, 예찰’ 등의 한자 어휘를 사용하는 것이 공공언어를 작성할 때 권위 있고 적합하다는 관습에 의한 오류를 범하고 있는 것이다.

'노유자'는 '어르신이나 어린이'를 말한다. 이 단어는 한자어로 표준국어대사전에는 없는 단어이다. 굳이 한 눈에 읽히지 않는 한자어를 사용하는 것은 오히려 권위가 있지 않다. 쉽게 이해할 수 있는 '어르신과 어린이' 또는 표준국어대사전에 등재되어 있고 이해하기 쉬운 '노약자'로 쓰는 것이 바람직하다.

> 함양소방서(서장 윤영찬)는 지난 28일 이레노인종합재가센터와 장애인주간보호센터에서 <u>노유자 시설</u> 화재 안전을 위한 맞춤형 긴급대피 컨설팅을 실시했다고 밝혔다.
>
> (출처: 소방방재 신문)

전국에서 행사나 축제가 이어지는 가을에는 지자체 홍보자료에 빠지지 않는 '성료'도 마찬가지다. '성대하게(盛) 끝마쳤다(了)'라는 의미로 사용하는 이 단어는 일상에서는 거의 쓰지 않고 표준국어대사전에도 없다.

자치 단체 공식문서에 관행적으로 권위 있는 표현으로 사용하고 있다. '마무리', '성공', '잘 마쳐' 등으로 썼다면 보다 쉬웠을 것이다.

> 서울대 공대, 외국인 유학생을 위한 가을맞이 전통문화체험 행사 <u>성료</u>
>
> (출처: 인터넷 신문 아크로팬)

> 용인시, 노인의 날 기념행사 600여명 참여 <u>성료</u>
>
> (출처: 용인시청 누리집)

> 가이드 라인, 니즈, 로드맵, 롤 모델, 멘토링, 미션, 바우처, 브리핑, 슬로건, 이슈, 인센티브, 패러다임, 팩트

공공언어에서 영어 용어는 편하게 받아 들여 사용하고 있다. 때로는 우리말로 표현할 말이 없어서 영어를 사용한다거나 우리말로 바꾸어 쓰기에는 그 의미가 모호해서 쓰기도 한다는 등의 이유를 들며 영어 용어를 많이 사용하고 있다.

매우 전문적인 용어가 아니라면 영어 사전에 있는 단어들은 대체로 우리말로 바꾸어 쓸 수 있다. 하지만 있어 보이거나 세련돼 보인다는 이유에서 서로 묵인 하에 사용

하고 있는 것도 사실이다.

영어나 다른 외국어를 많이 사용하여 공공언어의 권위 추구를 위해 국민과 소통하지 않고 있다면 이는 오히려 국민의 알권리를 침해하고 있는 것과 같다.

2) 권위적인 문장

공공언어의 문장이 권위적인 경우는 빈번히 볼 수 있다. 권위적인 문장 표현은 상급기관이나 상급자가 하급기관이나 하급자에게 권위적으로 해석될 수 있는 표현으로 나타난다. 예를 들어 '~함'이나 '~할 것' 등은 자칫 권위적으로 해석될 수도 있다.

다음과 같이 작성할 것.
기한 내 필히 납부 요망.
운영하도록 지시하였다.
장관은 ~라며 치하하였다.
하기 각 호에 해당되지 않는 자만 후보로 등록 필할 수 있다.

'~할 것'은 명령이나 시킴의 뜻을 나타내면서 문장을 끝맺는 말이다. '작성해 주십시오'와 같이 권위적인 표현을 피하면서 친절하게 써야 한다. '필히 ~요망'은 한자어로도 표현하고 권위적이면서 고압적이기도 한 표현이다. 이때에는 '반드시 ~ 바랍니다/주십시오'처럼 '-습니다'체를 써서 공손한 표현을 쓴다. '지시하다' 대신 '하다' 정도로 표현하면 권위적인 표현을 피할 수 있다. '~치하하다'는 주로 윗사람이 아랫사람에게 하는 권위적인 표현이므로 피해서 쓴다.

'하기 각 호에 해당되지 않는 자만 후보로 등록 필할 수 있다.'를 '아래의 각 호에 해당하지 않는 분은 후보로 등록할 수 있습니다'와 같이 권위적인 표현을 피하면서 친절하고 이해하기 쉽게 쓴다.

다. 차별적이다

요즈음 '금수저'라는 표현을 사회면이나 연예면 기사에서 흔히 볼 수 있다. 영어식 표현 '실버 스푼'에서 파생된 것이 분명한 이 단어는 어떤 이가 경제력도 풍족하고 명망도 갖춘 집안 출신임을 의미하는 신조어이다. 이 단어의 탄생 이후 인터넷에서는 자조적 표현인 '흙수저'가 생겨나고 더 상위 계층을 의미하는 '다이아몬드 수저'까지 생겨났다. 경제력과 권력을 중시하는 사회를 반영하는 계급적 용어가 공공언어의 영역에서 아무런 저항 없이 사용되고 있는 현실이 씁쓸하다. 차별어의 사용을 확인하기 위해 대표적 차별 표현인 '결손 가정'이라는 표현을 인터넷 포털 사이트에서 검색해 보았다. 그랬더니 '주민들의 재능 기부 릴레이-결손 가정 아이들 품다,' '결손 가정 도시락 배달 봉사', '결손 가정 아동 돕기 라면 등 기탁' 등과 같은 수많은 기사들이 검색되었다. '결손 가정'에서 '결손'은 '어느 부분이 없거나 잘못되어서 불완전함'이라는 뜻을 가지고 있다. 즉, 위 기사들에서 언급된 '결손 가정'은 '잘못된 가정'이라는 폄하의 뜻을 품고 있는 표현이다. 이를 교육 현장에서는 '한부모 가정', '조손 가정', '청소년 가장 가정'이라는 객관적 표현으로 바꾸어 사용하고 있으나 아직까지 많은 공공의 영역에서 이러한 차별적 표현이 사용되고 있다. 대표적인 차별 언어의 영역으로는 성, 인종, 장애, 직업, 지역이 있을 것이다.

성차별어에서 다음의 사례를 보자. 한때 나라를 떠들썩하게 했던 '벤츠 여검사의 비위'와 관련한 기사들에서는 마치 고유 명사인 듯 뇌물로 받은 '벤츠'에 성별을 나타낸 '여검사'라는 표현을 붙여 사건 당사자를 지칭하였다. 남자 검사의 비위는 어떻게 다루고 있을까? 어느 기사에서도 '남검사'로 지칭하지 않는다. '부장검사'라거나 '검사장'이라거나 하는 직위 명을 사용하거나 '이름'을 그대로 사용한다. 이러한 성을 구별하여 표현을 달리하는 것으로 '경찰'과 '여경', '의사'와 '여의사', '작가'와 '여류 작가', '교수'와 '여교수'와 같은 표현들을 들 수 있다. 우리 주변을 살펴보면 여자들만 다니는 중학교, 고등학교는 **여중, **여고처럼 불리는데 남자들만 다니는 중학교, 고등학교는 좀처럼 **남중, **남고로 불리지 않는다. 여성을 구별 지어 표현하는 것은 성차별적 태도에서 기인한다. 2018년 6월 서울시 여성 문화 재단은 우리 사회 속에서 문제의식 없이 사용되고 있는 성차별 언어를 발표하였다. '유모차'와 같은 경우 어미 모(母)자가 들어가 이 단어가 성 역할을 고정시키는 표현임을 드러내었다. 이를 '유아차(幼兒車)'로 바꾸자고 제안하였다. 이외에도 '미혼'을 '비혼'으로 '저출산'을 '저출생'

으로 바꾸자고 제안하였다. 법률 용어에서도 쓰이는 '미망인'이라는 표현은 남편은 죽었는데 아직 따라 죽지 않은 여자를 의미하는 것으로 부인을 남편의 부속물로 여기는 순장(殉葬) 시대에서나 쓰일 법한 성차별적 표현이다. 이를 '배우자'라는 단어로 바꾸어야 한다. 또한 '부녀자 상대로 범행', '부녀자 납치' 등 사건 기사에서 주로 보이는 '부녀(婦女)'라는 표현도 남자 입장에서 '아내와 딸'이라는 의미로 규정되는 단어이기에 부녀 대신 여성이라고 쓰는 것이 좋을 것이다. 법제처에서도 알기 쉬운 법령정비 수정 권고안을 통해 '부녀'를 '여성'으로 대체하도록 하고 있다.

다른 피부색을 가졌다고 하여 같은 한국인임에도 다른 표현으로 지칭되는 이들이 있다. 바로 '혼혈아', '혼혈인'이다. 이러한 표현은 대표적인 인종 차별 표현이다. '혼혈 농구 선수', '혼혈 모델' 등 다른 사람들과 구별 짓는 '혼혈'이라는 표현은 구별 짓는다는 그 자체로 차별적이다. 또한, 한민족 등의 민족 개념을 중시하고 혈통을 중시하는 문화에서 그동안 이 표현들이 멸시하는 의미로 쓰였다는 점을 볼 때 이것들은 아예 쓰지 않는 것이 좋다. 어린 시절 '살색'이라는 크레파스가 지금은 '살구색'으로 바뀐 것처럼 피부색을 드러내는 표현은 쓰지 않아야 한다는 문제의식이 필요하다. 법제처에서는 인종 차별적 표현인 '혼혈아'를 '다문화 가정 자녀'로 정비하였다. 그런데 '다문화'라는 표현도 교육 현장 등에서 이 아이들에게 차별하는 표현으로 받아들여지고 있다는 점에 주목하여야 한다. '다문화 가정 아이'들이 이 표현으로 불리며 다른 존재로 소외되는 것이다. 차별은 상처를 준다. 상처를 주지 않기 위해 세심한 고려와 신중한 언어 정비가 이루어져야 한다.

'잡부로 파출부로 늙은 싱글의 비애', 이는 2018년 10월 어느 언론사의 기사 제목이다. 늙어서 제대로 된 일자리를 찾을 수 없다는 비참한 현실을 나타내기 위해 일부러 '잡부', '파출부'라는 비어(卑語)를 사용하였는지도 모르겠다. '잡부', '파출부'는 직업을 비하하는 차별어이다. 일찌감치 '파출부'는 '가사 도우미'로 안정된 대체 표현을 얻었다. 막일을 하는 낮은 사람이 아니라 도움을 주는 직업인의 의미를 나타낸다. '잡부'는 '막일꾼'으로 순화되었으나 직업의 비하의 의미를 벗어나 보이지는 않는다. '보험 판매원'이 '보험 설계사'로 바뀐 것과는 차이가 난다.

주차장에 가면 이러한 안내문을 볼 수 있다. '장애인 주차 구역', '일반인 주차 구역'. 이는 '장애인'을 일반인의 범주에 넣지 않는다는 것을 의미한다. 때로 '장애인'과 '정상인'이라는 표현으로 구별하는 것도 볼 수 있다. '장애인'이 '일반적이지 않은', '정상적이지 않은'과 같은 의미로 치환되는 위와 같은 표현은 이러하기에 차별적이다. '장애인'은 '비장애인'과 구별되는 것이지 '정상적'이라거나 '일반적'이라거나 하는 보편의 개념의 반대에 있는 부류가 아니다. 한국의 속담이나 관용구에는 장애인을 희화화하거나 부정적으로 표현하는 것이 많이 있다. '장님 코끼리 만지듯 한다.'라는 것이나 '벙어리 냉가슴 앓듯', '꿀 먹은 벙어리', '눈 뜬 장님' 등이 그것이다. 그리고 많은 언론 기관에서 이러한 표현을 활용하여 기사를 만든다. 국가인권위원회는 언론 매체들의 이러한 모습에 "장애인에 대한 비하 소지가 있는 용어, 부정적 의미를 내포한 장애 관련 속담 표현 등 관행은 그것이 장애인의 인격권을 침해하거나 장애인에 대한 차별행위에 해당하는지의 여부를 떠나서 개선돼야 한다."라고 강조했다. 언론 기관이 아니더라도 일상적으로 아무 고민 없이 공문서나 공공언어의 영역에서 이러한 표현을 사용하지 않았는지 고민해 보아야 한다.

이름은 단순히 형식이 아니다. 이는 의미를 형성한다. 어떤 이름을 부르느냐는 사회적 지위나 관계를 규정하는 일이다. 서로를 배려하고 인정하는 사회에서 차별어는 사라질 수 있다. 공공언어를 다루는 사람들은 보다 더 배려하는 사회, 보다 더 조화로운 사회를 만들기 위해 차별어를 없애는 일에 힘써야 할 것이다.

제2부

쓰기 쉬운 공공언어

제1장
안내문과 공고문, 이렇게 쓰자

1. 안내문 작성하기

안내문은 '어떤 내용을 소개하여 알려 주는 글'[14]이다. 안내문은 행사, 모임, 사실 등을 독자에게 전달하는 것이 목적이므로 쉽게 써야 하고 안내문을 읽는 사람에게 잘 전달될 수 있게 써야 한다.

안내문 내용은 안내문을 읽는 독자를 반드시 생각하여 그에 맞게 써야 한다. 안내문은 쓰인 목적에 따라 내용을 짧게 쓰거나 길게 쓰고, 알리고자 하는 정보를 구나 절 형태보다는 문장 형태로 길게 쓴다. 또한 읽는 대상을 생각하여 친절하고 정중한 표현을 써야 한다.

책 처음에 등장한 '침류각'을 예로 들면 '침류각'의 안내문은 어려운 말이 많아 이해하기 어렵고, '침류각'이 어떤 용도로 쓰인 건축물인지 등도 알려 주지 않았다. 누가 읽을 것인가를 생각하지 않았다는 인상을 준다.

도로 안내문은 도로를 이용하는 사람을 생각해서 써야 하고, 박물관 안내문은 박물관을 이용하는 사람을 생각해서 써야 한다. 용도와 사용자를 생각하여 안내문을 작성

14) 표준국어대사전

해야 한다.

정리하면 다음과 같다.

- ㅇ 어떤 내용을 소개하여 알리는 것이므로 읽는 대상이 궁금해 할 정보를 써야 한다.
- ㅇ 정보가 제대로 전달될 수 있도록 쉽게 써야 한다.
- ㅇ 안내문의 내용에 따라 신청 대상자나 필요한 사항을 적고 관계자의 연락처를 필요에 따라 적는다.

이 장에서 1부에서 이야기했던 공공언어가 갖춰야 할 요건들을 안내문 예시를 보면서 살펴보겠다.

예 1 통일전망대는 이곳으로 부터 약11km 북쪽 민간인 통제선(민통선)에 위치하고 있는 관계로 소정의 출입신고를 거쳐야만 출입이 가능함을 양지바랍니다.

[그림 7] 통일전망대 안내문(출처: 고성통일전망대 DMZ박물관)

위는 방문객에게 출입 절차가 있음을 안내하는 안내문이다. 안내하려는 내용이 잘 나타나 있으나 몇 군데 어긋난 표현이 있다.

우리말 어문 규정에서 띄어쓰기는 상당히 어려운 부분이다. 완벽하게 할 수도 없을 뿐더러 용례를 전부 외울 수도 없다. 하지만 엄연히 우리말 약속이기 때문에 공공언어를 쓸 때는 띄어쓰기에도 신경을 써야 한다.

위 안내문을 보면 잘 못 쓴 띄어쓰기가 눈에 띈다. 띄어쓰기에서 고유 명사는 붙여 쓰기도 허용되므로 '통일전망대'는 붙여 써도 된다. '이곳, 저곳, 이때, 저때' 등은 붙여 쓴다. '으로부터'는 조사이므로 붙여 쓴다. '약'은 관형사로 띄어 쓴다.

'위치하고 있다'는 영어식 표현이다. 우리말은 '있다'로 해야 한다. '~관계로'도 외국어 번역식 표현이다. '소정의' 대신 '정해진'을 쓰면 좋다. '가능함을 양지바랍니다'처럼 명사형 '-음'으로 쓰는 형태는 피하는 게 좋고, '양지'는 의미가 어울리지 않는 단어이므로 다른 표현으로 바꾼다.

예 1-1 통일전망대는 이곳으로부터 약 11km 북쪽 민간인 통제선(민통선)에 가까이 있으므로 정해진 절차를 거쳐야 출입이 가능합니다.

[그림 8] 좌회전 감응 신호 표지

안내문은 아니지만 안내문과 목적이 같은 공공언어로 교통 안내판이 있다. 교통 안내판 중 '좌회전 감응'이라는 표지가 있는데, '감응'이란 단어가 어려워 쉽게 어떤 신호인지 파악하기 힘들다. '감응'을 사전에서 찾으면 "어떤 느낌을 받아 마음이 따라 움직임 또는 믿거나 비는 정성이 신령에게 통함."[15]이라고 써 있어서 무슨 의미로 쓰

15) 표준국어대사전

였는지 이해하기 어렵다.

'좌회전 감응 신호기'는 감지 신호기의 일종으로 차를 감지해서 좌회전 신호를 주는 신호기이다. 하지만 어렵게 쓰인 용어로 신호를 보고 이용하는 운전자에게 오히려 혼란을 줄 수 있다.

안내를 목적으로 하는 안내판이나 안내문은 읽을 대상을 반드시 생각해야 한다. 어려운 용어는 쉬운 용어로 바꾸거나 풀어서 쓰도록 한다. '좌회전 감응'을 '차량 감지 좌회전 반응'이나 좀 더 쉽게 쓴다면 안내판으로써 목적에 좀 더 잘 맞을 것이다.

> 예 2 건물 로비에 ○○궁 가는 문을 설치하여 편안한 ○○궁지 연계 궁궐여행 통로를 마련하였으며 확장된 중정 야외·데크는 관람이용객이 우천 시에도 휴식 공간 및 식사장소로도 이용하실 수 있습니다.

다음은 어느 박물관 안내문이다. 긴 내용은 아니나 대상인 관람객에게 무엇을 안내하려는 것인지 쉽게 와 닿지 않는다. 우선 이 문장은 한 문장이다. 한 문장에 정보 3개가 들어있다.

- 건물 로비에 ○○궁 가는 문을 설치했다.
- 편안한 ○○궁지 연계 궁궐여행 통로를 마련하였다.
- 확장된 중정 야외 데크는 관람이용객이 우천 시에도 휴식 공간 및 식사장소로도 이용하실 수 있다.

이 중 첫 번째와 두 번째는 연관된 정보라 한 문장으로 써도 괜찮으나 세 번째는 다른 정보여서 문장을 나누는 게 더 좋다. 가장 이상적인 것은 문장 하나에 정보 하나가 들어가는 형태이지만 그렇게 쓰지 않더라도 정보가 달라질 때는 문장을 나누는 게 문장을 읽을 때 더 잘 읽힌다.

'편안한 ○○궁지 연계 궁궐여행 통로'는 조사를 빼고 단어를 나열하여 우리말답지 않아 어색하다. '편안한' 뒤에 꾸며주는 말이 바로 오지 않아 어색하니 빼는 것이 더 낫다.

예 2-1 건물 로비에 ○○궁 가는 문을 설치하여 ○○궁으로 바로 가실 수 있습니다.

'우천 시에도', '식사장소로도'에 '-도'가 중복되므로 한 번만 사용하도록 한다. '우천 시'는 '비가 올 때'로 좀 더 쉬운 표현을 쓰면 좋다. 띄어쓰기에도 주의를 하도록 한다.

예 2-2 확장된 중정 야외 데크는 (관람 이용객이) 비가 올 때 휴식 공간과 식사 장소로도 이용하실 수 있습니다.

다음 안내문을 살펴보자.

예 3
- 상설전시실은 하나의 공간으로 터서 유물을 나열하는 기존의 전시보다는 주제에 집중하는 방식으로 동선을 유도하고 있습니다.
- 전시실에는 실제 유물뿐만 아니라 '관련모형, 디지털 영상, 터치 뮤지엄, 체험 공간' 등이 있어 어린이들과 함께 ○○의 역사와 문화를 보다 쉽게 접근할 수 있도록 구성되어 있습니다.

첫 번째 문장에서 '~하고 있다'는 번역투 표현이므로 '~하였다'나 문맥에 맞는 다른 표현으로 바꾸는 게 좋다. 아래와 같이 바꿔 보았다.

예 3-1 상설 전시실은 공간을 하나로 터서 유물을 나열하는 기존 전시실 방식에서 주제에 집중하는 방식으로 동선을 배치하였습니다.

두 번째 문장에서 '구성되어 있다'도 번역투 표현이므로 '구성되었다'로 바꾼다.

예 3-2 전시실에는 실제 유물뿐만 아니라 '관련 모형, 디지털 영상, 터치 뮤지엄, 체험 공간' 등이 있어 어린이들과 함께 ○○의 역사와 문화에 쉽게 접근할 수 있도록 구성하였습니다.

2. 공고문 작성하기

표준국어대사전에 공고문이란 "널리 알리려는 의도로 쓴 글"이라고 실려 있다. 국립국어원에서는 "특정한 사안이나 정책을 국민에게 널리 알리는 문서"라고 되어있다.[16] 공고문도 공적인 목적으로 쓰인다. 공고문에는 공고 내용을 정확히 구체적으로 써야 한다.

또한 어떤 일을 시행하는 주체와 내용도 명확히 써야 한다. 안내문처럼 문장을 길게 쓰지는 않더라도 독자가 볼 때 정확히 알 수 있도록 용어나 표현을 이해하기 쉽게 써야 하고 정확하게 표현해야 한다.

공고문도 공문서 형식에 맞게 써야 한다. 한글로 작성하고 날짜나 시간 표기도 공문서 형식에 맞춰야 한다. 어문 규정을 지켜 쓰는 것은 기본이다.

공문서에서 자주 보이는 어문 규정 오류는 띄어쓰기이다. 공문서를 쓸 때 단어를 너무 붙여서 쓰는 경향이 있는데 그럴 경우 읽을 때 어렵게 읽히거나 단어 의미를 잘못 이해할 수 있으니 띄어쓰기에 주의해야 한다.

예 1

인천교통공사 공고 제2016 – 138호

인천교통공사 신입사원 채용공고

2016년 제2회 인천교통공사 신입사원 채용계획을 다음과 같이 공고합니다.

2016년 5월 20일

인천교통공사인사위원회 위원장

1. 채용분야 및 인원

채용분야	계	일 반		채용직급
		공개경쟁	제한경쟁	
계	20명	7명	13명	9급
전기전자 (전기)	5명	5명	-	
시설환경 (토목)	2명	2명	-	
차량	7명	-	7명	
승무	6명	-	6명	

16) 공공언어 길잡이. 2014. 문화체육관광부, 국립국어원.

※ 제한경쟁은 자격증(제2종 전기차량 운전면허) 소지자 모집
※ 분야간 중복지원 불가
※ 채용분야 및 인원 변경사유 발생시 필기시험일 7일전까지 수정공고함

2. 응시 자격요건

가. 연　령 : 18세 이상 (1998.12.31. 이전 출생자) 60세 미만인 자(면접시험 기준일)
나. 학　력 : 제한 없음
다. 거주지 및 자격
- 공개경쟁채용분야 (전기, 토목) : 2016. 1. 1. 이전부터 면접시험일까지 계속하여 주민등록상 주소지(같은 기간 중 주민등록상 말소 사실이 없어야 함)가 인천광역시로 되어 있는 자

- 1 -

[그림 9] 채용 공고문(출처: 인천교통공사 누리집)

문장 부호도 잘 써야 한다. 문장 부호마다 띄어쓰기가 각각 다르다. 어문 규정 안에서 정하여 사용하므로 문장 부호도 임의대로 띄어 쓰지 않도록 주의한다. 가장 많이 나타나는 문장 부호 오류는 쌍점(:)이다. 쌍점(:)은 "앞말에 붙이고 뒷말은 띄어쓴다."라고 되어 있다. 공고문(예 1)도 쌍점(:) 띄어쓰기가 틀렸다. 위 공고문 예에서 쌍점(:)을 수정하면 다음과 같다.

가. 연령∨:∨18세 이상 → 가. 연령:∨18세 이상

'공개경쟁채용분야'는 '공개경쟁 채용분야'로 앞에 쓴 부분과 일관되게 쓴다.

공고문에는 입찰 공고, 게시용 공고, 시험 공고, 채용 공고 등 선달하려는 정보에 따라 여러 가지 공고문이 있으니 각 공고문에 맞게 내용을 쓰면 된다. 이때 주의할 점은 공고문을 읽는 대상과 공고 사항이다. 공고 사항은 구체적으로 명시하여 독자가 혼동하지 않도록 해야 한다.

독자가 혼동하기 쉬운 표현 중 '및'이 있다. '및'은 부사로 '그리고, 그밖에, 또'의 뜻으로 문장에서 같은 종류의 성분을 연결할 때 쓰는 말이다. 유의어로 '그리고, 또'가 있다.[17] 그런데 간혹 문맥에서 '또는'의 뜻처럼 보일 때가 있다.

17) 표준국어대사전

방과후학교 교사 모집 공고
과목: ○○○
자격 요건: 원예학 및 원예 관련학 전공

위의 예처럼 '원예학 또는 원예 관련학 전공'으로 잘못 해석될 수 있으니 주의해야 한다. 문장에서 헷갈리지 않도록 문맥을 살피고 헷갈릴 소지가 있으면 '과/와', '그리고' 등으로 바꾸어 독자가 잘못 해석하지 않도록 쓴다.

앞서 말했듯이 공문서 양식 쓰기에 맞춰 날짜와 시간을 표기한다. 날짜에는 자릿수를 맞추기 위해 '2018. 01. 01.'처럼 쓰지 않는다. '2018. 1. 1.'로 쓴다.

대체로 공고문의 형식이나 내용에는 오류가 잘 나타나지 않으나 공문서 표기에 맞는 표기법(날짜, 시간)이나 띄어쓰기(문장부호 포함)에서 오류가 많이 나오니 특히 주의를 기울인다. 어문 규정에 맞게 공문서를 쓰는 것은 공공언어를 쓸 때 가장 기본 사항이다.

예 2

『학부교육 선진화 선도대학 지원사업(ACE)』

글로벌 이공인 인재양성 프로젝트 참가신청안내

본 프로젝트는 교육과학기술부『학부교육 선진화 선도대학 지원사업(ACE)』의 일환으로 본교 전인교육원의 지원을 받아 자연과학부 및 공학부가 공동으로 주관하는 사업입니다. 프로젝트 참여를 통해 학생은 독자적 연구프로젝트 수행 경험을 습득함은 물론 외국 선진 우수대학 탐방의 특전이 부여되어 선진화된 연구시스템을 체험하고 견학할 수 있습니다. 자연과학부 및 공학부 학생들의 많은 참여 바랍니다.

Ⅰ. 사업개요
학부생의 독자적인 연구프로젝트 수행으로 전문적인 지식을 함양하고, 선진 우수대학의 연구실 탐방과 문화교류를 통해 글로벌 마인드를 고취하며 인적 네트워크를 형성하여 과학 분야를 선도할 글로벌 인재 양성 및 미래 지향적 인재상을 제시하고자 함.

Ⅱ. 사업내용
- 연구 프로젝트 수행
: 전공관련 연구 주제를 선정하여 지도교수의 지도하에 연구 수행 및 연구결과 보고서 제출
- 선진 우수 대학 탐방 (미국 소재 대학 및 연구소 예정)
: 선진 우수 대학 및 연구소의 연구실을 방문하여 연구시스템 체험 및 견학

Ⅲ. 참가신청 안내
- 선발대상 : 자연과학부 및 공학부 3, 4학년 학부생
- 선발인원 : 총 8 명 (자연과학부 및 공학부 각 학과별 1명씩)
- 신청기간 : 2012년 08월 27일(월) ~ 09월 05일(수), 10일간
- 제출서류 : 참가신청서, 참가계획서, 성적증명서(CGPA), 공인영어성적표
- 신청방법 : ① 참가신청서 및 참가계획서 양식 다운로드
  → ② 서류 방문제출(소속 학부행정팀)
- 문　　의 : 자연과학부행정팀 ☎705-8452, 공학부행정팀 ☎705-8474

Ⅳ. 향후 일정
- 참가 대상자 확정 : 2012년 9월 14일
- 연구프로젝트 수행 : 2012년 9월 17일 ~ 12월 28일
- 선진우수대학 탐방 : 2013년 1월 예정

[그림 10] 공고문(출처: 서강대학교 누리집)

다음 공고문(예 2)에도 띄어쓰기 오류와 공문서 표기 오류가 있다. '『학부교육 선진화 선도대학 지원사업(ACE)』'은 홑낫표(「 」), 홑화살괄호(< >)로 바꿔야 한다. 겹낫표(『 』)는 책과 신문 이름에만 쓴다. 예를 들면 『표준국어대사전』, 『○○신문』으로 표기한다.

「학부교육 선진화 선도대학 지원사업(ACE)」 또는 <학부교육 선진화 선도대학 지원사업(ACE)>

신청 기간에는 '08월 27일', '09월 05일'로 표기하고 아래 날짜에는 '9월 14일'처럼 '0'을 빼서 썼다. 공문서에서는 띄어쓰기, 표기, 표현 등도 일관성을 지켜 써야 한다. 예를 들어 종결형을 '~했다', '~하였다' 등 준말과 본말을 번갈아 사용하지 않는다. 준말을 사용했으면 한 문서 내에서는 준말을, 본말을 사용했으면 본말로 일관되게 쓴다.

또한 '~함'처럼 명사형으로 종결하기보다는 '~하였다', '~이다'처럼 쓰는 것이 더 좋다. 띄어쓰기도 단어와 단어 사이는 띄어서 쓰는 원칙을 적용하든지 아니면 특정 단어는 한 문서 안에서 띄어쓰기를 할지 또는 붙여쓰기를 할지 정해서 일관되게 사용

한다.

정리하면 다음과 같다.

첫째, 공고문은 공문서 표기 양식을 맞춰 쓴다.
(띄어쓰기, 문장 부호 사용, 날짜, 시간)
둘째, 공고 사안과 공고 주체, 공고 내용을 명확히 쓴다.
셋째, 어려운 용어는 풀어서 쓰고, 알기 쉬운 표현으로 쓴다.

제2장

기안문, 이렇게 쓰자

기안문은 특정 안건의 사항에 대해 기관의 의사를 결정하기 위하여 작성하며, 결재를 통해 성립하는 문서다. 따라서 작성할 때는 기안의 근거를 밝히고 시작해야 한다. 또한, 사업이나 활동 계획의 초안을 설명하는 문서이므로 사업이나 활동의 목적과 방향, 실행 방법 등이 명확하게 드러나야 한다. 관련자 모두가 작성된 기안문의 내용을 쉽고 정확하게 알 수 있도록 필요한 정보를 일목요연하고 상세하게 기재해야 한다. 단락도 구조적이고 계층적으로 구성해야 한다.

기안의 원칙(행정효율과 협업촉진에 관한 규정 제8조제1항)
문서의 기안은 전자문서로 하는 것을 원칙으로 한다. 다만, 업무의 성질상 전자문서로 기안하기 곤란하거나 그 밖의 특별한 사정이 있으면 종이문서로 기안할 수 있다.

기안자의 자격은 기안자의 범위에 관하여는 제한이 없고, 공무를 수행하는 사람이면 누구든지 기안자가 될 수 있다. 또한, 행정효율과 협업촉진에 관한 규정 제60조에 따라 분장 받은 업무에 대하여 그 업무를 담당하는 자는 직급 등에 관계없이 기안할 수 있고, 결재권자는 영 제18조제5항에 따라 접수문서를 공람할 때 처리 담당자를 따로 지정할 수 있으므로 이 경우 지정된 자도 기안자가 된다.

기안문을 작성할 때 먼저 고려할 사항이 있다. 기안자는 안건과 관련한 사항을 파악하여 관계 규정과 앞선 행정 선례가 있다면 숙지하고 있어야 한다. 기안하는 목적과 필요성을 파악하고 자료를 수집하고 분석하여 필요한 경우에는 설문조사, 실태조사, 회의 등을 통하여 의견을 참고한다. 복잡한 기안의 경우에는 초안을 작성하여 논리의 일관성을 해치는 내용이나 빠지는 사항이 없는지도 확인한 다음 작성한다. 기안자는 담당 업무에 대한 책임의식을 가져야 하며 해당 기관과 수신자의 관계와 입장 등을 고려하여 기안하여야 한다.

1. 기안문 구성

일반적으로 사용하는 기안문・시행문은 두문・본문・결문으로 되어 있다.(규칙 제4조제1항 및 제9조제1항)

기안문의 두문은 '행정기관명, 수신, 경유(보좌 기관, 보조 기관)'이다. '행정기관명'은 발신하는 곳의 기관명을 쓰되 기관장 표기는 하지 않는다. '수신'은 '받는 기관'으로 경유하거나 보좌하는 기관 또는 부서를 소괄호 안에 넣어 작성하기도 한다. '수신'의 수신인이 둘 이상인 경우에는 결문인 '발신명의' 아래의 '수신자'란을 두어 수신을 작성한다. 수신인이 하나인 경우 발신명의 아래 따로 '수신자'를 두지 않는다.

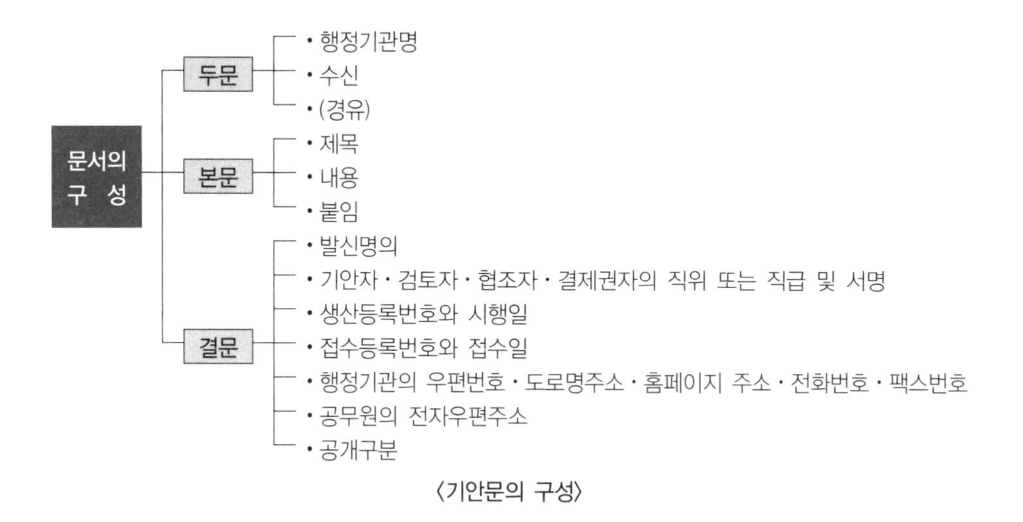

〈기안문의 구성〉

수신인이 둘 이상인 경우 발신명의 아래 수신자란을 두어 작성한다.

'문서를 작성하는 많은 기안자들이 기안문의 두문에 '제목'을 포함하는 것으로 알고 있는 경우가 많다. 그러나 제목은 본문에 속한다.

2017년 11월 1일에 기안문 작성하는 방법이 바뀌었다.

개정 이전의 기안문에서는 '제목∨∨○○○○○○○○'으로 표기한다. 두문의 시작을 '제목'으로 두고 '제목' 다음에 두 타를 띄어 기안문의 제목 내용을 작성하며, 제목의 첫 글자에 맞춰 본문 내용 띄어쓰기를 하는 것이다. 이에 맞추어 본다면 본문 내용 첫 번째 문장의 왼쪽 띄어쓰기를 보면 왼쪽 한계선에서 6타를 띄는데, 이는 제목의 첫 글자와 같은 위치에 놓인다.

〈기안문의 틀〉

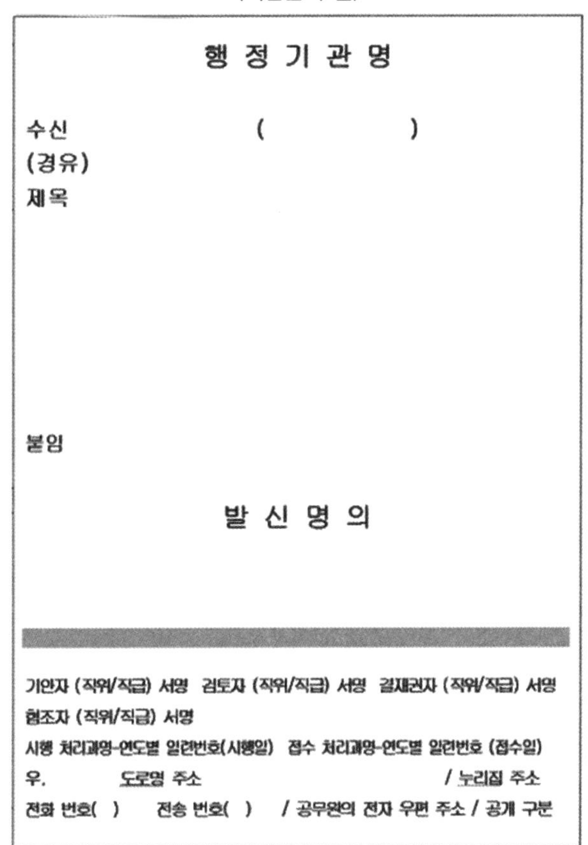
행 정 기 관 명

수신 ( )
(경유)
제목

붙임

발 신 명 의

기안자 (직위/직급) 서명 검토자 (직위/직급) 서명 결재권자 (직위/직급) 서명
협조자 (직위/직급) 서명
시행 처리과명-연도별 일련번호(시행일) 접수 처리과명-연도별 일련번호 (접수일)
우. 도로명 주소 / 누리집 주소
전화 번호( ) 전송 번호( ) / 공무원의 전자 우편 주소 / 공개 구분

기안문 작성법을 <기안문 개정표>의 '개선'처럼 바꾼 이유는 바뀌기 전 공문서 작성에서는 본문의 시작은 제목 내용의 첫 글자와 같은 위치에서 하도록 하고 있으나 시작점을 찾기 불편하고, 불필요한 여백이 발생하는 문제 등이 있어 문서의 작성 방법을 개선하여 시행한 것이다.

〈기안문 개정표〉

2017년 11월 1일 이전	개 선
수신 행정안전부장관 제목vv○○○○○○ vvvvv1.v○○○○○○○○○○○○○○○○○○ ○○○○○○○○○○○○○○ vvvvvv 가.v○○○○○○○○○○○○○○○○○ ○○○○○○○○○○○○ vvvvvvvv1)v○○○○○○○○○○○○○ vvvvv2.v○○○○○○○○○○○○○○○○○ ○○○○○○○○○○○○○○○○○	수신 행정안전부장관 제목vv○○○○○○ 1.v○○○○○○○○○○○○○○○○○○ ○○○○○○○○○○○○○○○○○ vv가.v○○○○○○○○○○○○○○○○○ ○○○○○○○○○○○○○○○○○ vvv1)v○○○○○○○○○○○○○○○○ 2.v○○○○○○○○○○○○○○○○○○ ○○○○○○○○○○○○○○○○○○

2. 기안문의 종류

일반기안이 가장 일반적인 형태로 어떤 하나의 안건을 처리하기 위하여 정해진 기안서식에 문안을 작성하는 것을 말한다. 기안문 서식은 2가지로 일반기안문과 간이기안문이 있다.

가. 일반기안문

1) 행정기관명 작성

그 문서를 기안한 부서가 속한 행정기관명을 기재한다. 행정기관명이 다른 행정기관명과 같은 경우에는 바로 위 상급 행정기관명을 함께 표시할 수 있다.

2) 수신

수신자명을 표시하고 그 다음에 이어서 괄호 안에 업무를 처리할 보조·보좌 기관의 직위를 표시하되, 그 직위가 분명하지 않으면 ○○업무담당과장 등으로 쓸 수 있다. 다만, 수신자가 많은 경우에는 두문의 수신란에 '수신자 참조'라고 표시하고 결문의 발신명의 다음 줄의 왼쪽 기본선에 맞추어 수신자란을 따로 설치하여 수신자명을 표시한다.

3) (경유)

경유문서인 경우에 '이 문서의 경유기관의 장은 ○○○ (또는 제1차 경유기관의 장은 ○○○, 제2차 경유기관의 장은 ○○○)이고, 최종 수신기관의 장은 ○○○입니다.'라고 표시하고, 경유 기관의 장은 제목 란에 '경유문서의 이송'이라고 표시하여 순차적으로 이송하여야 한다.

4) 제목

그 문서의 내용을 쉽게 알 수 있도록 간단하고, 명확하게 기재한다.

5) 발신명의

합의제 또는 독임제 행정기관의 장의 명의를 기재하고, 보조기관 또는 보좌기관 상호 간에 발신하는 문서는 그 보조기관 또는 보좌기관의 명의를 기재한다. 시행할 필요가 없는 내부결재문서는 발신명의를 표시하지 않는다.

6) 기안자·검토자·협조자·결재권자의 직위/직급

직위가 있는 경우에는 직위를, 직위가 없는 경우에는 직급(각급 행정기관이 6급 이하 공무원의 직급을 대신하여 사용할 수 있도록 정한 대외직명을 포함한다. 이하 이 서식에서 같다)을 온전하게 쓴다. 다만, 기관장과 부기관장의 직위는 간략하게 쓴다.

7) 시행 처리과명-연도별 일련번호(시행일), 접수 처리과명-연도별 일련번호(접수일)

처리과명(처리과가 없는 행정기관은 10자 이내의 행정기관명 약칭)을 기재하고, 시행일과 접수일란에는 연월일을 각각 마침표(.)를 찍어 숫자로 쓴다. 다만, 민원문서인 경우로서 필요한 경우에는 시행일과 접수일란에 시・분까지 기재한다.

8) 우편번호와 도로명 주소

우편번호를 기재한 다음, 행정기관이 위치한 도로명과 건물번호 등을 기재하고 괄호 안에 건물 명칭과 사무실이 위치한 층수와 호수를 기재한다.

예 우03766 서울특별시 서대문구 이화여대길 52 학관 310호

9) 누리집(홈페이지) 주소

행정기관의 누리집(홈페이지) 주소를 기재한다.

예 www.mois.go.kr 10. 전화번호( ), 팩스번호( )

전화번호와 팩스번호를 각각 기재하되, ( ) 안에는 지역번호를 기재한다. 기관 내부문서의 경우는 구내 전화번호를 기재할 수 있다.

10) 공무원의 전자우편(이메일)주소

행정기관에서 공무원에게 부여한 전자우편(이메일)주소를 기재한다.

11) 공개구분

공개, 부분공개, 비공개로 구분하여 표시한다.

부분공개 또는 비공개인 경우에는 「공공 기록물 관리에 관한 법률 시행규칙」 제18조에 따라 '부분공개( )' 또는 '비공개( )'로 표시하고, 「공공기관의 정보공개에 관한 법률」 제9조제1항 각 호의 번호 중 해당 번호를 괄호 안에 표시한다.

12) 관인생략 등 표시

발신명의의 오른쪽에 관인생략 또는 서명생략을 표시한다.

나. 간이기안문

이 서식은 보고서·계획서·검토서 등 내부적으로 결재하는 문서에 한하여 사용하며, 시행문으로 변환하여 사용할 수 없다.

1) 생산등록번호

처리과명(처리과가 없는 행정기관은 10자 이내의 행정기관명 약칭)과 연도별 일련번호를 붙임표(-)로 이어 적는다.

2) 공개 구분

공개, 부분공개, 비공개로 구분하여 표시한다. 부분공개 또는 비공개인 경우에는 「공공기록물 관리에 관한 법률 시행규칙」 제18조에 따라 '부분공개( )' 또는 '비공개( )'로 표시 하고, 「공공기관의 정보공개에 관한 법률」 제9조제1항 각 호의 번호 중 해당 번호를 괄호 안에 표시한다.

3) 기안자, 검토자, 협조자, 결재권자의 직위/직급

직위가 있는 경우에는 직위를, 직위가 없는 경우에는 직급(각급 행정기관이 6급 이하 공무원의 직급을 대신하여 사용할 수 있도록 정한 대외직명을 포함한다. 이하 이 서식에서 같다)을 온전하게 쓴다. 다만, 기관장과 부기관장의 직위는 간략하게 쓴다.

4) 발의자(★), 보고자(◉) 표시

해당 직위/직급의 앞 또는 위에 표시하되, 보고자는 직접 결재권자에게 보고하는 경우에만 표시한다.

5) 전결 및 서명 표시 위치

「행정 효율과 협업 촉진에 관한 규정」 제10조제2항 및 같은 시행규칙 제7조제2항에 따라 결재권이 위임된 사항을 전결하는 경우에는 전결하는 사람의 서명란에 '전결' 표시를 한 후 서명하되, 서명하지 아니하는 사람의 서명란은 작성하지 아니한다.

6) 대결 및 서명 표시 위치

「행정 효율과 협업 촉진에 관한 규정」 제10조제3항 및 동 규정시행규칙 제7조제3항에 따라 대결하는 경우에는 대결하는 사람의 서명란에 '대결' 표시를 하고 서명하며, 위임전결사항을 대결하는 경우에는 전결권자의 서명란에 '전결' 표시를 한 후 대결하는 사람의 서명란에 '대결' 표시를 하고 서명한다. 이때 서명하지 아니하거나 '전결' 표시를 하지 아니하는 사람의 서명란은 작성하지 아니한다.

7) 직위/직급 및 서명 란의 수와 크기

필요에 따라 조정하여 사용할 수 있다.

3. 기안문 구성에 따른 작성법

가. 두문

두문에는 수신을 작성한다. 수신인이 하나인 경우에는 수신인에 보조기관, 보좌기관 또는 경유하는 곳을 하나만 쓰면 된다.

수신인과 보조 기관, 보좌 기관이 여러 개인 경우 발신 명의 아래 수신자란을 두어 쓴다. 따라서 수신자가 여러 곳이 되면 수신자란에 여러 개를 나열하여 작성한다.

수신인이 여러 개이나 보조 기관, 보좌 기관이 같은 경우에는 수신란 옆 괄호 안에 기입한다.

'수신자 참조(국어책임관)'으로 표기하고 수신자에는 수신자들만 기입하고 보좌 기관, 보조기관, 경유하는 곳은 쓰지 않는다.

1) 대외 문서

수신∨∨서울특별시 대변인실(국어책임관)

이화여자대학교 국어문화원장(직인)

수신∨∨수신자 참조

이화여자대학교 국어문화원장(직인)

수신자∨∨서울특별시 대변인실, 국방부 대변인실, 문화재청 홍보부

수신∨∨수신자 참조(국어책임관)

이화여자대학교 국어문화원장(직인)

수신자∨∨서울특별시 대변인실, 국방부 대변인실, 문화재청 홍보부

서 울 특 별 시 장	
수신자	종로구청장(관광체육과장), 서울특별시중구청장(교육체육과장), 성동구청장(문화체육과장), 광진구청장(문화체육과장), 성북구청장(문화체육과장), 도봉구청장(문화체육과장), 은평구청장(생활체육과장), 서대문구청장(문화체육과장), 마포구청장(생활체육과장), 강서구청장(문화체육과장), 구로구청장(체육진흥과장), 금천구청장(문화체육과장), 영등포구청장(문화체육과장), 동작구청장(문화체육과장), 관악구청장(문화체육과장), 서초구청장(교육체육과장), 강남구청장(문화체육과장), 송파구청장(문화체육과장), 강동구청장(문화체육과장), 중랑구청장(체육청소년과장), 노원구청장(생활체육과장), 양천구청장(문화체육과장)

(출처: 서울특별시 누리집)

2) 대내 문서

> 수신∨∨인문대학장
>
> **이화여자대학교 국어문화원장**(서명)

수신인이 민원인인 경우에는 수신란에 민원인의 성함과 괄호 안에 도로명 주소를 넣어 작성한다. 참고로 공문서에 민원인의 주민등록번호를 써야 하는 경우에는 민원인의 개인정보를 보호할 수 있도록 주민등록번호란은 '생년월일'로 대체하고 등록기준지란은 설치하지 않는다. 행정정보공동이용, 신원조회 등 꼭 필요한 경우에만 '주민등록번호' 또는 '등록기준지'란을 설치하며, 개인정보보호위원회의 개인정보 침해요인평가 확인을 받아야 한다.[18)]

3) 민원 문서

> 수신∨∨홍길동 귀하(우.∨12345 경기도 성남시 분당구 구미로 100)

〈공동이용 대상 행정 정보 현황(2017. 7. 20. 현재 153종)〉

정보보유기관	공 동 이 용 대 상 행 정 정 보
행정안전부	국외이주신고증명성, 본인서명사실확인서, 상훈수여증명서, 인감증명서, 주민등록전입세대, 주민등록표 등·초본, 지방세납부확인서(등록면허세면허본), 지방세납세증명서, 지방세세목별과세(납세)증명서(자동차세), 지방세세목별과세(납세)증명서(재산세) 〈10종〉
과학기술정보통신부	소프트웨어 사업자 신고 확인서, 정보통신공사업등록증, 정보통신기술자경력수첩, 정보통신감리원자격증 〈4종〉
교 육 부	검정고시 합격증명서, 고등학교졸업증명서 〈2종〉
외 교 부	여권, 해외이주신고 확인서 〈2종〉
법 무 부	출입국에 관한 사실증명, 국내거소신고 사실증명, 외국인등록 사실증명, 외

18) 공동이용 대상 행정정보 현황(2017. 7. 26. 현재 153종)은 다음과 같다.

	국인의 부동산등기등록 증명서 〈4종〉
농림축산식품부	축산업등록증, 농업경영체증명서 〈2종〉
산업통상자원부	공장등록 증명서, 석유판매업 등록증, 전기안전점검 확인서, 전기공사업 등록증, 전기공사 기술자 경력수첩, 전기공사업 등록 관리대장, 공장(신설/증설/이전/업종변경/제조시설)승인(변경승인)서, 산업단지 입주계약(계약변경)신청(확인)서 〈8종〉
보건복지부	국민기초생활수급자 증명서, 장애인증명서, 약사면허증, 영양사면허증, 의료기사면허증(안경사/방사선사), 의료면허증(의사/치과의사/하의사/간호사), 전문의자격증(의사/치과의사/한의사), 요양보호사 자격증, 의료기관 개설신고 증명서, 어린이집 인가증, 장애인연금(경중)장애수당 장애아동수당 수급자 확인서, 의료기관개설허가증, 건강진단결과서 〈13종〉
환경부	사업장 폐기물 배출자 신고 증명서, 폐수 배출시설 설치 허가증(신고증명서), 폐기물 수집운반업 허가증, 폐기물(중간/최종/종합) 처리업 허가증, 폐기물 처리시설설치 승인서, 폐기물 처리시설설치 신고증명서 〈6종〉
고용노동부	국가기술자격 취득사항 확인서 〈1종〉
여성가족부	한부모가족 증명서 〈1종〉

나. 본문

1) 제목

본문 첫 번째에 제목을 작성한다. 제목은 20자 이내로 간단명료하며 한눈에 문서를 이해할 수 있도록 한다. 따라서 '요청, 안내, 신청, 공고, 알림' 등을 표시해 주는 것도 가능하다.

> 제목∨∨ 2018년 국어책임관-국어문화원 공동 연수회 참석 요청

2) 관련 근거 작성법

본문 내용의 1번으로 주로 관련 근거를 작성한다. 관련 근거는 대외 공문인 경우와 대내 공문인 경우 표기하는 형식이 다르다.

가) 관련 근거의 표기: 대내외 공문, 규정의 표기

(1) 대외 공문: 기관명∨문서번호(년∨월∨일)∨문서 제목

기관명∨문서번호(년∨월∨일)∨문서 제목
예 국어원 135(2018. 1. 29.)「○○○사업 협약 안내」

(2) 대내 공문: 문서번호(년∨월∨일)∨문서 제목

문서번호(년∨월∨일)∨문서 제목
예 2018-1-3(2018. 1. 29.)「강사 수당 지급 기준」

(3) 기타 규정, 공고문 등

기관명∨식별 번호∨문서 제목의 형식을 따르되 적합하지 않은 경우 이해할 수 있도록 적절하게 조정하여 작성한다.

예 대통령령 제23478호「국가 연구 개발 사업 관리 등에 관한 규정」

나) 관련 근거 작성

(1) 관련 근거가 하나인 경우

1. 관련 근거: 국어문화원 123(2018. 10. 9.)「한글날행사지침」

1. 국어문화원 123(2018. 10. 9.)「한글날행사지침」과 관련한 내용입니다.

'관련∨근거'로 작성한다. 관련 근거는 '관련'만 써도 되고, '근거'만 써도 된다. 문서 번호에는 '호' 표기를 하지 않는다.

국어문화원 123호 (×)
국어문화원 123(2018. 10. 9.)호 (×)

(2) 관련 근거가 두 개 이상인 경우

근거가 되는 문서는 날짜가 앞서는 것부터 제시해 준다.

관련 근거의 내용이 길지 않을 때는 '관련 근거' 옆에 쌍점(:)을 찍어 나열할 수 있다. 관련 근거의 내용일 길 때에는 줄을 바꾸어 표기한다. 만약 줄을 바꾸어 쓰지 않고 이어 적을 때에는 관련 근거를 하나하나 나열했을 때와 마찬가지로 '기관명(또는 부서명)∨문서번호(년∨월∨일)∨문서 제목'의 형식을 유지하여 쉼표(,)로 나열하여 작성한다.

1. 관련 근거: 가. 국어문화원 123(2018. 10. 9.)「한글날행사 지침」
나. 국어문화원 128(2018. 10. 10.)「한글날행사 보고」

1. 관련 근거
가. 국어문화원 123(2018. 10. 9.)「한글날행사 지침」
나. 국어문화원 128(2018. 10. 10.)「한글날행사 보고」

1. 관련 근거: 국어문화원 123(2018. 10. 9.)「한글날행사 지침」, 국어문화원 128(2018. 10. 10.)「한글날행사 보고」, 국립국어원 2018-2(2018. 1. 2.)「국어순화 방침」

다음의 예시처럼 불명확한 관련 근거 표기는 올바르지 않으니 표기하지 않는다.

1. 관련 근거: 국어문화원 123, 234, 567, 876, 1134

3) 본문 내용

가) 상위 항목부터 내림차순으로 순서 정하여 작성하기

본문 내용은 상위 항목부터 순서를 정하여 작성한다.

첫째, 항목 기호는 왼쪽 처음부터 띄어쓰기 없이 바로 시작한다.

수신∨∨○○○장관(○○○과장)

제목∨∨○○○○○○

문서관리교육을 다음과 같이 실시하오니 참석하여 주시기 바랍니다.

1.∨일시:∨○○○○○○

2.∨장소:∨○○○○○○○○○○○○○

3.∨참석대상:∨○○○○○○○○○○○○○.∨∨끝.

둘째 항목부터는 상위 항목 위치에서 오른쪽으로 2타씩 옮겨 시작한다.

셋째 항목이 한 줄 이상인 경우에는 항목 내용의 첫 글자에 맞추어 정렬한다.

넷째, 항목 기호와 그 항목의 내용 사이에는 1타를 띄운다.

다섯째, 하나의 항목만 있는 경우에는 항목 기호를 부여하지 않는다.

수신∨∨○○○장관(○○○과장)

(경유)

제목∨∨○○○○○○

1.∨○○○○○○○○○○○○○

∨∨**가.**∨○○○○○○○○○○○○
∨∨∨∨**1)**∨○○○○○○○○○○○○
∨∨∨∨ ∨∨**가)**∨○○○○○○○○○○○○
∨∨∨∨ ∨∨∨∨**(1)**∨○○○○○○○○○○○○
∨∨∨∨ ∨∨∨∨ ∨∨**(가)**∨○○○○○○○○○○○
2.∨○○○○○○○○○○○○○○○○○○○○○○○

나) '다음', '아래', '예시' 표기

본문 중간에 '다음'의 표기를 공문서에서는 종종 쓴다. 그러나 '다음', '예시', '아래' 등의 표기는 문장 내에서 하단의 내용을 지칭할 때를 제외하고 위의 예시와 같은 형식으로는 작성하지 않는다.

1. 국어기본법 제14조에 따라 '국어문화원'으로 지정된 '○○○○○'에서는 바른 공공언어문화를 일구고자 국어책임관 교육 및 업무를 지원하고 있습니다.
2. 올해 서울지역의 국어책임관 교육을 다음과 같은 일정으로 시행합니다.

-다음-

가. 행사명: 2018 서울특별시 국어책임관-국어문화원 공동 연수회
나. 때와 곳: 2018년 9월 7일(금) 13시~18시, 한글박물관 대강당
다. 내용: 쉽고 바른 공공언어의 중요성, 공문서 쓰기 실습, 한글박물관 견학 등
라. 주최: 문화체육관광
마. 주관: 한글문화연대, 이화여대, 국어단체연합 국어문화원 등
바. 참고: 연수회 참석자에게는 '공무원 교육시간' 인정(3-4시간)

다) 표 작성

표는 우측 정렬로 작성하되, 표의 시작 위치는 항목 시작위치에 맞춘다. 단, 표의 정보가 많을 경우에는 좌측 여백을 활용할 수 있다.

2. 위 관련하여 아래와 같이 안내하니....... (…중략…)
∨∨가. 현황

구분	부서명	직종	직급	성명
일반	학술팀	연구직	선임연구원	홍길동

또한, 표 시작점은 '가' 표시 시작점에 맞추어 작성한다. 참고로 시각적 효과를 두기 위해 표는 가운데 정렬을 하거나 왼쪽 여백으로 내어 쓸 수 있다.

작성한 표의 서식이 다 차지는 않은 경우 왼쪽 첫 번째 빈칸에 '이하 여백', '이하 빈칸'의 표기를 한다. '이하 여백', '이하 빈칸'은 빈칸의 왼쪽 상단에 표기한다.

구분	부서명	직종	직급	성명
일반	학술팀	연구직	선임연구원	홍길동
이하 빈칸				

라) 줄 띄우기 방법

본문 하위 항목이 두 개 이상일 경우에 하위 항목 간에는 줄을 띄우지 않는다. 단, 하위 항목의 진술 내용이 길거나 하위 항목에 표가 들어 있는 경우에는 문서의 이해도를 높이기 위해 아래와 같이 하위 항목 간 한 줄을 띄울 수 있다.

예 1

1. 관련 근거: 국어원 2018-1(2018. 1. 1.)「교육과정 운영 지침」
2. 위와 관련하여 아래와 같이 회신하니....... (…중략…)

∨∨가. 과제명: 교육과정 운영 지침 개정(안)
∨∨나. 과제 책임자: 홍길동(국립국어원 국어문화학교)

예 2

2. 위 관련, 아래와 같이 안내하니....... (…중략…)
∨∨가. 현황

구분	부서명	직종	직급	성명
일반	학술팀	연구직	선임연구원	홍길동

∨∨나. 조치 계획.

마) 붙임

본문 내용이 끝난 다음 줄에 '붙임'의 표시를 하고 첨부물의 명칭과 수량을 표시한다. '붙임' 다음에는 한 자(두 타) 여백을 두고 작성한다.

붙임이 여러 개인 경우 하나하나를 나열하여 작성한다. 이때 아라비아숫자 1., 2., 3.,…으로 표기한다.

붙임∨∨예산 내역서 1부.∨∨끝.

붙임∨∨1. 이력서 1부.
2. 자기소개서 1부.
3. 졸업증명서 1부.∨∨끝.

붙임∨∨1.∨서식 승인 목록∨1부.
2.∨2018 보고서 1부.∨(별도 송부)∨∨끝.

붙임은 한꺼번에 여러 개를 묶어서 제시하지 않는다. 또한, '붙임'이라는 용어를 대신하여 '첨부', '별송', '송부' 등으로 표기 하지 않는다. 붙임은 반드시 붙임으로 표기한다. 그러나 '별도 송부'는 '별도 붙임', '따로 붙임'으로 쓸 수 있다. 별도 송부 표시를 괄호( ) 대신 '∨※별도 송부'로도 표시할 수 있다.

바) 끝 표기

본문이 오른쪽 한계선에서 끝났을 경우 다음 줄의 왼쪽 기본선에서 1자(2타) 띄우고 표시한다.

‖………(본문 내용) ……………………… 주시기 바랍니다.‖∨∨끝.

첨부물이 있는 경우에는 붙임 끝에 1자(2타) 띄우고 표시한다.

붙임∨∨1.∨서식 승인 목록∨1부.
2.∨승인 서식∨2부.∨∨끝.

인명부 등의 서식이 있는 경우 서식의 칸 아래 왼쪽 기본선에서 1자(2타) 띄우고 표시한다.

응시 번호	성명	생년월일	주소
10	인○리	2001. 10. 12.	경기도 성남시
37	한○훈	1997. 8. 15.	부산광역시 중구

‖∨∨끝.

다. 결문

결문은 기안문의 정보가 종합되어 있는 부문으로 발신명의, 기안자 · 검토자 · 협조자 · 의사결정권자의 직위(직급)와 서명, 시행 및 시행일자, 접수 및 접수일자, 연락처, 공개 여부 등이 있다.

★주무관 ●●●	생활체육진흥팀장 ●●●	체육진흥과장 ●●●
협조자		
시행 **진흥과-9159 ( ) 접수		( )
우 04515 서울특별시 ** ***길 15		
전화 02-○○○○-1234 /전송 02-○○○○-1235 / 전자 우편 주소 /대시민공개		

(출처: 서울특별시 누리집)

제3장

보도 자료, 이렇게 쓰자

1. 보도 자료는 국민이 읽는 글이다

보도 자료란 무엇인가. 보도 자료는 언론에 보도할 목적으로 작성하는 글이다. 즉, 방송국에서 진행하는 뉴스나 신문, 인터넷 뉴스 등의 매체를 활용하여 기관의 소식을 국민에게 알릴 목적으로 작성된다. 공공 기관의 홍보 담당 부서에는 기삿거리를 찾는 기자들이 수시로 출입한다. 그리고 해당 부서는 기관의 소식을 빠르게 기자에게 전달할 수 있는 연락망을 갖추고 있다. 기자의 손을 거쳐 매체에 실리기 때문에 보도 자료는 1차적으로 기자에게 제공되는 글이라고 할 수 있다.

인터넷의 상용화 이전의 상황에서는 기자들의 손을 거치지 않고서는 보도 자료를 활용해 기관 소식을 알릴 방법이 없었다. 그래서 이때의 보도 자료는 기자에게 맞추어 기자에게 전달할 목적으로만 작성되었다. 기관에 출입하는 기자들은 기본적으로 해당 기관의 사정을 어느 정도 파악하고 있다고 할 수 있기에 담당하고 있는 기관에서 생산된 보도 자료를 금세 이해할 수 있다. 설령 기관에 출입하지 않는 기자라고 하더라도 기사화할 취재 대상을 파악하고 분석하는 작업을 거쳐 기관의 보도 자료를 이해하는 데에 어려움이 없다. 이해가 되지 않는 내용이라면 전화를 하거나 방문하여 좀 더 상세하게 내용을 확인하여 기사화할 것이다. 이러므로 보도 자료를 활용하여 기사를 쓸 때, 제목을 눈에 띄게 달거나 어려운 전문용어를 국민의 눈높이에서 국민이 읽을 수 있게 보도 자료를 다듬는 고민은 기자의 몫이었다.

그런데 1990년대 후반 인터넷의 상용화 이후, 작성된 보도 자료는 기관의 누리집에 공개하여 국민들이 이를 직접 볼 수 있게 되었다. 이전에는 언론 기관을 매개로 국민들과 만났다면 이제는 국민과 직접 소통할 수 있게 된 것이다. 이러한 매체의 변화는 보도 자료 내용의 변화로 이어져야 했다. 전문적인 내용을 비교적 잘 알고 있고 이를 깊이 있게 취재할 수 있는 기자를 대상으로 쓰였던 것이 대다수 국민을 대상으로 하는 것으로 변화되어야 했다. 이는 구성과 문장에서 어휘, 제목까지 이들을 좀 더 국민의 눈높이에 맞게 바꾸어야 한다는 것을 의미한다. 국민이 기관의 누리집에서 직접 정보를 얻을 수 있다는 사실은 기관의 홍보가 인터넷 시대 이전보다 훨씬 쉬워진다는 것을 말한다. 보도 자료를 작성하는 일은 '국민의 알 권리'를 충족시키는 일임과 동시에 홍보 그 자체를 하기 위한 것이다. 보도 자료를 작성하는 일이 국민에게 직접 홍보를 하는 일임을 명심해야 한다. 더욱 많은 이들이 자신이 쓴 글을 읽을 때, 성공적인 홍보가 된다. 이러한 관점과 고민이 선행되어야 한다. 국민이 직접 읽을 수 있다는 점을 명심하고 국민의 눈높이에서 정확한 정보를 전달하도록 하자.

2. 내용에 맞는 구성을 취하자

보도 자료는 기관의 정보를 국민에게 알리는 글이다. 입장을 바꾸어 보면 국민들은 보도 자료를 보며 어떠한 정보가 중요한 정보인지, 읽는 데 편한지, 정보가 충분히 담겼는지 등을 살핀다. 독자의 입장에서 정보를 선정하고 배치해야 한다.

독자의 입장에서 정보를 선정하는 일은 생각보다 어려운 일이다. 어떠한 행사를 기획하였을 때, 기관장을 포함하여 권위가 있는 참석자들을 강조하여 보도 자료를 내는 경우가 종종 있다. 행사를 주최하는 입장에서 어떠한 사람들이 참석하는지가 중요한 고려 사항일 수 있다. 또한 기관장을 홍보하는 일을 기관장이 중요하게 생각하는 경우도 고려가 될 것이다. 그러나 국민들에게는 해당 기관장의 참석이나 유명 인사의 참여가 크게 중요하지 않을 수 있다. 해당 행사를 통해 행사에 참여하고자 하는 국민이 어떠한 것을 얻을 것인가가 더 중요하다. 한 가지 예를 보자. 가령 어떠한 산림 기관에서 10년간 대규모 인원을 투입하여 국립공원의 수종의 전수 조사를 완료했다고 가정해 보자. 이때 기관에서는 조사를 완료했다는 사실이 중요한 정보라고 판단할 수 있다. 그런데 국민의 입장에서는 기관이 주요한 사업을 완료하였다는 것 자체가 그리 중요하지 않을 수 있다. 오히려 국민은 살고 있는 곳에서 가까운 공원에 어떠한 나무가 있는지가 더 중요할 수도 있을 것이다. 국민의 입장에서 보도 자료를 작성한다면 작업 완료라는 정보보다 가까운 국립공원에 어떠한 나무가 있는지와 관련한 정보를 중심으로 보도 자료를 작성하는 것이 좋을 것이다.

어떠한 정보를 중요한 정보로 선택할 것인지에 대한 고민 이후에는 이를 어떻게 배치하여 전달할 것인가 하는 고민이 이어질 것이다. 이러한 고민에는 보도 자료의 유형이 고려된다. 국립국어원의 국어문화학교 교재인 바른 국어 생활에서 제시한 보도 자료의 유형은 크게 정보 공개형, 홍보형, 입장 표명형이다. 정보 공개형은 연구, 조사, 수사한 결과를 알리는 목적으로 작성되는 보도 자료이다.

- 최근 3년간 추석 연휴 기간 교통사고 분석 -

추석 연휴 전날이 교통사고 사상자 최다 발생

□ **경찰청(청장 민갑룡)이 최근 3년간(2015~2017년) 추석 연휴 기간의 교통사고 특성을 분석한 결과, 연휴 전날에 교통사고 및 사상자가 가장 많이 발생한 것으로 나타나 추석 귀성길에 주의를 요한다.**

○ 추석 연휴 기간 중 일평균 교통사고 및 사상자는 평소 주말보다 다소 감소했으나, 본격적인 귀성이 시작되는 **연휴 전날은** 교통사고 758.7건, 사상자 1,131명으로 **가장 많이 발생**한 것으로 나타났다.

※ 추석 연휴 기간 중 일평균 교통사고는 471.2건, 사상자 852.7명임

(출처: 경찰청 누리집)

위의 보도 자료를 보자. 경찰청을 최근 3년간의 추석 연휴 기간의 교통사고를 분석하였는데 여러 정보 중 국민이 주의해야 하는 사항으로 추석 연휴 전날을 주의하여야 한다는 내용을 핵심 정보로 선정하고 이를 제목과 전문에 배치하였다. 이처럼 정보 공개형은 여러 정보 중 국민에게 필요한 정보를 선별하여 두괄식으로 제시한다. 두괄식 구성은 신문 기사의 역피라미드 구성을 의미하는데 중요한 내용을 앞에 두고 뒤로 갈수록 세부적인 내용이나 부가적인 내용을 제시하는 구성이다. 신문에서 지면 등이 부족한 경우 앞의 내용만을 잘라 써도 무방할 정도로 앞에 핵심적인 내용을 충분히 제시한다.

입장 표명형 보도 자료 역시 일반적으로 두괄식으로 구성한다. 입장 표명형은 특정한 사안이 있을 때, 기관의 입장을 표명하는 유형의 보도 자료이다. 언론에 보도된 내용을 해명하거나 반박하는 해명성 보도 자료도 이에 속한다. 두괄식으로 의견을 제시하면 독자는 기관의 입장을 미리 확인할 수 있다. 독자에게 입장을 확인시킨 후, 독자가 이어지는 근거 등을 판단할 수 있게 구성한다.

〈 주요 설명내용 〉

◆ 각종 정책홍보용 현수막 난립, 서울시 "불법현수막 없다" 모르쇠 보도 관련

- 서울시는 불법현수막을 근절하기 위하여 '16년 6월부터 "서울시 기동정비반"을 운영하고 있으며, 금년에는 총 4개팀 12명으로 구성하여 강·남북 2개 지역으로 나누어 매일 자치구를 순회하면서 불법현수막 등을 집중정비 하고 있음.
- "서울시 기동정비반"은 모든 불법현수막을 대상으로 정비하고 있으나, 특히 자치구에서 자체적인 이해관계로 정비가 힘든 "공공목적 광고물"을 포함하여 2018.8월 23일 기준 3,303건을 정비완료 하였음.

※ 기동정비반 정비실적('18.8.23 기준)

연도별	계	상업용	공공용			
			소계	행정용	정당용	단체 등
총 계	13,993	4,186	9,807	4,707	1,905	3,424
'18.8월	3,303	1,049	2,254	693	790	1,000
'17년	7,600	2,218	5,382	2,833	810	1,739
'16년	3,090	919	2,171	1,181	305	685

※ 공공목적 현수막 : 시, 자치구, 경찰서, 정당 등의 정책홍보

(출처: 서울특별시 누리집)

위 해명 자료는 서울시청 누리집의 해명 자료란에 있는 해명성 보도 자료이다. 모 언론사의 서울시가 불법 현수막이 없다고 했다는 보도에 그런 사실이 없으며 오히려 조직적으로 불법 현수막을 적발하고 있다는 것을 글의 첫머리에서 서술하였다. 이후 수치 등의 근거를 표로 제시하여 국민들이 판단하게 하고 있다.

정보 공개형과 입장 표명형이 두괄식을 기본으로 하는 것처럼 홍보형 또한 두괄식을 주로 취한다. 특히 기관에서 많이 생산하는 행사를 홍보하는 보도 자료의 경우, 앞에 일시나 장소 등을 제시하여 국민이 행사에 참여할 수 있게 한다.

서울시, 반려동물과 함께하는 '폴짝영화제' 개최

- 6일(토) 오후 1시부터 마포 문화비축기지에서 반려동물과 함께하는 문화 행사 개최
- 반려동물과 함께하는 산책 및 체험 행사, 영화 관람 등 다양한 프로그램 마련
- 서울시50플러스 중부캠퍼스 창업교육 수료생이 중심이 되어 기획, 운영

□ 국내 반려동물 돌봄 인구 1,000만 시대. 서울시50플러스재단(대표이사 이경희)은 50+세대를 포함한 반려인 및 반려동물이 함께하는 '폴짝(FALLZZACK) 영화제'를 개최한다.

(출처: 서울특별시 누리집)

어떠한 사건이나 행사를 알리는 보도 자료의 경우, '누가, 언제, 어디서, 무엇을, 어떻게, 왜'라는 육하원칙을 명확하게 제시해 주어야 한다. 이때 '왜'와 '어떻게'의 내용은 본문에서 세밀하게 다시 다룬다.

그런데 신문 기사가 기사 형식과 내용에 따라 다양한 구성을 취하는 것처럼 보도 자료 또한 다른 구성을 취하여 보다 효과적으로 정보를 전달할 수 있다.

동아일보

60대 치매 독거남 구한 '빨간 우체통'

입력 2017.04.07. 03:04 댓글 465개

영등포구, 생계지원 사업 성과
"어려움 겪는 이웃 도움 요청을".. 주민들에 안내문-편지지 배포
복지 사각지대 60여명 혜택 받아

"이제 겨우 60대인데 도움을 받아도 될까요? 죄송합니다. 밤낮으로 통증이 너무 심해서…."

추위가 기승을 부리던 지난해 12월 서울 영등포구 당산1동 주민센터에 한 남성이 찾아왔다. 키 160cm 정도에 왜소한 남성의 얼굴과 손등에는 주름살이 깊게 패어 있었다. 80대 노인처럼 흰머리가 수두룩했고 군데군데 해진 옷을 입고 있었다. 선뜻 말을 잇지 못하고 센터 안을 서성이던 남성은 주머니에서 꼬깃꼬깃한 종이를 꺼내 대뜸 직원에게 건넸다.

남성이 가지고 온 종이는 며칠 전 영등포구가 관내 주민들에게 배포한 안내문이었다. '소중한 당신께'란 제목의 인쇄물에는 '경제적 사정으로 생계 또는 건강에 어려움을 겪는 이웃이 있다면 도움을 요청해 달라'는 문구가 적혀 있었다. 안내문 바로 밑에 인적사항과 사연을 기록하는 공간이 있었지만 남성이 건넨 종이에는 아무것도 쓰여 있지 않았다.

발끝만 쳐다보며 한참을 망설이던 남성은 "5년 전 교통사고를 당했는데 머리가 너무 아프다"면서 "간단한 병원 진료만이라도 부탁한다"고 어렵게 말문을 열었다. 조회 결과 주름이 가득한 백발 남성의 나이는 '겨우' 64세. 주민센터에 가면 생계지원을 받을 수 있다는 말을 우연히 듣고는 곧장 이곳으로 온 것이었다.

(출처: 동아일보, 2017. 4. 7.)

위 기사는 서울의 한 구에서 시행한 복지 사업을 사례 중심으로 엮은 기사이다. 실제로 있었던 내용을 마치 수필을 쓰듯이 엮었다. 이처럼 사례나 이야기를 활용하는 것은 독자에게 공감을 불러일으킨다. 아울러 사례, 이야기는 구체적인 장면과 인물이 서술되어 생생함을 전해 준다. 두괄식 구성이 정보를 빠르게 전달한다는 장점이 있다면 사례, 이야기하기 구성은 공감과 생생함을 장점으로 가진다. 아래의 통일부 보도자료도 사례를 제시하여 공감을 불러일으키고 있다.

'쩡한' 북한의 손맛으로 소외된 아이들을 보듬다

- 하나원 교육생과 통일부 직원이 함께 아동 양육 시설에 김장 김치 나눔 봉사 -

탈북여성 주 모 씨(43세)는 찬바람이 불자 북한에서 가족들과 김장하던 시절이 떠올랐다. 배추, 무, 파들을 방 안 한가득 쌓아두어 잠 잘 자리가 없지만, 한해의 식량을 마련하는 일이라 고달프다는 생각이 안 들었다. 김장하는 날은 집안 잔치였다. 가족들과 김치를 버무리며 포실한 양강도 감자를 삶아 김치 양념에 찍어먹으면 김장의 힘겨움도 절로 잊는다. 북한 김치는 한국에서 맛볼 수 없는 '쩡한' 맛이 난다. 그 김칫국물에 가족들과 강냉이국수를 말아먹으면 긴긴 겨울밤도 짧게 느껴진다. 지금도 북한 김치 맛에 자부심을 느끼는 주 모씨는 이 손맛으로 어려운 사람을 돕는다면 보람 있을 것 같다고 한다.

• 쩡하다 : '정신이 번쩍 들 정도로 자극이 심하다'는 우리말 <국립국어원 [표준국어대사전]>참조

□ 연말연시를 맞아 통일부 하나원은 탈북민 교육생들과 통일부 직원들이 함께 하는 **'김장 김치 나눔 행사'**를 추진한다.

o 대한적십자사와 연계한 '김장김치 나눔' 봉사활동은 11. 16.(수) 하나원 교육생 82명과 한적 봉사원 20여 명, 통일부 직원 20여 명이 참석할 예정이다.

o 이는 탈북민들과 통일부 직원들이 함께 김장 김치를 담그며 취약계층 세대를 도울뿐 아니라 서로 소통하고 이해하는 시간을 가지기 위한 활동이다.

(출처: 통일부 누리집)

탈북 여성의 실제 사례를 제시하여 글에 신빙성을 높이고 북한 이탈 주민의 감정에 공감을 하게 한다.

실제 사례를 제시하는 것 외에도 가상의 이야기를 만들어 독자의 공감을 불러일으킬 수 있다. 아래의 예는 국토 교통부의 보도 자료의 사례인데, 두 개의 상황을 가정하여 국민의 이해를 보다 높이고 있다.

'핸드레일' · '촉지도' 등 어려운 철도 용어 알기 쉽게 바뀐다

27일 철도 분야 순화어 15개 행정규칙 고시··안전하고 편리한 철도 이용 도움 기대

#1. 아이와 함께 기차역을 찾은 주부 A씨는 자동계단에서 '핸드레일'을 꼭 잡고 서 있으라는 주의의 말을 아이가 알아듣지 못하고 '핸드레일'이라는 영어가 생소해 그 뜻을 묻는 아이에게 우리말로 풀어서 다시 설명할 수 밖에 없었다.

#2. 00역환승센터를 찾은 시각장애인인 B씨는 '촉지도'가 어디에 있는지 주변사람들에게 물었지만 '촉지도' 라는 용어의 뜻을 정확하게 이해하고 있는 사람 많지 않아 어려움을 겪었다.

(출처: 국토교통부 누리집)

독자에게도 흔하게 발생할 수 있는 이야기를 만들어 독자로 하여금 공감을 하게 한다. 이야기는 시공간이라는 배경과 인물로 구성된다. 독자가 살고 있는 배경과 다르지 않은 곳에서 독자가 일상적으로 접할 수 있는 인물이 겪는 사건은 독자로 하여금 공감의 힘을 느끼게 한다.

공감의 힘은 힘주어 말하는 것보다 때로 더 큰 설득력을 가질 수 있다. 이러한 공감의 힘을 어떻게 활용할지 고민하는 것도 좋은 보도 자료를 쓰는 데 도움을 줄 것이다.

전달해야 할 내용이 많은 경우나 순차적으로 정보를 전달할 필요가 있는 경우에는 보고서 형식의 구성을 취하여 보다 많은 정보를 제시할 수 있다.

제 목 : 「금융투자업규정」 개정 및 시행

1 개정 배경

☐ 자본규제 개편방안('18.1월), 진입규제 개편방안('18.5월), 코스닥벤처 펀드 개선방안('18.5월) 등 **주요 정책과제**를 **반영**하기 위한 **금융투자업규정 개정안***이 금융위 심의 · 의결(8.31(금))을 거쳐 확정

- * '18.6.5~7.15일까지 **규정변경예고** 실시

2 주요 내용

① **중기특화증권회사의 중소 · 벤처기업에 대한 대출 부담 완화**

○ **(현행)** 종합금융투자사업자 외 **증권회사가 대출**을 하는 경우 NCR 산정 시 대출채권전액을 **영업용순자본에서 차감**

- * NCR = (영업용순자본 - 총위험액) / 필요유지자기자본

○ **(개정)** 중기특화증권회사가 중소 · 벤처기업에 대출하는 경우 영업용순자본에서 전액 차감하지 않고 **차주의 신용도에 따른 가중치***를 **반영하여 총위험액**에 가산하여 중기특화증권사의 **건전성 규제 부담 완화**

⑥ **장외파생상품에 대한 위험관리 강화**

○ **(현행)** 장외파생상품에 대한 위험관리 관련 내용을 담고 있던 **「파생상품 업무처리 모범규준」이 일몰폐지**('17.6월)

○ **(개정)** 모범규준 중 금융투자업자가 장외파생상품을 일반투자자와 거래할 경우 **월 1회 이상 거래평가서***를 통보하도록 의무화하여 **투자자에 대한 정보제공기능 강화**

- * 월간 매매내역, 손익내역, 월말잔액, 잔량현황, 위탁증거금 필요액 등

3 향후 일정

☐ **고시한 날**('18.9.3)**부터 시행**

(출처: 금융위원회 누리집)

위 보도 자료는 새로운 규정을 알리기 위해 추진 배경에서부터 앞으로의 일정까지를 개조식으로 제시한 경우이다. 신문 기사 형식이 아닌 점이 특징적이다. 많은 내용을 담아야 하는 경우 줄글을 이어가는 것보다 보기에 편하다. 아울러 배경부터 순차적으로 제시하기에 글의 흐름을 파악하기 쉽다. 다만, 기사화할 기자에게는 다소 불편할 수 있다.

보도 자료의 구성은 글쓰기에서 개요를 작성하는 일과 같다. 구성을 고민하면서 보도 자료에 쓸 내용을 세부적으로 정하고 이의 배치를 결정한다. 보도 자료를 구성하는 일을 마치면 글을 절반 이상 쓴 것이다. 평소에 다른 보도 자료를 많이 살펴보면서 자신이 써야 할 보도 자료의 내용과 구성을 고민해 보는 태도를 갖추는 것이 좋다.

3. 제목은 보도 자료의 핵심이다

제목은 보도 자료에서 가장 중요한 부분이다. 각 기관의 누리집의 보도 자료란을 보면 제목만이 노출되어 있다. 국민은 보도 자료의 제목을 먼저 접하며 어떠한 것을 읽을지를 선택한다. 보도 자료의 제목은 보도 자료를 읽게 하는 가장 핵심적인 장치이다. 제목을 제외한 본문의 내용이 아무리 잘 쓰였어도 제목이 좋지 않다면 국민은 이를 읽지 않는다. 그러하기에 보도 자료의 제목을 작성할 때에 가장 많은 고민을 해야 한다. 그렇다면 이렇게 중요한 보도 자료의 제목을 어떻게 작성해야 할까? 먼저, 보도 자료 담당자가 보통 보도 자료를 쓴다고 하면 제목을 먼저 고민한다. 아마도 본문의 가장 첫 머리에 있기에 그러할 것이다. 그런데 제목은 가장 중요하기에 가장 나중에 쓰는 것이 좋다. 제목을 제외하고 본문을 먼저 쓰면 전체 내용을 차근차근 정리할 수 있으며 핵심적인 내용이 무엇인지를 다시 한번 점검할 수 있다. 또한, 생각나지 않던 어휘나 표현 등이 떠오르기도 한다.

이제, 본격적으로 보도 자료의 제목을 어떻게 써야 하는지를 보자. 제목을 쓸 때 고려할 지점을 다음과 같이 정리할 수 있다.

○ 제목에는 핵심적인 내용이 담겨야 한다.
○ 제목은 구체적이어야 한다.
○ 쉽고 친절한 제목이 좋다.
○ 독자 중심의 제목이어야 한다.
○ 제목은 독자의 호기심과 관심을 유발해야 한다.
○ 제목에 너무 많은 내용을 담지 않아야 한다.

가. 제목에는 핵심적인 내용이 담겨야 한다

앞에서 언급했듯이 제목은 보도 자료의 핵심이다. 국민은 기관의 누리집에서 제목을 먼저 접한다. 그리고 제목을 살펴 본 다음, 읽을 보도 자료를 선택한다. 한편, 다른 관점에서 생각해보면 누리집을 방문한 국민이 본문을 볼 겨를이 없이 제목만 볼 상황도 가정할 수 있다. 보다 자세한 정보를 얻고 싶어서 누리집의 보도 자료를 찾는 상황이든 누리집을 훑어보는 경우이든 어떤 경우든지 제목만 보고도 해당 보도 자료가 어떤 내용인지를 짐작할 수 있게 해야 한다. 제목에 핵심적인 내용을 담지 않으면 어떠한 정보도 보도 자료로 제공할 수 없다. 그렇다면 여기서 핵심 정보는 무엇을 말하는가. 그것은 국민의 생활과 가장 밀접한 정보를 말한다. 어느 지방 자치 단체에서 교육 관련 행사를 개최했다고 가정해 보자. 이런 식의 제목을 많이 볼 수 있다.

○ *** 시장, ** 행사에서 평등 교육의 가치 연설
○ *** 시장이 ** 교육 행사에 참석해 평등한 교육 약속

이러한 기관장 동향 중심의 보도 자료 제목은 전혀 국민 친화적이지 않다. 또한 기관장 정보는 핵심 정보가 아니다. 보도 자료가 기관장의 홍보 수단이 아니라는 것을 명심해야 한다. 국민과 밀접한 정보라면 이 행사가 어떠한 취지를 갖고 있는지 이 행사에 참여하면 어떠한 이익이 있는지와 같은 정보가 핵심 정보이다.

ㅇ ** 교육 행사에서 평등의 가치를 배우다
ㅇ 평등 교육의 정보, ** 행사에서 알아가세요

나. 제목은 구체적이어야 한다

제목이 핵심 정보를 전달하는 창구라고 할 때, 그 정보는 구체적인 것이 좋다. 예를 들어, '중소기업 발전을 위해 앞장선다'라는 제목보다 '중소기업에 100억 지원한다'라고 하는 것이 훨씬 독자에게 와 닿는다. 행사 결과를 알리는 보도 자료를 쓸 때에도 '**기관, ** 행사 성황리 개최'라는 식의 표현보다는 '**행사에 참여한 시민, 작년보다 3배 늘어'와 같은 식의 구체적 정보를 담는 것이 더 좋다. '성황리'와 같은 주관적이고 모호한 표현 대신 '수치'와 같은 객관적이고 구체적인 정보를 담는 것이 보도 자료의 신뢰를 높이는 데에도 기여한다.

다. 쉽고 친절한 제목이 좋다

공공 기관의 보도 자료의 제목을 보면 흔히 명사로 끝맺어 있는 경우가 많다.

ㅇ ＊＊＊＊ 규제, 상시 개정 추진
ㅇ 상반기 **** 직원 워크숍 개최
ㅇ 추석 연휴, 민생 지원 방안
ㅇ 태양광 발전 상시 활용 계획 확정

위 예와 같이 명사로 끝내는 것을 단순하고 명쾌하다고 생각할는지 모르지만 한편으로는 이는 딱딱하고 친절하지 않다는 느낌을 준다. 사실 위와 같은 제목들은 보도 자료의 제목이 아닌 회의나 보고서의 제목이라고 해도 무방할 듯하다. 보도 자료는 기안문이나 보고서, 회의록과 같은 공문서와 달리 홍보의 영역에서 활용되는 것이다. 홍보에 성공한다는 것은 보다 더 많은 이들과 소통하는 것을 의미한다. 그래서 보도 자료의 제목은 회의 제목이나 보고서의 제목과는 달라야 한다. 지면에 쓰이는 것이지만 독자에게 말을 걸어야 하고 독자의 응답을 기다리는 것이어야 한다. 명사로 종결하는 것은 마치 '내 할 말만 한다'는 것과 같은 닫힌 인상을 준다. 위의 제목들은 독자에게 말을 걸고 있지 않다.

'**** 규제'를 상시 개정하면 무엇이 좋은지, '직원 워크숍'을 왜 개최했는지, 추석 연휴에 어떤 '민생 지원'을 할 것인지, 태양광 발전의 상시 활용을 왜 하려는지 등을 알려주고 있지 않다. 즉, 핵심 정보를 담고 있지 않으면서 명사로 종결하여 대화 의지도 보이지 않는다. 되도록 핵심 정보를 담으면서 말을 거는 서술형 문장으로 바꾸는 것이 좋다.

- ○ ＊＊＊＊규제, 상시 개정으로 국민 불편 해소한다.
- ○ 공무원 윤리 의식 재무장한다.
- ○ 추석 연휴, 24시간 돌발적 도로 상황에 대비한다.
- ○ 태양광 발전, 국민 곁에 더 가까워진다.

그런데, 소통의 의지를 보이지 않는 것은 너무 어려운 제목에서도 나타나는 문제이다. 여러 기관의 보도 자료를 보다 보면 전문 용어를 사용하거나 외국어, 외래어를 남용하여 잘 이해가 가지 않는 경우가 많다. 특히, 금융이나 건축, 의료, 법 등의 분야나 과학 기술 등 새로운 것의 유입이 많은 기관의 보도 자료가 그러하다.

- ○ 「아시아 펀드 패스포트 도입준비 T/F」 Kick-off 회의 개최
- ○ 초실감 융합콘텐츠 발전방안 논의를 위한 현장 간담회 개최
- ○ 부작용 없앤 CAR-T 치료제 개발
- ○ ICT 분야 '규제 샌드박스' 본격 도입

위의 제목을 보고 한 번에 이해할 수 있을까? 너무 어려운 전문 용어를 사용하고 외국 문자를 써 제대로 단순히 읽어내는 것조차 어렵다. 기자들에게도 이러한 제목은 쉽게 이해가 가지 않는 제목일 것이다. 이러한 제목은 독자를 전혀 고려하지 않고 읽혀지기를 거부한 것이다. 즉, 소통이라는 궁극적 본질을 상실한 것이라고 할 수 있다. 보다 많은 국민이 읽고 이해할 수 있게 고민하여야 한다. 전문 용어는 풀어주고 외국어는 적합한 한국어로 번역해주어야 하며 외래어는 남용하여서는 안 된다. 이러한 노력의 하나로 행정안전부의 '자동심장제세동기'의 순화 사례를 살펴 볼 수 있다. 심장이 마비되었을 때 응급 처치를 할 목적으로 공공장소에 설치되어 있는 기계인데 이것이 꽤 중요하게 쓰인 미담 사례를 가끔 신문 기사에서 볼 수 있다. '자동심장제세동기'의 이름은 마비가 왔을 때, 심장의 근육에서 발생하는 미세한 경련을 제거해 심장의 원래 기능을 회복시킨다는 기계의 원리를 담은 말이다. 정확성을 띠고 있으나 말이 어렵다. 이를 국민들이 널리 쓰고 있는 '자동심장충격기'로 바꾸어 좀 더 친근하게 만들었다. '폐쇄회로티브이(CCTV)'를 '방범 카메라'나 '보안 카메라' 등으로 바꾸는 것도 국민과 다가가고자 하는 노력의 한 예이다. 제목이 보도 자료의 내용과 독자를 연결한다고 할 때, 어려운 말로 이를 끊지 말고 쉬운 말로 문을 열어야 한다.

라. 독자 중심의 제목이어야 한다

독자를 대상으로 글을 쓴다는 것은 글쓴이를 중심에 두는 것이 아니라 독자를 중심에 두고 글을 쓴다는 의미이다. 독자를 중심에 둔다는 것은 관점의 문제라고 할 수 있다. 즉, 글쓴이의 관점보다는 글 읽는 이의 관점에서 글이 쓰여야 한다는 것이다. 그런데 보도 자료를 막상 쓰려고 하면 기관의 입장을 담은 참고 자료가 훨씬 더 많다. 기관의 입장을 논의한 회의 자료나 기획서 등을 바탕으로 글을 쓰기에 이의 대상이 되는 국민 입장을 살피기가 쉽지 않다. 사례를 통해서 이를 확인해 보자.

○ ***에서 작은 결혼식 접수를 시작합니다.

→ ***에서 작은 결혼식을 신청하세요.

○ 학교 밖 청소년 대학 입시 설명회 개최

→ 학교 밖 청소년, 어떻게 대학에 갈까?

○ 태양광 미니 발전소 1만 가구 보급한다.

→ 태양광 사용하면 1년에 9만 원 아낀다.

보통 기관에서 많이 보이는 제목은 왼쪽의 제목이다. 기관은 '접수 안내'를 하고 '행사 개최'를 하고 '무언가를 보급한다.' 그러하기에 보도 자료 작성자는 기관 내의 기획서, 보고서에 나와 있는 표현을 활용하여 위와 같은 제목의 보도 자료를 생산한다. 그런데 이들 표현은 기관 중심의 표현이다. 예들을 하나씩 살펴보자.

첫 번째 예에서 다른 점은 서술어로 '접수한다'를 사용하였는가, '신청한다'를 사용하였는가 하는 것이다. 어떤 서술어가 독자 중심의 어휘일까. 사전으로 이를 확인해 볼 수 있다.

○ 접수03(接受)[-쑤]

「명사」

「1」 신청이나 신고 따위를 구두(口頭)나 문서로 받음.

「2」 돈이나 물건 따위를 받음.

○ 신청01(申請)

「명사」

「1」 단체나 기관에 어떠한 일이나 물건을 알려 청구함.

「2」『법률』 민사 소송법에서, 당사자가 법원에 대하여 일정한 소송 행위를 요구하는 행위.

「3」『법률』 공법(公法)에서, 국가 기관이나 법원 또는 공공 단체 기관에 대하여 특정한 행위를 요구하기 위한 의사 표시.

위의 뜻풀이에서 보듯, 접수는 받는 대상 중심의 어휘이고 신청은 의사 표시를 하는 사람 중심의 어휘이다. 이를 다시 말하면 '접수'는 기관 중심의 어휘이며, '신청'이 독자 중심의 언어라는 것이다. 두 번째 사례를 살펴보자. '입학 설명회 개최'에서 '개최'는 누가 하는가? 이는 기관이 하는 것이다. 독자 중심이라면 독자는 참여하는 사람이 된다. 즉, '개최'는 기관 중심의 어휘이며 '참여'는 독자 중심의 어휘가 된다. 한 걸음 더 나아가 행사에 참여하는 이의 입장에서 그의 고민을 의문형으로 표현한 '어떻게 갈까?'와 같은 표현은 더욱 독자에게 다가간 표현이라고 할 수 있다. 기관에서는 1년에 수많은 행사를 열며 행사마다 얼마나 많은 참여자가 있을지를 고민한다. 앞으로는 '접수'보다는 '신청' 안내를, '개최'보다는 '참여'를 나아가 참여자의 입장을 담은 제목을 써 보도록 하자. 세 번째 예 역시 어휘의 차원을 넘어서서 누구의 입장에서 쓴 제목인지가 구별이 되는 예이다. 태양광을 사용할 계획이 있거나 태양광에 관심이 있는 국민이라면 어떤 보도 자료를 읽겠는가? '태양광 미니 발전소 1만 가구 보급한다.'라는 제목은 보급의 주체인 기관 중심의 제목이라고 할 수 있다. '1만 가구'라는 구체적 수치를 사용하고 있는데 이는 기관의 치적을 드러내는 것일 뿐이다. 그런데 국민의 입장에서는 태양광 미니 발전소가 얼마나 공급되는지는 중요하지 않다. 이를 사용하면 얻을 수 있는 이익이 무엇인가가 더 중요하다. '1년에 9만 원'이라는 구체적인 액수를 언급하여 이익과 관련한 정보를 전해주고 있다.

보도 자료가 쓰는 사람의 것이 아니라 읽는 사람의 것이라고 할 때 보도 자료는 철저하게 독자 중심으로 쓰여야 한다. 공공 기관 종사자, 공무원이 아닌 일반 국민의 시선에서 보도 자료를 보는 노력을 해 보자.

마. 제목은 독자의 호기심과 관심을 유발해야 한다

제목이 보도 자료의 핵심이라는 의미는 제목에 핵심 내용을 담아야 한다는 것 외에 제목을 통해 보도 자료를 읽게 유인한다는 의미도 갖는다. 글을 다 써 놓고 게시하였는데 어디에도 보도되지 않고 아무도 읽지 않는다면 그 글은 실패한 글이 된다. 보도 자료는 자신의 매력을 제목에서 나타내어야 한다. 사실 보도 자료의 제목을 매력 있게 쓴다는 것은 여간 어려운 일이 아니다. 평소에 다른 보도 자료나 신문 기사의 제목을 많이 살펴보는 연습이 필요하다.

아래의 예는 국민이 궁금해 할 내용을 의문형으로 제시하여 보도 자료에 호기심과 관심을 유발하고 있다.

전국에서 산불 자주 발생되는 곳은 어디?

－산림청 국립산림과학원, GIS 활용 '산불다발위험지도'제작－

(출처: 산림청 누리집)

남녀가 꼽은 명절 성차별 1위는 ? '여성만 가사노동'

- 시여성가족재단, 1,170명 시민제안·전문가 자문 거쳐 '성평등 생활사전_추석특집' 발표
- 대표적 성차별 언어… '시댁' → '시가', '여자가','남자가' → '사람이','어른이'로 제안
- 남녀가 꼽은 명절 성차별 행동 Top5 1위 '여성만 하는 가사분담' 53.3%
- 결혼 주제 대화 남녀 모두 불편, 시가·처가 번갈아 방문 제안, 힘쓰는 일 남자만 NO

(출처: 서울특별시 누리집)

질문을 하고 이의 답을 이어 제시하는 문답식 방법은 관심을 유발하고 주의를 집중시키는 주요한 방법이다. 비유적인 표현을 사용하여 흥미를 유발하는 제목도 있다.

추석 밥상에 과학관을 올려 보자

- 4차 산업혁명 시대 과학관의 역할과 책임에 대한 대국민 의견수렴 -

□ 국립중앙과학관(관장 배태민)에서는 9월 21일부터 10월 20일까지 '4차 산업혁명 시대에 과학관의 역할과 책임(R&R)'에 대해 온라인 국민 의견수렴을 한 달간 진행한다.

(출처: 국립중앙과학관 누리집)

위의 보도 자료에서 과학관을 밥상에 올려놓는 음식으로 비유하여 독자의 관심과 흥미를 유발하고 있는 것을 확인할 수 있다. 낯선 단어를 사용하여 독자의 호기심을 유발할 수도 있다. 아래의 예를 보자.

'쩡한' 북한의 손맛으로 소외된 아이들을 보듬다
- 하나원 교육생과 통일부 직원이 함께 아동 양육 시설에 김장 김치 나눔 봉사 -

(출처: 통일부 누리집)

'쩡한'이라는 낯선 단어를 사용하여 독자에게 이 말 뜻이 무엇일까를 추측하게 한다. 본문에서 '정신이 번쩍 들 정도로 자극이 심하다.'라는 뜻풀이를 해 주어 문답법을 사용할 때와 같은 효과를 가진다. 이외에도 익숙한 한자성어나 격언들을 활용하여 독자의 관심을 끌 수 있다. 평소에 독자의 관심을 어떻게 하면 불러일으킬까를 고민하고 다른 보도 자료, 기사 등을 보며 자신의 보도 자료에 활용하면 좋은 제목을 쓸 수 있을 것이다.

바. 제목에 너무 많은 내용을 담지 않도록 하자

여러 기관의 보도 자료를 보다 보면 제목에 너무 많은 내용을 담아 지나치게 길어진 경우를 볼 수 있다. 제목을 고민할 때, 제목만 보고도 전체 내용을 파악할 수 있어야 한다는 생각에 제목에 너무 많은 내용을 담으려 한다. 이것도 중요하고 저것도 중요하게 느껴져 무엇을 빼야 할지 결정하지 못해 다 담아 보는 것이다. 많은 내용을 담으려는 욕심을 버려야 한다. 제목이 너무 길면 읽기에 불편하고 지루하게 느껴진다. 지루한 글은 아무도 읽으려 하지 않는다. 다시 말해, 제목에는 핵심 내용 한 가지를 담아 간결하게 써야 한다.

ㅇ **시 중재로 ***피자 상생협약 타결, 불투명한 프랜차이즈 유통구조 혁신에 앞장선다.
ㅇ "실험실, 창업을 연구합니다." 일곱 번째 이야기, 여성 氣UP(기업), 창업이 제일 쉬웠어요.

첫 번째 예는 지방자치단체가 기업과 노동자의 갈등을 해결했다는 내용을 담고 있는데 이러한 내용과 함께 앞으로의 계획까지 하나의 제목에 담아 놓아 너무 긴 제목이 되었다. 당장의 시의성을 가지고 구체성을 띤 갈등 해결 내용이 더 핵심적인 내용이다. 두 내용 중 앞의 내용을 삼아 제목으로 정하고 계획과 관련된 부분은 본문에서 풀어내거나 다른 보도 자료로 내는 것이 좋을 것이다.

두 번째 예는 문장의 문제라기보다는 어휘의 사용 문제이다.

'여성 氣UP'(기업)이라는 표현을 만들어 여성 기업이라는 하나의 의미와 여성의 기를 살리겠다는 의미를 담았다. 한 번에 너무 많은 의미를 담고자 한국어 조어법에 맞지 않는 표현을 사용한 것으로 보인다. 이러한 표현은 품격을 떨어뜨리는 표현이다. 하나의 어휘에 많은 의미를 담고자 하여 외계어적인 표현이 만들어진 것이다. '여성 기업, 창업이 쉬웠어요.'라고 하든가 '여성의 기를 살린 창업'이라든가 등의 단순하고 쉬운 표현을 사용하였다면 더 좋았을 것이다.

제목은 보도 자료의 얼굴이며 핵심이다. 가장 중요하다는 말이다. 제목은 보도 자료의 성패를 좌우한다. 그만큼 어려운 일이기도 하다. 단번에 제목을 잘 쓸 수는 없다. 평소에 보도 자료를 잘 쓴다는 선배의 자료를 찾아 읽어 보거나 신문에 나온 기사의 제목을 살펴보며 반영해 보는 연습을 한다면 보다 나은 제목을 지을 수 있을 것이다. 무엇보다 중요한 것은 국민의 관점과 입장에서 다시 한번 살펴보는 일이다.

4. 가독성을 높이자

좋은 보도 자료는 보기에 좋다. 2쪽 이상의 보도 자료가 줄 간격이 제대로 띄어지지 않은 줄글로만 이어져 있거나 문단 구분이 이루어지지 않은 글은 한 눈에 보아도 답답하고 지루하다. 보도 자료는 A4 용지 규격으로 출력해서 볼 수 있게 만들어진다. 1쪽으로만 이루어진 짧은 보도 자료라면 줄글로 이어져도 크게 무리가 없을 것이다.

황룡사 구층목탑의 비밀 이야기

- 국립경주박물관 특별전 '황룡사' 연계 교육 -

국립경주박물관(관장 유병하)은 오는 6월 7일(목)부터 8월 31일(금)까지 특별전 '황룡사' 연계 어린이 대상 교육프로그램 '황룡사 구층목탑의 비밀 이야기'를 운영한다.

이 프로그램은 어린이들에게 '황룡사' 특별전시에 대한 관심을 불러일으키고, 관련 문화재를 자세히 탐구해보는 기회를 마련하기 위해 기획하였다. 특히 현재는 남아있지 않지만, 신라에서 가장 높은 건물이자 신라 3대 보물의 하나였던 구층목탑의 시대적 의미와 가치에 대해 교육 참가자들이 함께 생각해보는 시간이 될 것이다.
특별전시도 관람하고 관련 교육 활동도 참여하면서 어린이들이 박물관 전시를 쉽고 재미있게 접근할 수 있을 것으로 기대한다.

이 프로그램은 특별전시관 현장에서 이루어지는 교육(매주 수·목요일, 13:20~14:00)과 사전 예약을 통한 초등 단체 교육(화~금요일, 10:00~10:40 / 14:30~15:10 중 선택)이 함께 운영된다. 또한 목요일(14:00~15:00)에는 특별전시 담당 큐레이터의 전시 해설이 이어서 진행된다.
자세한 내용은 국립경주박물관 누리집(http://gyeongju.museum.go.kr) '교육·행사-교육프로그램'에서 확인할 수 있다.

(출처: 국립중앙박물관 누리집)

위의 예처럼 1쪽으로 마무리되는 짧은 보도 자료는 문단을 나누어 준 것만으로도 읽는 데 부담이 없다. 그러나 2쪽 이상의 보도 자료라면 제대로 문단을 나누어 구별해 주고 번호나 기호를 활용하여 항목을 드러내야 한다. 특히 상위 항목과 하위 항목을 구별해야 할 필요가 있을 때에는 □, ○, -, ・을 순서대로 사용하면 좋다. 이 때에도 줄 간격은 충분히 띄어주어야 한다.

□ 연말연시를 맞아 통일부 하나원은 탈북민 교육생들과 통일부 직원들이 함께 하는 **'김장 김치 나눔 행사'**를 추진한다.

○ 대한적십자사와 연계한 '김장김치 나눔' 봉사활동은 11. 16(수) 하나원 교육생 82명과 한적 봉사원 20여 명, 통일부 직원 20여 명이 참석할 예정이다.

○ 이는 탈북민들과 통일부 직원들이 함께 김장 김치를 담그며 취약계층 세대를 도울뿐 아니라 서로 소통하고 이해하는 시간을 가지기 위한 활동이다.

□ 행사 당일 오전에 알타리 및 배추김치(350만 원 상당)와 빵과 국수 등 간식거리를 만들어 오후에 아동 양육 시설 「남산원」 및 취약계층 22세대에 전달할 예정이다.

*** 아동양육시설 「남산원」은 1952년에 설립, 영유아와 청소년 60여 명이 자립할 수 있을 때까지 대리 양육하는 시설**

□ 이 행사는 하나원 여성 교육생들이 날씨가 추워지면 고향에서 '김장전투' 하던 일을 회고하며 북한의 김치 맛을 추억하던 것에서 시작되었다.

○ 매달 취약계층을 대상으로 제과제빵, 밑반찬 봉사를 해 왔지만 이번 달에는 교육생들이 김장을 같이 하면 좋겠다는 의견을 전해와 추진하게 된 것이다.

○ 비록 북한의 김치 맛을 그대로 되살릴 수는 없겠지만 교육생들에게는 고향에 대한 추억을 되새기고, 가족의 가장 중요한 식량을 마련하던

그 마음으로 취약계층 세대도 도울 수 있다면 1석 2조가 되는 일이라 생각되어 이번 봉사활동을 마련하였다.

"저는 강원도 원산에서 왔어요. 우리 집은 100kg나마 되는 독(항아리)을 10독 해야 겨울을 날 수 있어요. 그래서 김장하는 날은 할아버지, 삼촌도 모두 나와서 일손을 도왔어요. 김칫독을 김치창고에 넣어두고 먹는데, 추운 날 할머니가 김치 꺼내오라고 시키면 오빠랑 서로 미루던 일이 생각나요."

"북한에 살 때는 형편이 어려워 내 김치 지키기도 바빴지만 한국에 와서 김장 김치를 어려운 사람들과 나눈다면 기쁠 것 같아요."

□ 탈북민 3만 명 시대를 맞이하여 이번 행사를 통해 통일부 직원들도 함께 참여하여 '먼저 온 통일'을 체감하는 시간이 될 것이다.

ㅇ 통일부 직원들은 남북관계가 비록 어렵지만 통일의 동반
이기도 한 탈북민들과 함께 김장을 하면서 북한 주민들의 문화와 특성을 이해할 뿐만 아니라 남북이 어울려 화합할 수 있는 역량을 키우는 계기가 될 것으로 기대하고 있다.

□ 하나원 임병철 원장은 "앞으로도 탈북민들이 우리 사회의 그늘진 곳을 살피고 봉사할 수 있는 기회를 확대하여 우리 국민들의 탈북민에 대한 인식을 바꾸고, 탈북민들에게는 정착 의지를 새롭게 다지는 계기가 되기를 기대한다."라고 말하였다.

(출처: 통일부 누리집)

위의 예처럼 많은 내용을 담을 때에는 기호를 활용하여 상위 항목과 하위 항목을 구분해 주어야 한다. 기호를 사용하고 줄을 한 칸 띄어서 문단을 충분히 구분해 주었기에 많은 내용이 담겨 있어도 읽기에 부담이 없다.

5. 한 단락 안에서 문장을 마무리하자

보도 자료를 검토하다 보면 많은 기관에서 한 단락을 문장으로 마무리하지 않은 경우를 볼 수 있다. 한 줄을 띄어 내용을 구분해 놓았음에도 종결어미와 마침표를 사용하지 않고 연결어미와 쉼표를 사용하여 단락을 종결하지 않은 것이다.

> □ 또한, ***기관과 보험업계는 **'17.12.18일부터 약 1개월 동안** 실시한 『**숨은보험금 찾아주기 캠페인**』을 통해
>
> ○ 숨은보험금이 있는 **모든 보험소비자들**에게 **안내우편을 직접 발송***(약 322만건)**하였을 뿐만 아니라,**
>
> * 계약시점이 오래되어 **주소가 변경된 소비자**들에게도 행정안전부의 협조를 받아(주민등록전산망 주소정보) 계약자 등의 **최신 주소로 우편물 발송**
>
> ○ 그 이후에도 **문자메시지, SNS 등 간편하고 신속한 방법**을 통해 숨은보험금이 있는 소비자에게 **안내메시지**를 전송하는 등 **숨은보험금 찾아주기 노력**을 지속 추진*

위의 예에서 보는 것처럼 단락이 구분되는데도 '통해', '아니라.'와 같이 단락을 끝맺지 않는다. 이러한 경우는 여러 기관에서 발견된다.

○ 이들은 2011년 8월경 이탈 조직원들이 기존 조직에서 신규 조직원을 영입하는 문제(일명 '조직원 빼가기')로 상호 시비가 되자 집단 패싸움(일명 '전쟁')을 계획하고 회칼·야구방망이 등을 휴대하고 도심에 18명이 집결·대기하기도 했고,

○ 2014년 2월 A씨 등 4명은 기존 조직에서 이탈한 조직원들이 기존 조직원과 마찰하며 A씨를 제거하려는 조짐을 보이자, 이탈 조직원을 감금하고 흉기로 협박했고,

○ 2015년 4월경 유흥업소가 밀집한 폭력조직의 이권 중심지역인 '○○지역을 지켜라'는 A씨의 지시에 따라 조직원 30여명이 흉기 및 야구방망이 등으로 무장한 채 2~4명씩 조를 짜서 집단순찰을 돌며 상대 조직원들의 공격에 대비하는 등 폭력조직의 내부 지휘체계에 따라 범죄단체 활동을 한 것으로 드러났다.

이렇게 한 단락 안에서 종결되지 못한 보도 자료는 읽기 쉽지 않다. 마침표는 문장이나 단락의 의미를 종결해 주는 표지이다. 마침표를 사용하지 않는다면 의미 단위를 정리하지 못하고 계속 이어나가야 하므로 인지적으로 피로하다. 결국 종결되는 서술어를 찾다가 앞의 내용은 잊게 된다. 정보 전달이 쉽게 이루어지지 못한다는 말이다. 아울러 단락이 나누어졌는데 왜 종결표현을 쓰지 않았을까 하는 의아함까지 생긴다. 위의 예에서 '했고,'라는 부분을 '했다.'라고만 표기하여도 이러한 의아함은 사라졌을 것이다. 마침표를 쓰지 않는 것은 문장을 간결하게 쓰지 않은 것이다. 복잡한 내용이라도 체계적으로 정리하고 간결한 문장으로 전달하는 글이 좋은 글이다. 하나의 단락에는 하나의 주제를 담고 마침표를 써서 끝을 맺는 것이 좋다. 그리고 하나의 단락이라고 해서 한 문장으로 구성할 필요는 없다. 단락 안에 많은 내용이 들어갈 때에는 문장을 여럿 쓰는 것이 오히려 글을 명쾌하게 한다. 한 문장이 지면의 세 줄을 넘지 않도록 한다면 한결 더 쉽게 읽히는 보도 자료가 될 것이다.

6. 사진이나 그림, 표를 적절하게 활용하자

하나의 좋은 사진은 열 마디의 텍스트보다 훨씬 가치가 있다. 지면에서 감각적인 요소로 활용할 수 있는 것은 시각적 요소밖에는 없다. 시각적 효과를 잘 나타내는 것이 글보다 더 효과적인 경우를 흔히 찾을 수 있다. '봄이 되었으니 산과 들로 나들이 가자'라는 말보다 '꽃이 만발한 산의 모습'이나 '노란 옷을 입고 부모님의 손을 잡고 나들이 가는 아이의 사진'이 더 와 닿는다. 이처럼 사진은 지면에서 시각적 효과를 드러내고 보도 자료의 내용을 보충해 주는 중요한 자료이기에 사진을 찍거나 선정하는 일에 주의하여야 한다. 일단 사진을 잘 찍어야 한다. 일부 기관에서는 홍보 부서에 사진을 전문적으로 찍는 직원을 고용하고 있다. 이러한 경우 장비만 제대로 갖추고 있다면 사진을 잘 찍는 일은 전문가인 직원과 상의하여 보도 자료의 목적과 의도에 맞게 사진을 찍으면 된다. 예를 들어 어린 학생이 참여하는 독서 행사의 경우라면 책장이나 행사 장소의 전경 사진보다는 참여 어린이와 부모에게 허락을 받고 어린이가 책을 읽고 있는 모습이 더 행사를 잘 드러내는 사진이 될 것이다. 보도 자료를 담당하고 있는 직원이라면 이처럼 보도 자료를 쓰기 전에서부터 보도 자료의 사진으로 어떤 것이 적합할지 고민하여 사진을 찍는 사람에게 도움을 요청해야 한다. 전담 직원이 없다면 필요한 경우 전문가를 고용하는 것이 좋다. 다음으로 사진은 다양하게 찍어두는 것이 좋다. 보도 자료를 쓰고 붙임 파일로 사진을 저장하는데 적어도 4종의 다양한 사진을 제공하여야 기자가 자신의 기사에 맞게 사진을 고를 수 있다. 그리고 사진 아래에는 사진을 설명하는 글이 꼭 작성되어야 한다. 일시, 장소, 행사, 참여자 등을 밝히는 정보가 기록되어야 신뢰를 줄 수 있다. 때로 사진만이 신문에 보도되는 경우도 있기에 사진 설명을 구체적으로 작성하는 것이 좋다. 특히, 주의할 것은 국민의 초상권 문제이다. 기관의 홍보를 위해서 작성되는 보도 자료는 언론 기관에서 쓰는 기사와는 성격이 다르다. 따라서 사진에서 누구인지 알 수 있을 만큼 공개되는 사진이라면 당사자에게 꼭 허락을 구해야 한다. 그렇지 않다면 식별 가능할 정도로 국민의 모습이 노출되어서는 안 된다.

그림이나 그래프를 사용하면 정보를 구체적으로 전달할 수 있다. 2015년 중동호흡기증후군(메르스) 사태가 일어났을 때, 위생적으로 올바르게 손 씻기 방법을 알릴 필요가 있었다. 이때 질병관리본부가 권장한 올바른 손 씻기를 텍스트로 옮기면 다음과 같다.

> 올바른 손씻기 6단계는 ▲손바닥과 손바닥을 마주 대고 문지르기 ▲손등과 손바닥을 마주 대고 문지르기 ▲손바닥을 마주 대고 손깍지를 끼고 문지르기 ▲손가락을 마주 잡고 문지르기 ▲엄지손가락을 이용해 다른 편 손가락을 돌려주며 문지르기 ▲손가락을 반대편 손바닥에 놓고 문지르기 등 총 6단계의 손 씻기 방법이다. 이때 세균이 더 잘 분포하는 손톱 밑과 엄지손가락을 꼼꼼히 씻는 게 도움이 된다.

이렇게 글로 써 놓으니 이미지가 잘 그려지지 않는다. 어떻게 하라는 것인지 손을 마주 대고 해 보아도 헷갈린다. 그렇다면 다음과 같이 그림으로 설명한 것을 어떨까?

(출처: 질병관리본부 누리집)

글로만 쓰여 있는 것보다 훨씬 이해하기 쉽다. 이처럼 과정이나 순서 등을 알릴 필요가 있을 때에는 그림을 이용하는 것이 훨씬 효과적이다. 마찬가지로 수치의 변화를 설명하여야 할 때에도 적절한 그래프를 그려 독자의 이해를 돕는 것이 좋다. 여러 항목을 나누어 제시하여야 할 때에는 줄글로 나타내는 것보다 표로 제시해 주는 것이 가독성을 높일 수 있다.

번아웃 증후군을 '탈진 증후군'으로 다듬었습니다

-국립국어원, 다듬은 말 발표-

국립국어원에서는 우리 사회 곳곳에서 쓰이는 낯선 외래어 네 개를 골라 2018년 제2차 다듬은 말을 발표했다. 국립국어원은 '공공언어 통합 지원 우리말 다듬기' 누리집에서 제안받은 다듬은 말 후보 중에서 말다듬기위원회 회의를 거쳐 다음과 같이 다듬은 말을 선정했다.

대상어(원어)	다듬은 말	의미
게임 체인저 (game changer)	국면 전환자, 국면 전환 요소	어떤 일에서 결과나 흐름의 판도를 뒤바꿔 놓을 만한 중요한 역할을 한 인물이나 사건
번아웃 증후군 (burnout syndrome)	탈진 증후군	의욕적으로 일에 몰두하던 사람이 극도의 신체적·정신적 피로감을 호소하며 무기력해지는 현상
슈퍼 사이클 (super cycle)	장기 호황	원자재 등 상품 시장 가격이 장기적으로 상승하는 추세
인플루언서 (influencer)	영향력자	사회 관계망 서비스(SNS)상에서 수십만 명의 딸림벗(팔로어)을 보유하고 있으며, 유행을 선도하는 사람들

(출처: 국립국어원 누리집)

위의 보도 자료에서 보듯 여러 순화어들을 줄글의 형태가 아니라 표로 제시하였기에 독자는 대상어와 다듬은 말의 구분을 한눈에 알아 볼 수 있다. 이처럼, 보도 자료를 쓸 때 어떻게 하면 독자에게 정보를 명료하게 전달할 수 있을지, 어떻게 가독성을 높일지를 고려하여 자료들을 다양한 방식을 제시한다면 훨씬 정성이 들어간 풍요로운 보도 자료가 될 수 있다. 정성을 들인 보도 자료라면 국민이나 기자 또한 그 보도 자료를 허투루 보지 않을 것이다.

제4장
평가 문제

평가문제

공공언어의 개념과 배경

1 다음 중 공공언어가 아닌 것은 무엇일까요?

① 예능프로그램 자막 ② 행정복지센터 민원서류

③ 광고에 사용한 언어(말과 글) ④ 친구와 주고받은 이메일

정답 ④ 공공의 목적이 아닌 개인이 일상에서 사용하는 언어는 일상언어입니다.

2 쉬운 공공언어 쓰기를 맞게 설명한 것은 무엇일까요?

① 공공언어를 쓸 때는 외국인도 알아볼 수 있게 써야 한다.

② 쉬운 공공언어 쓰기는 소통성과 관련이 있다.

③ 간판은 공공언어가 아니므로 외국어를 써도 된다.

④ 쉬운 공공언어 쓰기는 공무원만 하면 된다.

정답 ② 쉬운 공공언어 쓰기는 소통성과 관련이 있습니다.

3 좁은 의미의 공공언어는 공공기관에서 쓰는 언어를 말한다. 따라서 공문서는 공공언어이다. (O, ×)

정답 O

4 쉬운 공공언어 쓰기는 사용하는 상황에 맞게 더 잘 이해되고, 정보가 잘 전달될 수 있게 하자는 것이다. (O, ×)

정답 O

5 쉬운 공공언어 쓰기는 소통성을 높여 소통하는 사회로 나아가게 돕는다. (O, ×)

정답 O

6 국어 발전의 기본 계획을 담당하는 중앙 행정 기관은 어디인가요?

① 행정안전부 ② 문화체육관광부

③ 교육부 ④ 법무부

정답 ②

7 다음 중 국어기본법에 제시된 국어책임관의 임무가 아닌 것은 무엇일까요?

① 알기 쉬운 용어의 개발과 보급 및 정확한 문장의 사용을 장려하는 일

② 해당 기관 직원의 국어 능력 향상을 위한 시책의 수립과 추진

③ 기관 간 국어와 관련된 업무의 협조

④ 어문규범의 제정과 개정

정답 ④

8 국어기본법에서 제시한 공문서 작성 원칙이 아닌 것은 무엇일까요?

① 알기 쉬운 용어를 사용하여야 한다.

② 어문규범에 맞추어야 한다.

③ 한자는 괄호 없이 병기할 수 있다.

④ 한글로만 작성하여야 한다.

정답 ③

9 문화체육관광부의 국어 발전 기본 계획에 들어가는 사항은 무엇일까요?

① 남북한 언어 통일에 관한 사항

② 공문서 작성의 표준화·체계화에 관한 사항

③ 한국의 무형 문화유산의 보전에 관한 사항

④ 공공 기관 종사자의 정보화 교육에 관한 사항

정답 ①

10 국어 발전을 위해 지역어 사용을 자제한다. (O, ×)

정답 ×

11 공문서를 작성할 때에는 행정 효율과 협업 촉진에 관한 규정의 관계법과 행정 업무 편람에 따라 작성합니다. (O, ×)

정답 O 공문서를 작성할 때에는 행정 효율과 협업 촉진에 관한 규정의 관계법과 행정 업무 편람에 따라 작성합니다.

12 날짜 표기가 맞는 것은 무엇일까요?

① 2018.∨9.∨20(금) ② '18.∨10.∨12.(금)

③ 2018.∨12.∨24.~2019.∨1.∨20. ④ 2018.∨01. 09.(화)

정답 ③ 2018.∨12.∨24.~2019.∨1.∨20.

13 다음은 행정 효율과 협업 촉진에 관한 규정의 내용입니다. 다음 중 틀린 것은 무엇일까요?

① 시·분은 24시각제에 따라 숫자로 표기하되, 시·분의 글자는 생략하고 그 사이에 쌍점을 찍어 구분한다.

② 문서에 쓰는 날짜는 숫자로 표기하되, 연월일의 글자는 생략하고 그 자리에 마침표를 찍어 표시한다.

③ 항목으로 구분할 필요가 있으면 그 항목을 순서(항목 구분이 숫자인 경우에는 내림차순, 한글인 경우에는 하,..나,가 순서)대로 한다.

④ 첫째 항목은 왼쪽에서부터 띄어쓰기 없이 시작하며, 둘째 항목부터는 각 항목을 두 타(한 글자)씩 왼쪽에서 들여 씁니다.

정답 ③ 항목으로 구분할 필요가 있으면 그 항목을 순서(항목 구분이 숫자인 경우에는 오름차순, 한글인 경우에는 가, 나, 다 순서)대로 한다.

14 문서에서 금액을 표기할 때에 맞는 표기에 O를, 틀린 표기에 ×를 쓰시오.

금113,560원(금일십일만삼천오백육십원) (O, ×)

일금 208,400원정(일금 이십만 팔천사백원정) (O, ×)

정답 금113,560원(금일십일만삼천오백육십원) (O)
일금 208,400원정(일금 이십만 팔천사백원정) (×)

15 '국어책임관의 역할로서' 틀린 것은 무엇일까요?

① 공공언어의 어문규범을 준수하고, 문법에 어긋난 문장은 없는지 살핀다.

② 공공언어 화자가 사용하는 언어가 공공언어답게 사용할 수 있도록 한다.

③ 쉽고 바른 공공언어를 사용하여 공공언어 화자의 국어 능력 향상에 이바지 한다.

④ 공공언어는 권위 있고, 고압적인 언어로서 제 역할을 수행할 수 있도록 도움을 준다.

정답 ④ 공공언어는 권위 있고, 고압적인 언어로서 제 역할을 수행할 수 있도록 도움을 준다.

1 다음 중 한국어의 어문규범에 들지 않는 것은 무엇일까요?

① 한글 맞춤법 ② 표준 화법

③ 외래어 표기법 ④ 표준어 규정

정답 ②

2 다음 중 맞춤법에 맞는 표기는 무엇일까요?

① 백분률 ② 합격률

③ 소비률 ④ 생산률

정답 ②

3 다음 밑줄 친 것 중에서 띄어쓰기가 맞게 표기된 것은 무엇일까요?

① 관계 기관의 요청인바, 적극적으로 협조하기 바람.

② 해당 사업을 진행하는데 필요한 경비를 보조해 주기 바람.

③ 매년 한류로 한국을 찾는 관광객이 수십만명씩 늘고 있다.

④ 그 사업에 1억여원의 예산이 필요할 것으로 예상된다.

정답 ①

4 다음 중 외래어 표기법에 맞는 것은 무엇일까요?

① 워크숍 ② 헤어숖

③ 초코렡 ④ 수퍼마켓

정답 ①

5 국어기본법에서 공문서 작성과 관련한 조항에 어문규범을 지키라는 내용이 포함되어 있다. (O, ×)

정답 ○

6 공문서의 독자는 공무원이므로 권위 있는 전문용어를 사용하며 어려운 행정용어 등은 다듬어 쓰지 않아도 됩니다.(O, ×)

정답 × 공문서의 독자는 공무원, 다른 기관의 사람, 국민 등 불특정 대다수가 될 수 있으므로 쉬운 언어를 사용하며 어려운 행정용어 등은 다듬어 씁니다.

7 공공언어를 사용할 때 잘 다듬어 놓은 행정용어는 무엇일까요?

① 마스터플랜

② TF팀

③ 촉수엄금

④ 지난해보다

정답 ④

8 공공언어에서 사용하고 있는 권위적인 문장으로 볼 수 없는 것은 어느 것일까요?

① 다음과 같이 작성할 것.

② 제출 기간을 지켜 주시기 바랍니다.

③ 운영하도록 지시하였다.

④ 하기 각 호에 해당되지 않는 자만 후보로 등록 필할 수 있다.

정답 ②

9 아래의 표에서 제시한 예시는 공공언어의 관계법에 따라 무엇이 잘못되었을까요?

서울시, UIA 2017 서울세계건축대회 성과확산을 위한 심포지움

(출처: 서울특별시 보도 자료, 2018. 10. 7.)

文대통령-프란치스코 교황 '평화'를 매개로 한 인연..첫 訪北까지 이어질까

(출처: 파이넨셜 뉴스, 2018. 10. 9.)

"외산SW 꼼짝마!"…70% 거품 뺀 LG CNS ERP로 '도전장'

(출처: 머니투데이, 2018. 10. 9.)

① 한글로 작성하지 않고 외국어와 한자어를 그대로 노출하고 있다.

② 반말 투와 명령어 투를 사용하고 있다.

③ 많은 문장 부호의 사용으로 의미를 파악하는 데 어려움을 겪게 한다.

④ 줄임말을 사용하여 기사의 흥미를 극대화하고 있다.

정답 ① 한글로 작성하지 않고 외국어와 한자어를 그대로 노출하고 있습니다.

10 공공언어의 권위적인 어휘를 바르게 다듬은 것은 무엇일까요?

① 금번, 필히 → 금번, 반드시

② 익일, 부합하는 → 다음 날, 부합하는

③ 차월, 타 기관 → 다음 달, 타 기관

④ 일환으로, 향후 → 하나로, 앞으로

정답 ④ 일환으로, 향후 → 하나로, 앞으로

11 다음 중 호응이 잘 되게 쓴 문장은 무엇일까요?

① 이 문제는 결코 일어날 일이었다.

② 그다지 좋은 사람이었다.

③ 차마 거절할 수 없다.

④ 마치 시간이 멈추었다.

정답 ③ 50쪽 특정한 서술어와 호응하는 부사어 참고.

12 다음 중 어법에 맞게 잘 쓴 문장은 무엇일까요?

① 내 소원은 부모님이 오래 사시길 기원하는 것이다.

② 얼어 있는 육류는 반드시 녹여서 사용한다.

③ 반드시 기한 안에 제출해 주시기 바랍니다.

④ 범인은 전부 탕진하였다.

정답 ③

① '내 소원은~기원하는 것이다'가 호응이 되지 않습니다.
'내 소원은 부모님이 오래 사시는 것입니다.'

② '얼어 있는'→'언'으로 바꿉니다.

④ 목적어가 빠진 문장입니다. '범인은 (훔친)돈을 전부 탕진하였다.'

*밑줄 친 부분을 바르게 고쳐 보세요.

13 품질에 있어서 세계 최고이다.

→ ______________________________

정답 품질은 세계 최고이다. '~에 있어서'는 일본어 번역투 표현이다.

14 새로 태어난 신생아가 줄었다.

→ ______________________________

정답 신생아가 줄었다./새로 태어난 아기가 줄었다. '새로 태어난'과 '신생'은 같은 뜻이므로 반복해서 쓰지 않는다.

15 총 사업비 500억원 미만 사업 중 총 사업비를 축소할 유인이 있는 사업을 선별한다.

→ ______________________________

정답 총 사업비 500억원 미만 사업 중에서 총 사업비를 축소해야 할 이유가 있는 사업을 선별한다. '유인'은 잘 쓰지 않는 어려운 한자어이므로 이해하기 쉬운 말로 바꾸는 것이 좋다.

16 다음 중, 차별적 표현을 고친 것으로 알맞지 않은 것은 무엇일까요?

① 결손 가정 → 소외 계층
② 불우 이웃 → 어려운 이웃
③ 잡상인 → 이동상인
④ 사생아 → 혼외 자녀

정답 ①

17 다음 중, 성차별적 표현을 고친 것으로 알맞은 것은 무엇일까요?

① 비혼 → 미혼
② 고 ○○○ 씨 배우자 → 미망인
③ 유모차 → 유아차
④ 저출생 → 저출산

정답 ③

18 다음 중 차별적 표현이 사용된 것은 무엇일까요?

① 여성을 대상으로 한 묻지마 폭행 잇따라
② 부녀자만 골라 소매치기 범행
③ 대입에서 한부모 가정 등 사회 배려자 전형 확대
④ 남자 경찰과 여자 경찰의 비율을 조정하는 채용이 필요하다

정답 ②

19 다음 중, 차별적 표현을 고친 것으로 알맞지 않은 것은 무엇일까요?

① 파출부 → 가사도우미

② 보험 판매원 → 보험 설계사

③ 장애인 → 장애우

④ 혼혈아 → 다문화 가정 자녀

정답 ③

20 복지 사업과 관련한 홍보 보도 자료 등을 쓸 때, 모금을 독려하려면 수혜대상자의 형편을 자세히 소개하는 것이 좋다. (O, ×)

정답 ×

1 안내문은 행사, 모임, 사실 등을 독자에게 전달하는 것이 목적이므로 쉽게 써야 하고 정보가 잘 전달될 수 있게 써야 한다. (O, ×)

정답 O

*다음 문장을 바르게 고쳐 보세요.(2~3)

건물 로비에 ○○궁 가는 문을 설치하여 2.편안한 ○○궁지 연계 궁궐 여행 통로를 마련하였으며 확장된 중정 야외 데크는 3.관람이용객이 우천 시에도 휴식 공간 및 식사장소로도 이용하실 수 있습니다.

2 →

정답 조사없이 나열하여 어색한 문장입니다. 조사를 적절히 넣어 풀어서 써 줍니다.
'~○○궁과 연결된 통로를 마련하였습니다.' 또는 '~○○궁으로 바로 가실 수 있습니다.'

3 →

정답 조사 '-도'가 한 문장에 중복되어 쓰였습니다. '우천 시'는 '비가 올 때'로 좀 더 쉬운 표현으로 바꿉니다. 띄어쓰기에도 주의합니다.
'~(관람 이용객이)비가 올 때 휴식 공간과(및)식사 장소로도 이용하실 수 있습니다.'

4 공고문에 대한 설명이 틀린 것은 무엇일까요?

① 공고문은 공문서 표기 양식에 맞춰 쓰지 않아도 된다.
② 공고 사안과 공고 주체, 공고 내용을 명확히 써야 한다.
③ 어려운 용어는 풀어서 쓰고 알기 쉬운 표현으로 써야 한다.
④ 이중으로 해석되지 않도록 명확하게 표현한다.

정답 ① 공고문도 공문서 표기 양식에 맞추어 써야 합니다.

5 번역투 표현이 아닌 것을 고르세요.

① 시장이 참석하는 관계로 모든 부서장들도 참석하기 바랍니다.

② 미세먼지로 인해 호흡기 환자가 늘었다.

③ 이는 중국과 미국의 밀접한 교류 관계의 가능성을 보여준다.

④ 기계를 가동하였다.

정답 ④

①'~하는 관계로'는 '~참석하니'로 바꿉니다.

② '~로 인해'는 '미세먼지로~'로 바꿉니다.

③ 과도하게 사용하는 '-의'는 일본어 영향입니다. 또한 '-의'가 반복하여 쓰여 어색하니 줄이는 것이 좋습니다. '이는 중국과 미국이 밀접하게 교류했다는 것을 보여준다.'로 바꿉니다.

6 수신을 작성할 때, 수신인이 민원인인 경우에는 민원인의 성함, 주민 등록 번호, 이름, 휴대 전화 번호 등 개인정보를 작성합니다. (○, ×)

정답 × 수신을 작성할 때, 수신인이 민원인인 경우에는 민원인의 성함, 주민 등록 번호, 이름, 휴대 전화 번호 등 개인정보를 작성할 수 없습니다.

7 '붙임' 작성은 '붙임' 표시를 하고 첨부물의 명칭과 수량을 쓰되, 첨부물이 여러 개인 경우에는 항목을 구분하여 표시합니다. (○, ×)

정답 ○ '붙임' 작성은 '붙임' 표시를 하고 첨부물의 명칭과 수량을 쓰되, 첨부물이 여러 개인 경우에는 항목을 구분하여 표시합니다.

8 두문 작성은 문서를 기안한 행정 기관명, 수신에는 수신자명 또는 수신자 기호를 쓰고 제목까지 써야 합니다. (○, ×)

정답 × 두문 작성은 문서를 기안한 행정 기관명, 수신에는 수신자명 또는 수신자 기호를 씁니다. 제목은 본문에 속합니다.

9 결문은 기안문의 정보가 종합되어 있는 부문으로 발신명의, 기안자·검토자·협조자·의사결정권자의 직위(직급)와 서명, 시행 및 시행일자, 접수 및 접수일자, 연락처, 공개 여부 등이 있습니다. (○, ×)

정답 ○ 결문은 기안문의 정보가 종합되어 있는 부문으로 발신명의, 기안자·검토자·협조자·의사결정권자의 직위(직급)와 서명, 시행 및 시행일자, 접수 및 접수일자, 연락처, 공개 여부 등이 있습니다.

10 기안문에 대한 설명입니다. 틀린 설명은 어떤 것일까요?

① 기안문에서 수신과 제목, 붙임 다음에는 한글의 두 글자를 띄어 씁니다.

② 본문은 제목, 본문의 내용, 붙임으로 구성합니다.

③ 관련 근거는 본문에 해당합니다.

④ 본문의 내용은 상위 항목부터 하위 항목까지 항목 구분이 숫자인 경우에는 오름차순, 한글인 경우에 가나다순으로 표시하여 작성합니다.

정답 ① 기안문에서 수신과 제목, 붙임 다음에는 한글의 한 글자 두 타를 띄어 씁니다.

11 다음 중, 보도 자료의 제목으로 가장 적절한 것은 무엇일까요?

① ○○위원회(위원장 ○○○), 교육 관련 SW 개발

② 원활한 계란 수급 위해 긴급할당관세 실시

③ 재산세 납부, 이제부터 인터넷으로 납부하실게요.

④ ○○시와 동업하실래요? 청년 스타트업 창업 공모

정답 ④

12 다음 중, 보도 자료의 제목을 작성할 때 알맞은 것은 무엇일까요?

① 간결하게 쓰기 위해 부제는 작성하지 않는 것이 좋다.

② 제목에는 구체적인 수치를 드러내지 않는다.

③ 정확한 정보를 전달하기 위해 외국어 전문어는 원문자 그대로 쓴다.

④ 생동감 있는 표현을 위해 의태어 등을 활용하는 것이 좋다.

정답 ④

13 다음 중, 알맞은 것은 무엇일까요?

① 보도 자료의 1차적 수신자는 기자이다.

② 보도 자료를 간결하게 작성하기 위해 사례는 싣지 않는다.

③ 제목에 날짜, 장소 등을 자세하게 드러내야 한다.

④ 제목은 함축적이어야 한다.

정답 ①

14 다음 중, 독자 중심의 제목인 것은 무엇일까요?

① ○○○○ 공모전, 14일부터 인터넷 접수 시작

② 관공서, 국민 위해 공공시설물 개방

③ 1가구 1소화기 보급 시작

④ 숲속 작은 결혼식, ○○에서 신청하세요.

정답 ④

15 독자에게 보다 많은 정보를 빠르게 전달하기 위해 제목에 최대한 많은 내용을 담는 것이 좋다. (○, ×)

정답 ×

제3부
공공언어의 평가와 인증

제1장
공공언어의 진단과 평가

그동안 공공기관별 언어 사용 실태에 대한 객관적인 평가 기준 마련을 위한 연구가 지속적으로 진행되어 왔다. 이는 궁극적으로 공공언어의 생산 주체가 평가 주체가 되어 공공언어의 생산과 수용에 대한 선순환 구조를 구축하기 위한 것이라고 할 수 있다. 따라서 여기서는 공공언어의 진단과 평가에 대한 그동안의 연구 성과를 정리함으로써 공공언어의 생산자가 자율적 평가 주체가 될 수 있는 방안에 대해 살펴보기로 한다.

1. 공공언어의 평가를 위한 진단 기준

공공언어 진단 기준 마련의 본격적인 출발점은 민현식(2010)에서부터라고 할 수 있다. 물론 공공언어에 대한 평가가 그 이전에 없었던 것은 아니다. 그러나 평가 주체나 평가 내용 등이 객관적이라기보다는 상대적으로 이루어진 경우가 대부분이었다.

민현식(2010: 27)에서는 45개 공공기관을 대상으로 3단계에 걸친 분석을 바탕으로 공공언어의 공통 범주를 다음과 같이 확정하였다.

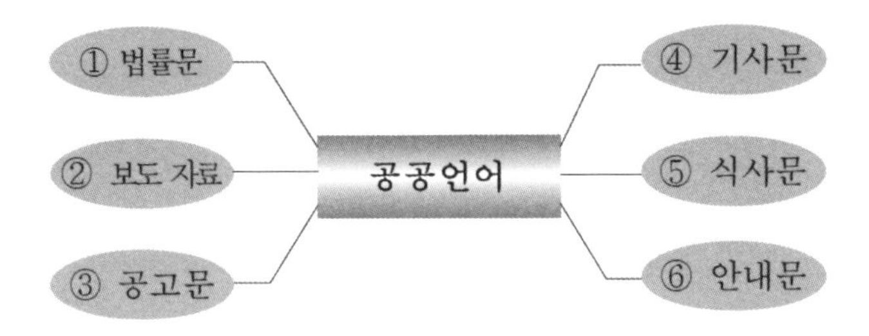

[그림 1] 공공언어의 공통 범주

그리고 이처럼 공공언어를 여섯 개의 범주로 한정한 데 대하여 첫째, 이들 여섯 범주는 45개 공공기관에서 거의 빠짐없이 생산되면서 수용자인 일반 국민에게 큰 영향력을 미친다는 점, 둘째, 내용적, 구조적, 언어적 특성을 공유하면서 특정한 장르성을 띠고 있다는 점에서 대범주로 분류할 만한 공공언어로서의 의의를 지니고 있다고 보았다.

공공언어를 평가하려는 이유 가운데 하나는 수용자인 일반 국민의 만족도가 높지 못한 부분은 개선하고자 함이다. 민현식(2010)에서는 이러한 판단 아래 [그림 1]의 여섯 개 범주에 대해 일반인을 대상으로 문제점과 개선 요구 사항을 조사하였는데 이를 제시하면 다음과 같다.

[표 1] 공공언어 범주별 일반인의 문제점 및 개선 요구 사항

장르	문제점 및 개선 요구 사항
① 법률문	• 너무 형식적이고 권위적이다. • 용어가 너무 어렵다. • 필요한 내용을 찾아 읽기가 불편하다. • 내용을 쉽게 풀어 써 줄 필요가 있다.
② 보도 자료	• 전반적인 이해에 어려움이 있다. • 어색한 용어나 불필요가 외래어가 사용된다. • 홍보의 성격상 부풀리기가 자주 나타난다.
③ 공고문	• 형식적인 느낌이 든다. • 문장이 어색하다. • 정보량이 적다. • 부연 설명이나 예시가 필요하다. • 설명과 내용이 맞지 않는 경우가 있다.

④ 기사문	• 성의가 없어 보인다. • 보기가 불편하다. • 설명이 건조하고 불친절한 느낌을 준다. • 부차적인 정보와 본질적 정보를 구별해 쓸 필요가 있다.
⑤ 식사문	• 상투적인 표현이 너무 많이 쓰인다. • 말하는 사람 입장에서 쓰여 청중이 고려되지 않는다. • 감동을 주지 못한다. • 내용이 너무 길며 세련된 맛이 없다.
⑥ 안내문	• 주요 업무를 설립 목적의 범주에 넣어서 재구성할 필요가 있다. • 시각적으로 디자인 개선이 필요하다. • 내용이 추상적이어서 감동이 없다.

이러한 공공언어의 문제점과 그에 대한 개선 요구 사항을 반영할 수 있는 가장 적극적이고 능동적인 주체는 결국 공공언어의 생산자여야 한다. 그렇지 않으면 공공언어의 문제점 지적이 개별적으로 이루어질 수밖에 없고 구체적인 문서에 한정되기 때문에 일회적으로 그칠 가능성이 그만큼 높다.

민현식(2010: 288)에서는 여러 단계의 검증과 보완을 거쳐 다음과 같은 진단 기준 최종안을 제시하고 있다.

[표 2] 공공언어 진단 기준 최종안

영역	요소	항목
1. 정확성 (범용 기준)	1.1 표기의 정확성	1.1.1 한글 맞춤법 및 표준어 규정을 지켰는가?
		1.1.2 띄어쓰기를 잘하였는가?
		1.1.3 외래어 및 로마자 표기법을 지켰는가?
	1.2 표현의 정확성	1.2.1 어휘를 의미에 맞게 선택하였는가?
		1.2.2 문장을 어법에 맞게 사용하였는가?
		1.2.3 문장을 우리말답게 표현하였는가?
2. 소통성 (가중치 기준)	2.1 공공성 (생산자 중심)	2.1.1 공공언어로서의 품격을 갖추었는가?
		2.1.2 고압적 · 권위적 표현을 삼갔는가?
		2.1.3 차별적 표현을 삼갔는가?
	2.2 정보성	2.2.1 정보의 형식이 적절한가?

	(텍스트 중심)	2.2.2 정보의 양이 적절한가?
		2.2.3 정보의 구성이 적절한가?
	2.3 용이성 (수용자 중심)	2.3.1 문장을 적절한 길이로 작성하였는가?
		2.3.2 쉽고 친숙한 용어와 어조를 사용하였는가?
		2.3.3 시각적 편의를 고려하여 작성하였는가?

[표 2]의 진단 기준은 특히 언어적 측면에 초점을 맞추어 완성도 높은 공공언어가 갖추어야 할 요건들을 추출한 것이라 할 수 있다. 모두 두 개의 대범주, 5개의 중범주, 15개의 소범주로 구성되어 있다.

먼저 대범주 가운데 정확성은 다시 표기의 정확성과 표현의 정확성 두 부분으로 나누어진다. 표기의 정확성은 국어 규범을 대상으로 삼고 있다. 그런데 여기에서 주목할 부분은 실제로는 한글 맞춤법에 포함되어 있는 '띄어쓰기'를 별도의 항목으로 독립시킨 것이다. 이는 우선 공공언어에서 띄어쓰기 오류가 차지하는 비중이 가장 크다는 점에 주목한 결과라고 할 수 있다. 이러한 사실은 최홍열(2013)에서도 뒷받침되고 있다.[1)]

최홍열(2013: 489)는 59개 공공기관을 대상으로 [표 2]의 기준 가운데 정확성의 여섯 개 기준과 소통성의 '2.3.2 쉽고 친숙한 용어와 어조를 사용하였는가?'를 포함한 일곱 개 기준을 정량적으로 적용하여 다음과 같은 결과를 제시하고 있다.[2)]

1) 최홍열(2013)은 진단 자동화 도구 개발을 통해 공공언어의 진단을 행한 것이라는 점에서도 의의가 있다. 따라서 이 도구를 사용하면 언어 전문가가 아닌 문서 생산사도 해당 공공언어의 오류를 발견하고 이를 바로 잡을 수 있게 된다.

2) 최홍열(2013)에서 진단 기준이 일곱 개로 축소된 것은 구본관(2012a)를 따른 것인데 이에 대해서는 다시 후술하기로 한다.

[표 3] 2013년 59개 공공기관 대상 진단 항목별 오류 총계

진단항목	1차	2차	총계	비율	순위
① 한글 맞춤법 및 표준어 규정을 지켰는가?	1,037	755	1,792	18.52%	2
② 띄어쓰기를 잘하였는가?	1,688	1,977	3,665	37.87%	1
③ 외래어 및 로마자 표기법을 지켰는가?	46	43	89	0.92%	7
④ 어휘를 의미에 맞게 선택하였는가?	161	95	256	2.65%	6
⑤ 문장을 어법에 맞게 사용하였는가?	963	791	1,754	18.12%	3
⑥ 문장을 우리말답게 표현하였는가?	411	402	813	8.40%	5
⑦ 쉽고 친숙한 용어와 어조를 사용하였는가?	618	684	1,302	13.45%	4
총계	4,924	4,747	9,671	100%	

위의 표를 보면 일곱 개 진단 항목 가운데 가장 높은 오류를 보이는 것이 바로 ②번 항목인 띄어쓰기로 2위인 ①번 항목의 한글 맞춤법, 표준어 규정 위반 오류보다 두 배 이상 수치가 높은 것을 확인할 수 있다.

최홍열(2013: 490)에서는 보도 자료의 분량에 따른 오류 개수도 다음과 같이 정리하고 있다.

[표 4] 2013년 59개 공공기관 대상 보도 자료의 분량에 따른 오류 개수

진단 항목	전체 오류	기관당 오류 (59곳)	1건당 오류 (1,177건)	1,000음절당 오류 (1,390,079음절)
① 한글 맞춤법 및 표준어 규정을 지켰는가?	1,792	30.372개	1.522개	1.289개
② 띄어쓰기를 잘하였는가?	3,665	61.949개	3.114개	2.637개
③ 외래어 및 로마자 표기법을 지켰는가?	89	1.508개	0.076개	0.064개
④ 어휘를 의미에 맞게 선택하였는가?	256	4.339개	0.218개	0.184개
⑤ 문장을 어법에 맞게 사용하였는가?	1,754	29.729개	1.490개	1.262개
⑥ 문장을 우리말답게 표현하였는가?	813	13.780개	0.691개	0.585개
⑦ 쉽고 친숙한 용어와 어조를 사용하였는가?	1302	22.068개	1.106개	0.937개
총계	9,671	163.745개	8.217개	6.958개

위 표를 보면 ②번 항목의 띄어쓰기 오류는 전체 오류뿐만이 아니라 기관당 오류, 1건당 오류, 1,000음절당 오류 모두에서 압도적인 비중을 차지하고 있음을 알 수 있다.[3)]

표기의 정확성이 한글 맞춤법, 표준어 규정, 외래어 표기법, 국어의 로마자 표기법이라는 규범에 초점을 맞춘 것이라면 표현의 정확성은 '정확하게 국어를 사용한다.'는 개념을 확장하여 어휘의 의미와 문장 표현 차원을 다룬 것이다. 따라서 이것은 다시 '1.2.1 어휘를 의미에 맞게 선택하였는가?', '1.2.2 문장을 어법에 맞게 사용하였는가?', '1.2.3 문장을 우리말답게 표현하였는가?'의 세 가지로 항목으로 나뉜다.

(1) 가. 면세 양주에 비해 실제 소비의 대상인 소주의 경우, 송 의원의 주장처럼 군인이 민간인의 30% 수준에도 미치지 못한다는 것은 실제 군 간부들의 음주량이 현저히 적다는 것을 반증하는 것임.
나. 청정청양 산골에서 재배한 고사리가 첫수확의 기쁨을 맛보았다.
다. 공정한 경쟁을 위한 원산지 허위표시, 지적재산권 침해물품의 단속

(1)의 예들은 민현식(2010)에서 표현의 정확성에 위배되는 공공언어의 예로 제시된 것들이다. 먼저 (1가)의 밑줄 친 '반증(反證)'은 어휘의 의미와 관련하여 문제가 생기는 경우인데 '반증'은 '어떤 사실이나 주장이 옳지 아니함을 그에 반대되는 근거를 들어 증명함. 또는 그런 증거.'의 의미이므로 (1가)의 '반증'은 문맥상 '사실을 직접 증명할 수 있는 증거가 되지는 않지만, 주변의 상황을 밝힘으로써 간접적으로 증명에 도움을 줌. 또는 그 증거.'의 의미를 가지는 '방증(傍證)'으로 바뀌어야 한다.

(1나)의 밑줄 친 '고사리가 첫수확의 기쁨을 맛보았다'는 '고사리'가 '맛보다'라는 행위의 주체가 될 수 없으므로 문장 성분들 사이의 호응에서 문제가 된 것이라고 할 수 있다. 이 외에도 성분의 중복, 과도한 생략 등도 '문장을 어법에 맞게 사용하였는가?'라는 기준 적용 대상이 된다.

(1다)의 밑줄 친 '공정한 경쟁을 위한'은 '문장을 우리말답게 표현하였는가?'에 위

3) 이처럼 정확성에서 띄어쓰기 오류가 차지하는 높은 비율은 최홍열(2014)에서도 그대로 유지되고 있음을 알 수 있다.

배되는 것인데 꾸미는 말을 과도하게 사용하여 마치 '원산지 허위표시'가 '공정한 경쟁을 위한'의 꾸밈을 받는 것처럼 오해되기 쉽다. 이 외에도 번역 투의 표현, 과도한 피동 표현 등이 모두 '문장을 우리말답게 표현하였는가?'와 관련되는 것이다.

다음으로 대범주 가운데 소통성은, 앞의 또 다른 대범주 정확성이 [그림 1]의 공통 범주 여섯 개에 치우침 없이 적용되는 것이라면 여섯 개 범주에 따라 가중치의 적용을 받을 수 있는 것으로 설정된 것이다. 즉 소통성은 정확성만큼 정량적이고 객관적으로 따지기 어려운 부분이 있기는 하지만 공공언어가 일반 언중의 기대에 대해 얼마나 부응하는지 그리고 범주 특성에 따른 생산 목적을 달성하기 위해 얼마나 효과적으로 의미를 전달하고 있는지를 평가하기 위한 기준에 해당한다.

소통성은 공공성, 정보성, 용이성으로 이루어져 있는데 공공성이 생산자 중심 기준이라면 정보성은 텍스트 중심 기준이며 용이성은 수용자 중심 기준에 해당한다.

공공성은 다시 '2.1.1 공공언어로서의 품격을 갖추었는가?', '2.1.2 고압적 · 권위적 표현을 삼갔는가?', '2.1.3 차별적 표현을 삼갔는가?'의 세 가지 요소로 이루어져 있다. 역시 민현식(2010)에서 제시된 예들을 중심으로 이에 대해 살펴보기로 하자.

(2) 가. 이런 사고로 국내 가전업체에서는 세탁조 안에서도 문을 밀어 열 수 있는 구조로 개선하고, 이전 제품에 대해서는 리콜을 실시하기도 했습니다. 하지만 그 힘에 대한 명확한 규정이 없어 업체별로 제각각이었죠.
나. 7일 내로 즉시 제출하기 바람.
다. 학부형, 여류 작가, 처녀작

(2가)는 기사문의 일부인데 문어체와 구어체가 섞여 있다. 밑줄 친 부분이 구어체에 해당하는데 구어체는 서로 대화를 하는 듯한 친근감이 장점이기는 하지만 공식적인 문서의 경우나 이처럼 문어체와 섞이는 경우 품격이 떨어지는 것은 사실이다. 공공언어로서의 품격은 이 외에도 저속한 표현에 의해 손실을 입는 경우가 적지 않은데 저속한 표현이란 비속어나 어감이 좋지 않은 말에 해당한다. 즉 상스러운 말이나 욕설, '땡처리'와 같은 말 혹은 과도한 줄임말도 경우에 따라서는 저속한 표현으로 간주될 수 있어 주의할 필요가 있다.

(2나)는 경우에 따라 고압적이거나 권위적인 표현으로 간주될 수 있는 경우에 해당한다. 일반 국민의 경우 법률문이나 공고문 등 공권력이 집행되는 부분에서 특히 고압적이거나 권위적이라는 느낌을 받기가 쉽다. 그러나 이와 같은 글들은 엄정하고 무게가 있어야 생산자의 공공언어 생산 목적을 달성하는 데 효과적이다. 따라서 '2.1.2 고압적 · 권위적 표현을 삼갔는가?'라는 기준을 적용할 때는 텍스트의 생산 목적을 함께 고려할 필요가 있다.

(2다)는 '2.1.3 차별적 표현을 삼갔는가?'에 해당하는 예의 대표라고 할 수 있는데 성별의 측면에서 어느 한쪽으로 편향된 표현에 해당한다. 이를 염두에 둔다면 '결손 가정', '이혼 자녀', '최하위 소득 계층' 등 가정의 문제를 직접적으로 언급하는 것도 경우에 따라서는 차별적 언급이 될 수 있음에 유의할 필요가 있다. 따라서 이들 외에 지역, 인종, 장애에 대한 차별적 표현도 삼가야 한다는 것이 이 기준의 핵심이다.

정보성은 텍스트를 중심으로 한 기준이라고 언급한 바 있는데 공공언어 생산자와 수용자를 제외하고 텍스트 자체가 지니는 형식, 양, 구성과 같은 요소가 소통에 기여하는 정도를 평가하기 위한 기준이다.

이러한 정보성은 다시 '2.2.1 정보의 형식이 적절한가?', '2.2.2 정보의 양이 적절한가?', '2.2.3 정보의 구성이 적절한가?'의 세 개 하위 기준으로 구성되어 있다. 민현식(2010)에서는 이들을 위해 다음과 같은 예시를 제시하고 있다.

(3) 가.

1. 제목
    가. 소제목 1: 관련 내용
    나. 소제목 2: 관련 내용
    다. 소제목 3: 관련 내용

나.

식품 실소유자 최모씨(56세, 부산 사하구)는 2009년 1월부터 올해 2월까지 남씨로부터 약 33톤(시가 17억원, 10kg당 평균 50,000원)을 구입하여 (…중략…)

무허가업자 이모씨(53세, 부산 사하구)는 2009년 2월부터 올해 3월까지 남씨로부터 오징어포 등 15톤(시가 9억원)을 구입해 (…중략…)

유통브로커 임씨(49세, 부산 남구)는 2009년 11월부터 올해 3월까지 남씨로부터 오징어포 등 약 3톤(시가 2억)를 구입하여 T식품 등에 판매하였고

J식품 김모씨(58세, 경북 포항)는 지난해 11월경부터 무허가 식품가공업자 이모씨로부터 오징어포류를 총 3회 걸쳐 3통을 매입하여 (…중략…)

T식품(가공업) 권모씨(54세, 대전 중구)는 지난해 11월경 무허가 식품가공업자 이모씨로부터 약 1톤(약 1억 4천)을 매입하여 (…중략…)

⋮

다.

<u>우리 외교통상부는 국민의 이익과 국가의 장래를 위해 세계 일류국가를 만드는 데 앞장서 나가겠습니다. 또한 세계 속에서 우리의 위상에 걸맞은 외교를 펼쳐 나가고 있습니다.</u>

나아가 우리나라의 경제성장 동력을 가속화할 수 있도록 자원, 에너지 외교를 전개할 것입니다. 그리고 인류 보편 가치를 바탕으로 하는 국제협력을 강화하고 문화외교를 펼쳐나감으로써 국가의 품격을 높이고자 합니다.

우리 외교통상부는 <u>이러한 노력과 함께</u> 전 세계에서 수집되는 최신의 외교통상정보를 홈페이지에 수록하였으니 많이 활용하여 주시고, 아울러 소중한 의견을 기탄없이 주시면 적극 반영하도록 하겠습니다.

(3가)는 '2.2.1 정보의 형식이 적절한가?'를 위한 예시인데 이때 정보가 형식적으로 적절하게 제시되었다는 것은 가장 정보의 내용에 적합한 형식의 문서로 제시되었는지를 따짐과 동시에 내용과 긴밀하게 연관성을 갖고 있는 자료가 오류 없이 제시되었음을 확인하는 것도 포함한다. (3가)는 일반적인 공고문이 가지는 형식을 예시한 것인데 이를 기사문에 사용한다거나 공고문이라도 제목과 하위 제목 사이에 내용상의 관련성과 함께 형식적인 관련성도 중요하다는 것을 보이기 위한 것이다.

(3나)는 '2.2.2 정보의 양이 적절한가?'와 관련되는 예시이다. 정보의 양은 모자라는 것도 문제이지만 넘치는 것도 문제가 될 수 있다. (3나)는 이에 대한 예인데 자세한 정보를 제시하려는 의도는 좋지만 기사문의 특성에 잘 맞지 않을 뿐만 아니라 사건 경위서만큼 자세하여 오히려 정보의 양이 지나친 경우에 해당한다.

(3다)는 '2.2.3 정보의 구성이 적절한가?'와 관련된 것이다. 정보 구성의 적절성은 제시된 정보가 적절한 순서로 제시되었는지, 또 제시된 정보들 간의 관계가 논리적인지를 따지기 위한 것이다. 즉 여기에서는 텍스트의 통일성, 긴밀성, 논리성, 주제에 대한 일관성을 평가하게 된다. 그런데 제시된 자료는 특히 텍스트의 논리성에서 문제가 되고 있다. 두 번째 단락을 염두에 둔다면 첫 번째 단락의 두 문장의 순서가 바뀌어야 자연스럽고 마지막 문단에서 '이러한 노력'을 쓰려면 그 앞에 '노력'에 해당하는 부분이 있어야 할 텐데 그것이 보이지 않는다.

마지막으로 용이성은 수용자를 위한 진단 기준에 해당한다. 이는 다시 '2.3.1 문장을 적절한 길이로 작성하였는가?', '2.3.2 쉽고 친숙한 용어와 어조를 사용하였는가?', '2.3.3 시각적 편의를 고려하여 작성하였는가?'의 세 개 기준으로 상세화된다. 민현식(2010)에서는 이들을 위해 다음과 같은 예시를 제시하고 있다.

(4) 가.

> ③제1항 및 제2항의 규정에 불구하고 「조사사무처리규정」 제73조의 규정에 따른 조세범칙조사심의위원회 회부대상인 조세범칙조사(조사유형이 전환되는 경우 포함), 세금계산서에 대한 추적조사가 필요한 조사(일명 "자료상 조사, 자료상혐의자 조사" 포함) 및 「양도소득세사무처리규정」

제42조 제3항의 단서에서 규정하는 조사의 조사기간을 연장하고자 하는 경우와 조사사무처리규정 제37조의 규정에 의하여 세무조사가 중지됨에 따라 조사기간이 연장되는 경우에는 납세자보호담당관에게 조사기간 연장신청을 하지 않는다.

나. 돈선거, 거짓말선거, 공무원 선거개입 등은 국민의 뜻이 정확히 전달되고 반영되어야 할 선거과정을 오염·왜곡시키는 대의민주주의의 公敵이라는 인식하에

다.

서울특별시고시 제2010-101호

서울특별시 도시주거환경정비 기본계획[도시환경정비사업부문] 수립 고시

도시 및 주거환경정비법 제3조의 규정에 의거 서울특별시 도시·주거환경정비기본계획[도시환경정비사업부문]을 수립하여 같은 법 제3조 제6항 및 같은 법 시행규칙 제3조 제1항 규정에 의하여 다음과 같이 고시합니다.

2010년 3월 18일

서 울 특 별 시 장

1. 기본계획 요지

가. 수립배경

o 도시 및 주거환경정비법 제3조 규정에 의거 10년 단위로 수립하여야 하며 5년 마다 타당성 여부를 검토하여 재정비토록 되어 있어 2005기본계획 수립 이후 재정비시기가 도래하여 2020 목표로 기본계획을 수립함.

나. 정책목표

o 역사 문화적 특성 보존과 활력 제고를 위한 도심재생 추진

o 지역중심의 전략적 육성을 통한 공간구조 다핵화에 기여

(4가)는 '2.3.1 문장을 적절한 길이로 작성하였는가?'에 대한 예시로 법률문의 한 부분이다. 한 문장 안에 지나치게 많은 핵심어가 나타나며 따라서 문장의 중심 생각이 명확하지 않다. 문장을 읽을 때의 호흡을 조절하기가 쉽지 않으며 시각적으로도 부담이 되므로 수용자의 입장에서 보면 제대로 이해하는 것이 쉽지 않을 것임을 예상하기 어렵지 않다.

(4나)는 '2.3.2 쉽고 친숙한 용어와 어조를 사용하였는가?'와 관련되는 예시로 보도자료의 일부분이다. 이 예에서는 '公敵'을 한자로만 노출하여 이를 읽을 수 없는 독자

층을 배려하고 있지 않다.

(4다)는 '2.3.3 시각적 편의를 고려하여 작성하였는가?'와 관련된다. 시각적 편의를 제공한다는 것은 읽는 사람들의 눈을 혼란스럽게 하지 않고 글자를 잘못 읽을 확률을 줄이며, 시각적으로 편안함을 준다는 것이다. 이를 위해서는 글자 크기, 글자 모양은 물론 색깔, 여백, 표 편집, 잘 처리된 표나 도식, 이해를 돕는 삽화 등에도 신경을 쓸 필요가 있다. 해당 예는 공고문인데 제목과 장절항목에서 체계별로 지정된 글자 모양을 달리 정하되 전체적으로 글자 모양이 너무 이질적으로 보이지 않도록 하는 등 시각적 편의성을 높이고 있음을 볼 수 있다.

이상과 같은 평가 기준을 바탕으로 민현식(2011a)에서는 정확성 400점 만점, 소통성 600점 만점 총 1,000점 만점으로 행정 기관 56개를 대상으로 평가하였다. 그리고 그 결과를 세 개 등급으로 제시하였는데 중앙 행정 기관의 경우 1등급은 총점 960점 이상이고 2등급은 960점 미만 940점 이상이며 3등급은 940점 미만에 해당한다. 민현식(2011b)에서는 평가 결과를 통보 받은 행정 기관의 보도 자료를 대상으로 다시 평가한 결과 점수가 향상되는 것을 확인한 바 있다.

구본관(2012a)에서는 평가 항목이 다음의 일곱 개로 축소되었고 대신 평가 대상 문서를 대폭 확대하였다. 따라서 만점은 총 1,000점에서 700점으로 조정되었다.

[표 5] 수정된 진단 기준

영역	요소	항목	배점
1. 정확성 (범용 기준)	1.1 표기의 정확성	1.1.1 한글 맞춤법 및 표준어 규정을 지켰는가?	100점
		1.1.2 띄어쓰기를 잘하였는가?	100점
		1.1.3 외래어 및 로마자 표기법을 지켰는가?	100점
	1.2 표현의 정확성	1.2.1 어휘를 의미에 맞게 선택하였는가?	100점
		1.2.2 문장을 어법에 맞게 사용하였는가?	100점
		1.2.3 문장을 우리말답게 표현하였는가?	100점
2. 소통성 (가중치 기준)	2.3 용이성 (수용자 중심)	2.3.2 쉽고 친숙한 용어와 어조를 사용하였는가?	100점

이는 [표 5]의 진단 기준이 민현식(2010)에서 제시된 것에 비해 양적 평가가 용이하다는 판단에 따른 것이다. 1등급도 점수가 조정되어 중앙행정기관의 경우 650점 이상이 이에 해당하고 2등급은 600점 이상 650점 미만, 3등급은 600점 미만이 이에 해당한다.

구본관(2012b)는 민현식(2011b)와 마찬가지로 문제가 된 것들을 해당 행정 기관에 통보한 후 재평가한 것인데 역시 점수가 향상되는 것을 확인하였다.

최홍열(2013)은 전술한 바와 같이 구본간(2012a)에서 적용하기 시작한 일곱 개 기준을 바탕으로 59개 행정 기관을 대상으로 평가를 진행한 것이다. 중앙행정기관의 경우 1등급은 650점 이상은 구본관(2012a)와 같지만 2등급은 620점 이상 650점 미만으로, 3등급은 620점 미만으로 다소 조정이 있었다. 무엇보다 이전과 차이가 있는 것은 최홍열(2013)에서는 진단 자동화 기구를 개발하여 평가를 진행하였다는 점이다.

2. 공공언어의 소통성 진단과 평가

민현식(2010)에서는 소통성이 상당한 비중을 차지하였으나 이를 바탕으로 평가한 것은 민현식(2011a, b)에 한정되었다. 이는 소통성을 객관적으로 평가하기 어렵다는 판단에 따른 것이다. 따라서 구본관(2012a, b), 최홍열(2013)에서는 정확성에 중점을 두고 소통성 가운데는 양적 평가가 비교적 가능하다고 판단되는 '2.3.2 쉽고 친숙한 용어와 어조를 사용하였는가?'만을 추가하여 총 15개 진단 기준이 7개로 축소되었음을 살펴본 바 있다. 이에 대해 최홍열(2014)는 공공언어의 소통성 진단에 객관성을 더하기 위해 보다 세부적인 기준을 마련하고 있다는 점에서 의의가 있다.

논의의 편의를 위해 [표 2]에서 해당하는 부분만 다시 제시하면 다음과 같다.

[표 6] 공공언어의 소통성 진단 기준

영역	요소	항목
2. 소통성 (가중치 기준)	2.1 공공성 (생산자 중심)	2.1.1 공공언어로서의 품격을 갖추었는가?
		2.1.2 고압적·권위적 표현을 삼갔는가?
		2.1.3 차별적 표현을 삼갔는가?
	2.2 정보성 (텍스트 중심)	2.2.1 정보의 형식이 적절한가?
		2.2.2 정보의 양이 적절한가?
		2.2.3 정보의 구성이 적절한가?
	2.3 용이성 (수용자 중심)	2.3.1 문장을 적절한 길이로 작성하였는가?
		2.3.2 쉽고 친숙한 용어와 어조를 사용하였는가?
		2.3.3 시각적 편의를 고려하여 작성하였는가?

최홍열(2014)에서는 매월 최종 진단 결과를 각 중앙행정기관에 전달하는 것이 목표 가운데 하나인데 이때 최종 진단 결과는 일반 시민의 문서 진단 결과를 바탕으로 전문가의 문서 진단을 거쳐 도출되는 방식을 취하고 있다. 시민 평가단은 1인당 매월 약 60건의 보도 자료를 평가해야 하므로 위의 진단 항목을 반영하는 것은 구체성과 효율성이 떨어진다. 또한 전문가 평가단의 경우 매월 24건의 보도 자료를 공통된 견해를 가지고 정확한 기준으로 진단해야 하는데 위 진단 항목은 진단의 세부 항목이 제시되어 있지 않을 뿐만 아니라 객관성도 떨어진다.

이에 따라 최홍열(2014)에서는 진단의 효율성에 중점을 둔 '시민평가단 진단 항목'과 진단의 객관성에 중점을 둔 '전문가 평가단 진단 항목'을 마련하고 있다.

먼저 최홍열(2014: 61)에서 제시하고 있는 시민평가단 진단 항목은 다음과 같다.

[표 7] 시민평가단 소통성 진단 항목

항목	비고
1. 핵심 내용을 이해하기 쉽다.	
2. 어려운 단어가 없다.	어려운 단어를 사용한 경우 해당 단어에 대한 설명이 있는가?(한자, 로마자를 쓴 단어 포함)
3. 문장이 어색하지 않고 길이가 적당하다.	주술 호응, 문장의 구조, 비문 여부, 복잡성 등을 평가함.
4. 보도 자료의 전체 구성이 잘 되었다.	전개 방식, 요약 및 결론 제시, 내용의 일관성 및 논리성을 평가함. 진한 글씨로 강조하거나 도표, 그림 등을 제시하여 가독성을 높였는가를 평가함.

최홍열(2014)에서는 위 진단 항목별로 미흡 1점부터 우수 10점까지 개별적으로 점수를 부여하도록 하였으며 연구단에서 이를 바탕으로 각 점수를 1번 항목 30%, 2번 항목 25%, 3번 항목 25%, 4번 항목 20%의 가중치를 두어 총 100점 만점의 결과로 환산하였다.

그리고 소통성 판단에 포함되는 정확성 진단을 위해서도 기준을 다음과 같이 세부적으로 마련하였다.

[표 8] 정확성 진단 항목

1. 맞춤법

○ 문장부호를 바르게 사용하였는가

예 "비급여 진료비" → '비급여 진료비'(문장에서 중요한 부분을 두드러지게 할 때에는 작은 따옴표를 사용한다.)

시 · 도 → 시도(한 단어로 이루어졌을 경우 가운뎃점을 사용하지 않는다.)

○ 날짜 표기를 바르게 하였는가

예 2010. 1월 → 2010년 1월

6.25 → 6 · 25(특정한 의미를 가지는 날을 나타낼 때 가운뎃점을

사용한다.)

'14년 →'14년(연도 표기의 앞 숫자를 생략할 시 '따옴표가 아닌' 따옴표를 사용한다.)

○ 맞춤법에 어긋나는 표기는 없는가

예 "A외국인보호소 폭행을 했다"며 → "A외국인보호소 폭행을 했다." 라며

"A외국인보호소 폭행을 했다"고 → "A외국인보호소 폭행을 했다." 라고(직접인용 시 '~며(고)'가 아닌 '~라며(라고)'를 사용한다.)

2. 외래어 표기

○ 외래어 표기법에 맞게 표기하였는가

예 샤시 → 섀시

컨텐츠 → 콘텐츠

3. 로마자 표기

○ 로마자 표기법에 맞게 표기하였는가

예 Soul Station → Seoul Station

4. 단순 오타

○ 표기상의 오타가 있는가

예 평가룰 통해 → 평가를 통해

Krorea → Korea

5. 어법에 맞는 문장

① 주요 문장 성분 생략(주어, 목적어, 서술어 등)

○ 주어 생략

예 공매 대상 재산은 현황대로 매각하는 것이므로 공부와 실제와의 불일치, 도시 계획 저촉 등에 대한 책임을 지지 않으며 매각 재산 내에 건축물, 묘지 등 지장물이 있을 경우 매수자가 책임 처리하

여야 합니다.

→ 공매 대상 재산은 현황대로 매각하는 것이므로 우리 관리소는 공부와 실제와의 불일치, 도시 계획 저촉 등에 대한 책임을 지지 않으며 매각 재산 내에 건축물, 묘지 등 지장물이 있을 경우 매수자가 책임 처리하여야 합니다.

예 기관 대표 또는 대표자가 그 대리인을 위임한 경우 위임장을 지참하여야 하며, 대상 기관 자격입증서류 사본을 제출하여야 합니다.

→ 기관 대표 또는 대표자가 그 대리인을 위임한 경우, 위임받은 대리인은 위임장을 지참하여야 하며, 대상 기관 자격입증서류 사본을 제출하여야 합니다.

○ 목적어 생략

예 배출 가스 무료 검사의 날에는 배출 가스 과다 발생으로 신고되거나 적발된 차량의 소유자 및 일반 주민들이 쉽게 인식할 수 있도록 홍보하여야 한다.

→ 배출 가스 무료 검사의 날에는 배출 가스 과다 발생으로 신고되거나 적발된 차량의 소유자 및 일반 주민들이 적발된 사항을 쉽게 인식할 수 있도록 홍보하여야 한다.

예 매각 공고된 재산 중 공매를 제외할 부득이한 사유가 발생할 시에는~

→ 매각 공고된 재산 중 일부를 공매에서 제외할 부득이한 사유가 발생할 시에는~

○ 서술어 생략

예 방음판이 분리되어 흐트러지지 않는 구조로 하여 방음판의 비산 등으로 2차 피해를 예방하여야 한다.

→ 방음판이 분리되어 흐트러지지 않는 구조로 하여 방음판의 비산 등으로 인한 2차 피해를 예방하여야 한다.

② 문장 성분과 서술어 관계의 불일치

○ 주어와 서술어

예 그러므로 도는 일반 폐기물 소각시설에서 병원 적출물은 소각하여서는 아니된다라는 조건부 설치 승인은 부당한 것으로 판단된다.

→ 그러므로 도는 일반 폐기물 소각시설에서 병원 적출물은 소각하여서는 아니된다는 조건부 설치 승인은 부당한 것으로 판단한다.

예 낙찰자가 다른 법령에 의한 요건 미비로 취득 제한이나 행정상, 법률상 규제 등 불이익이 발생하더라도 우리도에서 책임을 지지 않습니다.

→ 다른 법령에 의한 요건 미비로 낙찰자에게 취득 제한이나 행정상, 법률상 규제 등 불이익이 발생하더라도 우리 도에서 책임을 지지 않습니다.

○ 목적어와 서술어

예 우리 도는 사후 수습에 최선을 다함과 동시에 사고 원인 파악과 재발 방지 대책을 조속히 마련하여 도민 여러분의 심려를 씻어 드릴 것을 거듭 다짐드립니다.

→ 우리 도는 사후 수습에 최선을 다함과 동시에 사고 원인을 철저히 파악하고 재발 방지 대책을 조속히 마련하여 도민 여러분의 심려를 씻어 드릴 것을 거듭 다짐 드립니다.

예 국민 여러분의 건강과 쾌적한 여행 환경 조성을 위하여 전 객실을 금연 구역으로 지정하여 운영하고 있습니다.

→ 국민 여러분의 건강을 지키고 쾌적한 여행 환경을 조성하기 위하여 전 객실을 금연 구역으로 지정하여 운영하고 있습니다.

③ 조사 사용 오류

예 이번 봉사활동을 통하여 수형자들에는~ 출소 후 사회적응력을 향상하는 기회가 되고~

→ 이번 봉사활동을 통하여 수형자들에게는~ 출소 후 사회적응력을 향상하는 기회가 되고~

예 미취업자과정은 온라인 수강생(연간300명)을 위한 교육뿐 아니라 오프라인 교육생의 선수학습으로써, 재직자과정은 온라인 수간(연간300명)과 오프라인 이수생의 보수교육으로써 운영된다.

→ 미취업자과정은 온라인 수강생(연간300명)을 위한 교육뿐 아니라 오프라인 교육생의 선수학습으로서, 재직자과정은 온라인 수간(연간300명)과 오프라인 이수생의 보수교육으로서 운영된다.

[표 8]의 정확성 진단 항목은 민현식(2010)에 비해서는 간소해진 것이라고 할 수 있는데 이는 최홍열(2014)가 소통성 진단에 초점을 맞추고 소통성과 정확성의 중복 진단 위험을 최대한 줄이기 위해 정확성 진단을 최소한의 오류만을 점검하는 것으로 한정한 데 따른 것이다. 그러나 항목에 대한 세부적인 예를 제시하고 있다는 점에서 구체성은 한층 증가하였다고 할 수 있다. 최홍열(2014)에서는 위 진단 기준을 바탕으로 20점 만점에서 오류 한 건당 1점씩 감점하여 진단하였으며 산출한 점수는 시민 평가단의 소통성 진단 점수를 80점으로 환산한 점수에 합산하여 시민 소통성 진단 80점, 연구단 정확성 진단 20점, 총 100점 만점으로 환산하여 전문가 진단을 위한 기준 점수로 활용하였다.

한편 전문가 평가단의 진단 항목도 구체화하였는데 이는 다음과 같다.

[표 9] 전문가 평가단 진단 항목

1. 보도 자료의 내용을 이해하기 쉽다.
○ 내용이 어려울 경우 쉽게 쓰려고 노력하였는가?
○ 간결하고 쉬운 문장으로 이해를 돕는가?
○ 행정이나 정책을 알기 쉽게 드러냈는가?

2. 핵심 내용을 명확하게 파악할 수 있다.
○ 제목과 글의 내용이 일치하는가?
○ 글의 핵심 내용이 잘 드러났는가?
○ 내용의 일관성이 지켜졌는가?
○ 내용에 논리성이 있는가?

○ 내용을 과장하지 않았는가?(특히 홍보성 보도 자료 등의 경우)
○ 내용을 은폐하지는 않았는가?(개선 필요 사항 등을 명확하게 밝혔는가?)

3. 문장에 오류가 없으며 어색하지 않고 길이가 적당하다.
○ 다의적으로 해석되는 문장이 없는가?
○ 주술 호응이 어색한 문장이 없는가?
○ 조사의 사용이 어색하지 않은가?
○ 연결된 문장(접속문·내포문)에 오류가 없는가?
○ 번역 투 문장이 없는가?
○ 불필요한 피동·사동 표현이 없는가?
○ 간결한 문장으로 작성하였는가?(쉽게 쓰기 위해 설명을 길게 한 경우는 잘 쓴 것으로 인정한다.)

4. 어려운 용어나 잘못된 표현을 사용하지 않았다.
○ 일반인을 대상으로 하는 문서라는 것을 고려하여 평가한다.
○ 쉽고 친숙한 용어를 사용하였는가?(금년, 금번, 명일 등의 용어를 사용하지 않았는가?)
○ 고압적인 표현, 권위적인 표현, 차별적인 표현을 삼갔는가?
○ 어려운 용어(한자, 로마자, 한글 약어, 로마자 약어, 전문어 등)를 쓴 경우, 해당 단어에 대한 설명이 있는가?
–약어 등을 제시할 경우 원칙적으로는 다음 '예 1'과 같이 사용하여야 하나 '예 2'나 '예 3'과 같은 경우도 잘 쓴 것으로 인정한다.
예 1 자유무역협정(Free Trade Agreement, FTA, 이하 FTA)
예 2 FTA(자유무역협정, Free Trade Agreement, 이하 FTA)
예 3 FTA(자유무역협정, Free Trade Agreement)

5. 보도 자료의 전체 구성이 잘 되었다.
○ 내용 이해를 돕기에 알맞은 전개 방식을 사용하였는가?(두괄식, 미괄식 등)

○ 부적절한 곳에 위치한 내용은 없는가?
○ 결론이나 요약 등을 제시하였는가?
○ 도표나 그림 등을 사용하여 이해를 도왔는가?
○ 진한 글씨나 밑줄 등을 사용하여 이해를 도왔는가?
○ 진한 글씨, 도표, 그림 등이 과도하여 이해를 어렵게 하지 않는가?
○ 보도 자료의 필수 기재 사항(문의처, 담당자 등)이 누락되지 않았는가?

최홍열(2014)에서는 [표 9]의 1번부터 5번까지 5개의 진단 항목별로 전문가 평가단은 미흡 1점부터 우수 10점까지 개별적으로 점수를 부여하였으며 연구단은 각 점수를 1번 항목 25%, 2번 항목 25%, 3번 항목 20%, 4번 항목 20%, 5번 항목 10%의 가중치를 두어 총 100점 만점의 결과로 환산하였다.

이는 곧 시민 평가단과 전문가 평가단의 작업을 이원화한 것인데 그 흐름도를 제시하면 다음과 같다.

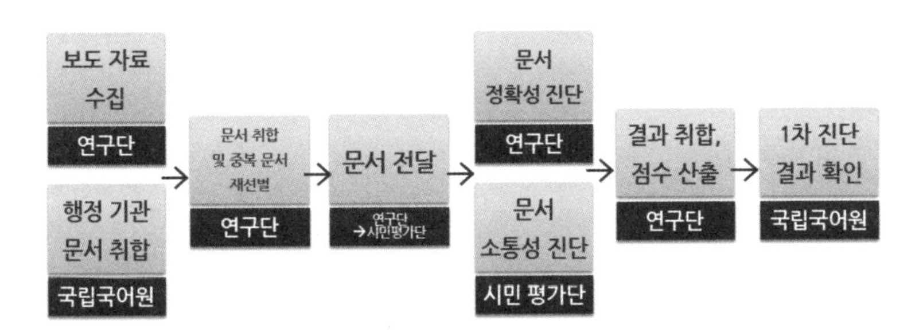

[그림 2] 공공언어 진단 흐름도

또한 최홍열(2014)에서는 최홍열(2013)에서부터 사용하기 시작한 자동화 진단 도구를 보다 정밀화하여 정확도를 높이고 있다는 점에도 관심을 기울일 필요가 있다.

제2장

공공언어 평가에 따른 인증 제도

앞에서 살펴본 민현식(2010), 민현식(2011a, b), 구본관(2012a, b), 최홍열(2013), 최홍열(2014)는 공공언어 개선 사업이라고 할 수 있다. 그러나 공공언어의 지속적인 개선을 위해서는 공공언어 개선 사업의 성과와 한계를 진단하고 평가하는 총괄적인 관리도 이루어져야 할 필요가 있다.

이러한 관점에서 조태린(2014)에서는 공공언어 사용의 개선을 위해서는 지침서 배포나 교육과 같은 간접적 방식의 지원 체계나 질의·응답 및 감수 지원이나 전담 직원 채용과 같은 직접적 방식의 지원 체계만으로는 한계가 있다고 지적하고 공공언어 개선 지원과 함께 개선의 정도를 평가·인증할 수 있는 제도가 시행될 필요가 있음을 주장한 바 있다.

조태린(2014)에서는 평가를 피인증기관의 자체 평가(운영 평가)와 피인증기관에서 생산하는 공공언어에 대한 인증기관의 실사 평가(인증기관 평가)로 구분하고 있다. 자체 평가는 쉬운 공공언어 사용을 위한 기관의 구체적인 노력을 평가하는 것으로서 추진 전략, 운영 기반, 종합 계획, 프로그램, 운영 실제 등을 정량 평가하는 데 목적이 있다. 자체 평가한 내용에 대해 피인증 기관은 이를 증빙할 수 있는 자료를 같이 제출해야 한다. 실사 평가는 앞에서 살펴본 1장의 내용에 해당하므로 여기서는 조태린(2014)의 내용을 중심으로 공공언어 사용 인증제 도입을 위한 자체 평가 내용에 대해서만 살펴보기로 한다.

조태린(2014: 156)에서는 자체 평가 항목을 다음과 같이 제시하고 있다.

[표 10] 쉬운 공공언어 사용 인증 자체 평가 항목

평가 영역	평가 항목	내용	배점
추진 의지	기관장 관심도	1. 쉬운 공공언어 사용에 대한 정책 지시	10
		2. 기관장의 정기 교육 또는 운영회의 참석	10
운영 기반	관련 규정	3. 공공언어 사용에 관한 규정	20*
	인력 배치	4. 전담 공무원 배치	30*
		5. 전담 공무원의 전문성	30
	운영 조직	6. 쉬운 공공언어 사용 운영 위원회 설치	20
		7. 운영 회의 실적	30
추진 전략	중장기 계획	8. 중장기 계획 수립	20
	단기 계획	9. 매년 정기 계획 수립	20
	평가	10. 계획 달성에 대한 평가 수행	20
프로그램	교육 프로그램	11. 전담 공무원 교육	40
		12. 직원 대상 정기 교육	50
		13. 상시 온라인 교육	50
	지원 프로그램	14. 관련 자료실 설치	30
		15. 상시 상담 창구 마련	30
운영 실제	상시 감수제	16. 보도 자료 감수	30
		17. 공고문 감수	30
		18. 식사문 감수	30
		19. 안내문 감수	30
		20. 민원 서식 감수	30
		21. 홈페이지 감수	30
	관리	22. 관할 행정기관의 쉬운 공공언어 사용 실태 점검 및 지도	30
	민원	23. 쉬운 공공언어 사용에 대한 민원 접수 및 처리	20
	동기 부여	24. 전담 공무원에 대한 혜택	20
		25. 일반 공무원에 대한 혜택	20
계			680

※ '관련 규정'과 '전담 공무원' 배치는 필수 사항임

그리고 인증을 받기 위해서는 총점 680점 만점에 최소 500점 이상을 획득해야 한다고 보았는데 각 내용에 부여된 배점을 위한 세분 기준에 대해 차례로 살펴보기로 한다.

'1. 쉬운 공공언어 사용에 대한 정책 지시'는 쉬운 공공언어 사용에 대한 구체적인 정책 지시의 여부로 기관장의 쉬운 공공언어 사용에 대한 추진 의지와 관심도를 평가하기 위한 것이다. 기관 전체 공무원을 대상으로 한 훈시 및 그에 갈음하는 방법도 인정하는데 배점은 다음과 같다.

연 8회 이상	10점
연 6회 이상 8회 미만	8점
연 4회 이상 6회 미만	6점
연 2회 이상 4회 미만	4점
연 1회	2점

'2. 기관장의 정기 교육 또는 운영회의 참석'은 전담 공무원 교육과 운영 회의 참석 여부로 사업에 대한 기관장의 관심도를 판단하기 위한 것으로 배점은 다음과 같다.

연 4회 이상	10점
연 3회	8점
연 2회	5점
연 1회	3점

'3. 공공언어 사용에 관한 규정'은 자체 평가 항목과 관련한 내용이 포함된 규정을 갖고 있느냐를 평가하기 위한 것이다. 만약 규정이 있으면 20점을 부과하되 규정의 엄밀성에 따라 점수의 차등을 둘 수 있다고 하였다.

'4. 전담 공무원 배치'는 공공언어 인증을 위한 필수 요소에 해당하는데 전담 공무원을 배치하고 있을 경우 30점을 부과하되 앞의 경우와 마찬가지로 전담 공무원의 직급에 따라 점수의 차등을 둘 수 있다고 하였다.

'5. 전담 공무원의 전문성'은 전담 공무원은 전문성 확보를 위해 국어 관련 학과(전공) 출신의 전공자이어야 함을 밝히기 위한 것으로 이에도 다음과 같은 차등 배점을 부여하도록 하고 있다.

국어 관련 학과(전공)의 박사수료 이상 출신	30점
국어 관련 학과(전공)의 석사 출신	20점
국어 관련 학과(전공)의 학사 출신	10점

'6. 쉬운 공공언어 사용 운영 위원회 설치'는 전담 공무원을 포함한 3명 이상의 공무원으로 운영위원회를 조직해야 함을 밝히기 위한 것으로 이때 운영위원회는 쉬운 공공언어 사용에 대한 중장기 및 단기 운영 계획을 수립하며, 해당 공무원들에 대한 교육을 주관하도록 하고 있다. 운영위원이 5인 이상일 경우 30점, 3인에서 5인 미만을 경우에는 20점을 주도록 되어 있다.

'7. 운영 회의 실적'은 한 달에 1회 이상 여는 것을 원칙으로 하되 정기적이어야 하며 기관장도 운영회의에 참석할 수 있다고 하였다. 배점은 다음과 같다.

연 12회 이상	30점
연 8회 이상 12회 미만	20점
연 6회 이상 8회 미만	15점
연 4회 이상 6회 미만	10점
연 1회 이상 4회 미만	5점

'8. 중장기 계획 수립'은 운영 위원회가 중장기 계획을 수립하고 있는지를 평가하기 위한 것이다. 배점은 다음과 같다.

5년 이상의 중장기 계획 수립 시	20점
3년 이상 5년 미만의 계획 수립 시	10점
2년 이상 3년 미만의 계획 수립 시	5점

'9. 매년 정기 계획 수립'은 운영 위원회가 매년 쉬운 공공언어 사용에 대한 계획을 수립하고 집행하도록 하기 위한 것으로 매년 정기 계획 수립 시 20점을 부여한다.

'10. 계획 달성에 대한 평가 수행'은 매년 세운 계획에 대한 목표 달성을 점검하고 보완하기 위한 것으로 계획 달성에 대한 평가 수행 시 20점을 부여한다.

'11. 전담 공무원 교육'은 쉬운 공공언어 전담 공무원이 연 4회 이상 전문가 교육을 받도록 하기 위한 것인데 이때 관련 세미나, 학술대회 참석도 인정하도록 하고 있다. 배점은 다음과 같다.

연 4회 이상	40점
연 3회	30점
연 2회	20점
연 1회	10점

'12. 직원 대상 정기 교육'은 전체 직원을 대상으로 전문가 초청 또는 자체 교육을 실시하고 있는지를 평가하기 위한 것이다. 연2회는 50점, 연1회는 30점을 부여하되 참석 비율에 따른 차등 점수를 다음과 같이 부여하도록 하고 있다.

※ 전체 직원의 90% 이상이 교육 참석 시 = × 1
※ 전체 직원의 80% 이상이 교육 참석 시 = × 0.8
※ 전체 직원의 70% 이상이 교육 참석 시 = × 0.6
※ 전체 직원의 60% 이상이 교육 참석 시 = × 0.4
※ 전체 직원의 60% 미만이 교육 참석 시 = × 0.2

'13. 상시 온라인 교육'은 사내 인트라넷이나 전자우편을 통한 상시 교육을 실시하고 있는지를 평가하기 위한 것으로 배점은 다음과 같다.

연 24회 이상	50점
연 22회 이상 24회 미만	45점
연 20회 이상 22회 미만	40점
연 18회 이상 20회 미만	35점
연 16회 이상 18회 미만	30점
연 14회 이상 16회 미만	25점
연 10회 이상 14회 미만	20점
연 8회 이상 10회 미만	15점
연 6회 이상 8회 미만	10점

'14. 관련 자료실 설치'는 해당 공공기관이 국어사전, 순화 자료집, 공공언어 지침서 등을 갖춘 자료실을 설치하고 있는지를 평가하기 위한 것이다. 해당 자료실을 독립된 공간에 설치하고 있을 때 20점을, 기타 자료실의 일부를 활용하고 있을 때에는 10점을 부여하도록 되어 있다.

'15. 상시 상담 창구 마련'은 업무 중 수시로 쉬운 공공언어 사용에 대해 문의하고 답을 들을 수 있도록 ①전화, ②전자 게시판, ③직접 상담, ④기타 등의 상담 체계를 마련하고 있는지를 평가하기 위한 것이다. 이 가운데 세 가지 이상을 구비하고 있을 때는 30점, 두 가지는 20점, 한 가지는 10점을 부여하도록 하고 있다.

'16~21'은 상시 감수제와 관련된 것인데 이에 대한 실적도 요구하고 있다. 점수는 각각 30점을 부여하고 있는데 실적에 따라 다음과 같이 차등 적용하도록 되어 있다.

※ 100%~90% 감수 시= × 1
※ 89%~80% 감수 시 = × 0.8
※ 79%~70% 감수 시 = × 0.6
※ 69%~60% 감수 시 = × 0.4
※ 60% 미만 감수 시 = × 0.2

'22. 관할 행정기관의 쉬운 공공언어 사용 실태 점검 및 지도'는 관할 하위 행정기관의 공공언어 사용 실태 점검 및 지도 실적이 있는지를 평가하기 위한 것이다. 연 3

회 이상 실태 점검 및 지도 실적이 있는 경우 30점, 연 2회 실태 점검 및 지도 실적이 있는 경우 20점, 연 1회 실태 점검 및 지도 실적이 있는 경우 10점을 부여하도록 하고 있다.

'23. 쉬운 공공언어 사용에 대한 민원 접수 및 처리'는 쉬운 공공언어 사용에 대한 민원을 접수하는 독립된 창구를 운영하고 있는가를 평가하기 위한 것인데 민원이 발생하였을 때에는 전담 공무원과 협의하여 처리하며, 처리된 사항은 민원인에게 알리고, 지침을 마련하여 구성원들에게 공지하고 같은 민원이 발생하지 않도록 노력한다는 내용을 포함하고 있다. 독립된 창구를 운영하고 있을 뿐만 아니라 발생한 민원에 대해 처리하고 이를 공지할 경우 20점을 부여하고 독립된 창구만 운영하고 있을 경우는 10점을 부여하도록 하고 있다.

'24. 전담 공무원에 대한 혜택'은 쉬운 공공언어 사용 인증제 통과 등 전담 공무원의 실적에 따른 고가, 포상 등이 구체적으로 규정에 명시되어 있는지를 평가하기 위한 것이다. 전담 공무원에 대한 혜택을 시행한 경우 20점을 부여하되 심사위원회에서 혜택의 수준에 따라 점수에 차등을 둘 수 있도록 하였다.

'25. 일반 공무원에 대한 혜택'은 쉬운 공공언어 사용을 실천한 공무원이나 해당 행정기관에서 발생하는 각종 문서의 오류를 찾아 바로 잡으려는 노력을 한 공무원을 대상으로 구체적인 혜택을 부여하고 있는지를 평가하기 위한 것이다. 일반 공무원에 대한 혜택을 시행하고 있을 경우 10점을 부여하되 앞의 경우와 마찬가지로 심사위원회에서 혜택의 수준에 따라 점수에 차등을 둘 수 있도록 하였다.

참고 문헌

구본관(2012a), 2012년 행정 기관 공공언어 진단Ⅰ, 국립국어원.
구본관(2012b), 2012년 행정 기관 공공언어 진단Ⅱ, 국립국어원.
국립국어원(2011a), 보도 자료 쓰기 길잡이.
국립국어원(2011b), 표준 언어 예절.
국립국어원(2014), 공공언어 길잡이.
국립국어원(2016), 바르고 쉬운 어문 규범.
국립국어원(2017), 바른 국어 생활.
국립국어원(2018), 바른 국어 생활.
노무현 대통령비서실 보고서 품질향상 연구팀(2007), 대통령 보고서, 위즈덤하우스.
리서치앤리서치(2014), 공공언어 인식 실태 조사 보고서, 국립국어원.
민현식(2010), 공공언어 요건 정립 및 진단 기준 개발 연구, 국립국어원.
민현식(2011a), 2011년 행정 기관 공공언어 진단Ⅰ, 국립국어원.
민현식(2011b), 2011년 행정 기관 공공언어 진단Ⅱ, 국립국어원.
박종덕(2018), 교육행정 전문 능력 향상과정, 경기도 율곡교육연수원.
서울특별시(2018), 2018 한글주간행사 차별적 언어 학술토론회 자료집.
이관규(2002), 학교 문법론(개정판), 월인.
이화여대 국어문화원(2018), 2018 서울특별시청 공공 언어 바르게 쓰기 모니터링 자료 보고서.
임규홍(2017), 틀리기 쉬운 국어문법 언어규범 공공언어 강의, 박이정.
조태린(2014), 공공언어 지원 체계 개선 방안 연구, 국립국어원.
최홍열(2013), 2013년 행정기관 공공언어 진단 및 진단 자동화 도구 개발, 국립국어원.
최홍열(2014), 2014년 행정기관 공공언어 진단 및 진단 자동화 도구 정밀화, 국립국어원.

국립국어원 누리집, http://www.korean.go.kr/
우리말 다듬기, http://www.malteo.net/
우리말샘, https://opendict.korean.go.kr.
표준국어대사전, http://stdweb2.korean.go.kr.

부록

■필수 개선 행정 용어 순화어

■문장 부호

필수 개선 행정 용어 순화어

국립국어원에서는 2018년도에도 쉽지 않은 용어로 공공언어를 사용하고 있는 것을 인지하였다. 중앙행정기관 보도 자료를 상시 점검한 결과로 최근 3년 이내 5회 이상 출현한 외래어, 외국어 중 일반 국민이 이해하기 어려운 용어, 쉬운 대체어가 있어도 불필요하게 사용하는 외래어 50개와 공문서에 사용되는 일본식 한자어로서 의미 파악이 어려운 용어, 한문 교육용 기초한자(1800자) 범위 외의 한자로 구성된 어려운 용어, 쉬운 대체어가 있어도 불필요하게 사용하는 한자어 50개를 필수 개선용어로 지정하여 다듬어 쓰도록 권장하고 있다. 2018년도에 지정한 필수 개선 행정 용어 순화어 100개와 그 동안 정리하였던 행정 용어 순화를 합하여 총 384개의 필수 개선 행정 용어 순화어를 소개한다.

말터(malteo.korean.go.kr)에서 다듬은 말 전체 목록

('순화 및 표준화 대상어' 가나다순: 1쪽~31쪽)
('순화어' 발표일순: 32쪽~62쪽)
'순화 및 표준화 대상어' 가나다순
(기간: 2004. 7. 12.~2018. 7. 16.) 총 384개

※ 국립국어원 말터(말다듬기 회의에서 심의)의 순화어 중 문화체육관광부 국어심의회(국어순화분과위원회 회의)에서 심의하였거나 심의 완료 후 고시한 용어들 및 말다듬기 회의에서 재순화한 용어들은 '의미 및 참고 사항' 난에 순화 이력을 명시함.

번호	순화 및 표준화 대상어	어원	순화어 및 표준화 용어	의미 및 참고 사항	분야	순화어 발표일
1	~ 게이트	gate	~ 의혹사건	정치가·정부 관리와 관련된, 비리 의혹에 싸여 있는 사건. (2005. 5. 3. '의혹사건'으로 순화했으며, 2013. 3. 8. 문화부 고시에서 '~ 의혹사건'으로 확정 발표함.)	정치/사회	2005.5.3. 2013.3.8.

번호	순화 및 표준화 대상어	어원	순화어 및 표준화 용어	의미 및 참고 사항	분야	순화어 발표일
2	가드닝	gardening	생활 원예	정서 안정, 관상, 취미 생활, 식재료 수확 등의 목적을 위해 베란다, 사무실, 정원 또는 채소밭 등에서 화초나 채소를 가꾸는 활동을 이르는 말.	여가	2014.10.1.
3	가십거리	gossip거리	입방아거리	소문이 될 만한 내용.	언론	2009.2.3.
4	갈라쇼	gala show	뒤풀이공연	큰 경기나 공연이 끝나고 나서, 축하하여 벌이는 큰 규모의 오락 행사.	체육/공연	2009.12.8.
5	게임 체인저	game changer	국면 전환자, 국면 전환 요소	어떤 일에서 결과나 흐름의 판도를 뒤바꿔 놓을 만한 중요한 역할을 한 인물이나 사건.	사회	2018.7.16.
6	공식 스토어	公式 store	공식 매장	기업체나 행사의 주체가 공식적으로 인정한 매장.	사회	2017.9.20.
7	교례회	交禮會	어울모임	어떤 단체, 조직의 구성원들이 특정한 날, 일을 계기로 어울리며 덕담을 주고받는 모임이나 행사.	사회	2005.8.30.
8	구즈, 굿즈	goods	팬 상품	연예인 또는 만화 영화 등 특정 대상을 기념하는 파생 상품.	사회	2017.4.24.
9	규제 샌드박스	規制 sandbox	규제 유예 (제도)	새로운 제품이나 서비스가 출시될 때 얼마 동안 기존 규제를 면제하거나 유예해 주는 제도.	경제	2018.4.17.
10	그라피티	graffiti	길거리그림	길거리 여기저기 벽면에 낙서처럼 그리거나 페인트를 분무기로 내뿜어서 그리는 그림.	미술	2007.2.13.
11	그룹 엑서사이즈	G.X.(Group exercise)	그룹 운동	여러 명이 모여 함께 운동을 하는 것.	사회	2016.11.24.
12	그룹홈	group home	자활꿈터	어려운 환경에 처한 노숙자, 장애인, 가출 청소년 등이 자립할 때까지 자활의 꿈을 키워 나갈 수 있도록 도와주고, 가족 같은 분위기에서 공동생활을 할 수 있게 만든 소규모 시설, 또는 그런 봉사 활동이나 제도.	사회	2005.10.4.
13	그린루프	green roof	옥상정원	지붕을 중심으로 건물 외관을 나무나 꽃과 같은 식물로 꾸며주는 방식.	환경/에너지	2013.8.5.
14	그린슈머	← green consumer	녹색소비자	녹색을 뜻하는 '그린(green)'과 소비자를 뜻하는 '컨슈머(consum-er)'가 합쳐진 말로, 다음 세대	사회	2012.7.3.

번호	순화 및 표준화 대상어	어원	순화어 및 표준화 용어	의미 및 참고 사항	분야	순화어 발표일
				의 환경을 생각하여 친환경 제품과 유기농 제품 등을 선호하는 소비자.		
15	내비 게이션	navigation	길도우미, 길안내기	지도를 보이거나 지름길을 찾아 주어 자동차 운전을 도와주는 장치나 프로그램. (2004. 12. 7. '길도우미'로 순화했으나, 2013. 3. 8. 문화부 고시에서 '길도우미, 길안내기'로 재순화함.)	교통	2004.12.7. 2013.3.8.
16	네거티브 규제	negative 規制	최소 규제	법령에서 금지한 것 외에는 원칙적으로 행위를 허용하고 인정하는 규제로서, 최소화한 규제.	경제	2018.4.17.
17	네이미스트	namist	이름설계사	기업명, 상표명, 도메인명, 인명 등의 이름을 전문적으로 짓는 사람.	사회	2008.12.2.
18	네일 아티스트	nail artist	손톱미용사	손톱, 발톱을 단정하게 가꾸거나 아름답게 장식하는 사람.	신생 지업	2013.10.7.
19	네티즌	netizen	누리꾼	정보 통신망이 제공하는 새로운 세계에서 마치 그 세계의 시민처럼 활동하는 사람. (2004. 9. 7. '누리꾼'으로 순화했으며, 2013. 3. 8. 문화부 고시에서 '누리꾼'으로 확정 발표함.)	정보 통신	2004.9.7. 2013.3.8.
20	네티켓	netiquette	누리꾼 예절	'네트워크(network)'와 '에티켓(etiquette)'의 합성어. 인터넷 공간에서 누리꾼(네티즌)들이 지켜야 할 예의범절.	정보 통신	2015.7.6.
21	노미네이트	nominate	후보 지명	흔히 '노미네이트되다'라고 표현하는데, 이는 시상 행사와 관련해 '어떤 상의 후보자로 지명되다.'라는 뜻을 지님. (2005. 3. 1. '후보지명'으로 순화했으며, 2013. 3. 8. 문화부 고시에서 '후보 지명'으로 확정 발표함.)	영화	2005.3.1. 2013.3.8.
22	노블레스 오블리주	Noblesse Oblige	지도층의무	사회 고위층 인사에게 요구되는 높은 수준의 도덕적 의무.	사회	2010.5.25.
23	노이즈 마케팅	noise marketing	구설수홍보	자신들의 상품을 각종 구설에 휘말리도록 함으로써 소비자들의 이목을 집중시켜 판매를 늘리려는 마케팅 기법.	광고	2009.10.13.
24	노키즈존	No kids zone	어린이 제한 (공간)	어린이를 동반한 부모의 출입을 금지하는 매장	여가	2016.10.12.

번호	순화 및 표준화 대상어	어원	순화어 및 표준화 용어	의미 및 참고 사항	분야	순화어 발표일
25	다이 {디아이와이} (DIY)	DIY←Do It Yourself	손수제작	부품이나 재료를 구입해서 소비자가 직접 조립하여 제품을 만드는 일. (2017년 국어 순화어 정비 결과, 2017년 4분기 말다듬기위원회에서 '손수짜기', '직접 만들기'를 삭제하기로 결정함.)	여가/목공	2005.12.7. 2017.11.29.
26	다크서클	dark circle	눈그늘	눈 아랫부분이 거무스름하게 그늘이 지는 것을 가리킴.	건강/미용	2006.1.18.
27	다크 투어리즘	dark tourism	역사교훈 여행	재난 현장이나 참상지 등 역사적인 비극의 현장을 방문하는 여행.	관광	2008.4.22.
28	더치페이	Dutch pay	각자내기	비용을 각자 부담하는 것. (2010. 7. 21. '각자내기'로 순화했으며, 2013. 3. 8. 문화부 고시에서 '각자내기'로 확정 발표함.)	사회	2010.7.21. 2013.3.8.
29	데모데이	demoday	시연회	어떤 계획을 실시할 예정인 날 이전에 먼저 행사를 진행하는 날.	사회	2016.5.10.
30	데카르트 마케팅	techart marketing	예술감각 상품	기술(tech)과 예술(art)을 합친 말.	광고	2008.7.1.
31	도로표지병	道路標識鋲	길반짝이	자동차 전조등의 불빛에 반사되어 차선이 잘 보이게 하는 도로 위 안전 시설. 야간이나 악천후 시 운전자의 시선을 명확히 유도하기 위하여 도로 표면에 설치하는 시설물.	도로 교통	2014.6.2.
32	드라이 에이징/ 웨트 에이징	dry aging/ wet aging	건식 숙성/ 습식 숙성	드라이 에이징은 통풍이 잘 되는 곳에서 거꾸로 매달아 숙성시키는 방식, 웨트 에이징은 진공 포장을 통해 수분 증발을 차단해 촉촉한 상태로 숙성시키는 방식.	식품	2017.11.29.
33	드라이브	drive	몰아가기	어느 한 방향으로 무리하게 힘이나 세력을 끌고 가거나 집중하는 일 정도를 뜻함.	사회	2004.12.28.
34	드라이 브스루	drive-through	승차 구매(점)	운전자가 차에 탄 채로 물건을 구매할 수 있는 방식 또는 그러한 판매 방식의 상점을 이르는 말. 주로 즉석음식(패스트푸드), 커피 등의 매장에 이런 서비스 방식이 많음.	사회/경제	2015.1.5.
35	드레스코드	dress code	표준옷차림	어떤 모임의 목적, 시간, 만나는 사람 등등에 따라 갖추어야 할 옷차림새를 가리킴.	예술	2005.11.30.

번호	순화 및 표준화 대상어	어원	순화어 및 표준화 용어	의미 및 참고 사항	분야	순화어 발표일
36	드레싱	dressing	상처 치료, 상처 치료약	① 야채, 육류, 생선 따위의 식품에 치는 소스. ② 상처를 치료하는 일. 또는 그런 약품. (2005. 6. 21. '맛깔장'으로 순화했으나, 2013. 3. 8. 문화부 고시에서 '①맛깔장, ②상처 치료, 상처 치료약'으로 재순화 후, 2017년 국어 순화어 정비 결과, 2017년 4분기 말다듬기위원회에서 '①맛깔장'은 삭제하고, '②상처 치료, 상처 치료약'만 유지하기로 최종 결정함.)	의료/의약품	2005.6.21. 2013.3.8. 2017.11.29.
37	드론	drone	무인기	조종사 없이 무선 전파의 유도에 의해서 비행 및 조종이 가능한 비행기나 헬리콥터 모양의 무인 항공기.	사회	2015.5.4.
38	디그	Dig	받아막기	배구에서, 상대방의 스파이크(spike), 스매시(smash), 킬(kill: 네트 가까이 높게 올려진 공을 상대편의 코트 안으로 강하게 치는 일) 등을 받아내는 일을 가리킴.	체육	2008.3.4.
39	디스펜서	dispenser	(정량) 공급기	냅킨, 종이컵, 물비누, 양치액 등 특정한 물건이나 물질을 사용할 때 버튼이나 손잡이를 한 번 누르면 일정한 양이 공급되도록 고안된 도구나 장치.	물건	2014.11.3.
40	디엠(DM)	DM← Direct Mail	우편 광고, 우편 광고물	상품을 효과적으로 선전하기 위하여 편지나 광고 전단 따위의 인쇄물을 특정인들에게 우편으로 보내는 일, 또는 그런 인쇄물을 가리킴. (2006. 5. 24. '우편광고물'로 순화했으나, 2013. 3. 8. 문화부 고시에서 '우편 광고, 우편 광고물'로 재순화함.)	우편/광고	2006.5.24. 2013.3.8.
41	디오라마	diorama	실사모형	여러 가지 소품들로 적절한 배경과 함께 하나의 상황이나 장면을 구성해 내는 것.	연극 영화	2007.9.11.
42	디지털 도어록	digital doorlock	전자 잠금장치	잠긴 문을 열쇠로 여는 대신 비밀번호를 입력하거나 지문 또는 카드를 인식하여 문을 열 수 있는 잠금장치.	물건	2016.6.24.
43	디톡스	detox	해독 (요법)	인체 내에 축적된 독성 물질의 작용을 없앤다는 개념의 해독 요법.	건강	2014.8.1.
44	디펜딩 챔피언	defending champion	직전우승팀, 전대회우승	전년도 또는 지난 대회의 우승자나 우승 단체를 가리키는 말.	체육	2005.10.18. 2014.6.27.

번호	순화 및 표준화 대상어	어원	순화어 및 표준화 용어	의미 및 참고 사항	분야	순화어 발표일
			팀	(2005. 10. 18.에 '우승지킴이'로 순화하였으나 2014. 6. 27.에 '직전우승팀, 전대회우승팀'으로 재순화함.)		
45	디퓨저	diffuser	방향기	방향제, 향수 등의 향기 입자, 즉 '방향(芳香)'을 잘 퍼지게 하는 도구나 장치.[芳香+器]. 나무막대 삽입형, 유리병형, 도자기형, 전동모터 이용형 등 여러 가지 형태가 있음.	물건	2014.11.03.
46	라인업01	line up	출연진	영화, 텔레비전 프로그램, 공연 등의 참가자나 출연진 구성을 뜻하는 말.	방송/연예	2015.10.5.
47	라인업02	line up	제품군	한 회사의 제품군 명단을 뜻하는 말.	사회	2015.10.5.
48	랜드마크	landmark	마루지, 상징물	산마루처럼 우뚝한 지형지물이나 도시 경관. (2009. 7. 7. '마루지'로 순화했으나, 2013. 3. 8. 문화부 고시에서 '마루지, 상징물'로 재순화함.)	건축/조경	2009.7.7. 2013.3.8.
49	램프	ramp	연결로	입체도로에서 서로 교차하는 도로를 연결하거나 서로 높이가 다른 도로를 연결하여 주는 도로.	도로 교통	2014.6.2.
50	러닝 개런티	running guarantee	흥행 보수	영화나 연극, 뮤지컬 등에서 참여하는 감독이나 배우, 제작진들이 출연료 외에 흥행 결과에 따라 보수를 지급받는 방식.	연극 영화/예술	2015.12.8.
51	러브라인	love line	사랑구도	영화, 드라마, 소설 따위에서, 등장인물 간의 연애 분위기가 그려지는 구성 또는 앞으로 사랑이 진행되는 과정을 가리켜 이르는 말.	연극 영화/드라마	2007.4.17.
52	러키 드로/럭키 드로우	lucky draw	행운권 추첨	행사장 등에서 번호표나 추첨권을 주고 무작위로 추첨하여 정해진 상품을 나눠 주는 일.	사회	2015.7.6.
53	레거시	legacy	(대회) 유산	올림픽·아시안 게임 등 국제대회 관련 분야에서는 대회 개최 후 활용해야 할 시설(경기장, 숙박 시설…)이나 대회 개최 과정에서 축적된 기술이나 각종 지원 체계(방송, 의료…) 등.	사회	2017.9.20.
54	레시피	recipe	조리법	음식의 조리법을 뜻하는 요리 용어를 가리켜 이르는 말.	요리	2009.8.4.
55	레이크 뷰	lake view	호수 전망	주로 호수가 보이는 숙박업소 객실의 전망.	여가	2017.9.20.
56	레퍼런스	reference	고품질	디브이디(DVD)나 시디(CD) 가운데 뛰어난 음질과 화질을 갖춘 최고의 것을 가리킴.	음악/영화	2007.4.3.

번호	순화 및 표준화 대상어	어원	순화어 및 표준화 용어	의미 및 참고 사항	분야	순화어 발표일
57	로고송	logo song	상징노래	특정 상품, 회사, 개인의 상징적 이미지를 심어 주고 널리 알리기 위하여 사용하는 노래.	정치/사회	2005.11.8.
58	로드 쇼	road show	투자 설명회	【경제 분야에 한정】 유가 증권을 발행하려는 회사가 투자자들을 대상으로 벌이는 설명회.	경제	2017.7.24.
59	로드매니저	road manager	수행매니저	연예인과 동행하여 운전 등을 담당하고 출장을 관리하는 매니저.	방송/연예	2013.2.5.
60	로드무비	road movie	여정영화	주인공이 여행을 통하여 인간관계의 새로운 계기를 마련하거나 자신의 정체성을 바로 세우게 되는 과정을 그린 영화.	영화	2006.6.21.
61	로드뷰	road view	거리 보기	길거리의 사진을 인터넷 브라우저를 통해서 3차원으로 보여주는 지도 서비스.	여행/정보통신	2016.10.12.
62	로드킬	roadkill	동물 찻길 사고, 동물 교통사고	찻길에서 동물이 당하는 교통사고를 가리킴. (2007. 5. 1. '찻길 동물 사고'로 순화했으나, 2013. 3. 8. 문화부 고시에서 '동물 찻길 사고, 동물 교통사고'로 재순화함.)	사회	2007.5.1. 2013.3.8.
63	로하스	LOHAS← Lifestyle Of Health And Sustainability	친환경살이	'건강과 환경의 지속 가능성을 생각하고 실천하는 생활 방식'을 이르는 말.	환경	2011.3.15.
64	론칭쇼	launching show	신제품 발표회	어떤 제품이나 상표의 공식적인 출시를 알리는 행사를 이르는 말.	정보통신/사회	2011.1.18.
65	롤모델	Role model	본보기상	존경하며 본받고 싶도록 모범이 될 만한 사람 또는 자기의 직업, 업무, 임무, 역할 따위의 본보기가 되는 대상을 이르는 말.	사회	2011.7.5.
66	루미나리아	luminaria, luminarie	①불빛축제, 불빛잔치, ②불빛조명 시설	①색깔과 크기가 다른 전구 또는 전등을 이용하여 화려하고 환상적인 분위기를 연출하는 조명 건축물 축제. ②그런 축제에 쓰이는 조명 시설. (2008. 1. 22. '불빛축제'로 순화했으나, 2013. 3. 8. 문화부 고시에서 '①불빛축제, 불빛잔치, ②불빛조명시설'로 재순화함.)	사회/여가	2008.1.22. 2013.3.8.

번호	순화 및 표준화 대상어	어원	순화어 및 표준화 용어	의미 및 참고 사항	분야	순화어 발표일
67	루프톱	roof top	옥상	주로 호텔 등 고층 건물의 옥상.	여가	2016.7.20.
68	리메이크	remake	(원작) 재구성	'예전에 있던 영화, 음악, 드라마 따위를 새롭게 다시 만드는 것'을 이르는 말. (2008. 8. 26. '원작재구성'으로 순화했으나, 2013. 3. 8. 문화부 고시에서 '(원작) 재구성'으로 재순화함.)	영화/음악/드라마	2008.8.26. 2013.3.8.
69	리무버	remover	(화장) 지움액	특정한 물질을 제거하기 위해 사용하는 전용 물질.	건강/미용/화장품	2016.5.10.
70	리얼 버라이어티	real variety	생생예능	짜인 각본대로만 하지 않고 출연자들을 다양한 상황 속에 놓이게 하여 아주 자연스러운 대사나 행동이 진행되는 연예 오락 프로그램의 한 장르.	영화/음악/드라마	2012.1.5.
71	리콜	recall	결함보상, 결함보상제	회사 측이 제품의 결함을 발견하여 보상해 주는 소비자 보호 행위나 제도를 통들어 이르는 말. (2010. 1. 5. '결함보상(제)'로 순화했으며, 2013. 3. 8. 문화부 고시에서 '결함보상, 결함보상제'로 확정 발표함.)	사회	2010.1.5. 2013.3.8.
72	리퍼브	refurbished	손질상품	불량 제품, 매장에서 전시되었던 제품, 소비자의 변심으로 반품된 제품 등을 다시 손질하여 소비자에게 정품보다 싸게 파는 것을 가리킴.	사회	2007.12.11.
73	리플	Reply의 준말	댓글	인터넷의 통신 공간에서 게시판에 올라 있는 글에 대해 덧붙이거나, 대답하거나, 비판하는 등의 짤막한 글을 가리켜 이르는 말.	통신	2004.7.12.
74	마리나	marina	해안유원지	'해변의 종합 관광 시설' 뜻하는 말.	여가(활동)/관광	2005.3.8.
75	마블링	marbling	결지방	선홍색 살코기 사이에 하얀색 지방[우지(牛脂)]이 그물처럼 퍼져서 박혀 있는 것. (2008. 2. 26. '결지방'으로 순화했으며, 2013. 3. 8. 문화부 고시에서 '결지방'으로 확정 발표함.)	식품	2008.2.26. 2013.3.8.
76	마스터 클래스	master class	명인강좌	명인, 대가, 거장이 직접 하는 수업.	예술	2006.2.15.
77	마우스	mouse potato	골방누리꾼	휴일이나 휴가중 집안에 틀어박혀 포테이토칩을	사회	2008.6.10.

번호	순화 및 표준화 대상어	어원	순화어 및 표준화 용어	의미 및 참고 사항	분야	순화어 발표일
	포테이토			먹으면서 온종일 TV만 보는 사람들을 일컫던 카우치 포테이토(couch potato)에서 파생된 말로 최근 PC가 TV를 대체하면서 생긴 신조어이며, 주로 '콘텐츠물이나 게임, 채팅 등을 즐기며 사이버공간에 빠져서 사는 사람들'을 이르는 말.		
78	마운틴 뷰	mountain view	산 전망	주로 산이 보이는 숙박업소 객실의 전망.	여가	2017.9.20.
79	마이크로 블로그	microblog	댓글나눔터	단문 메시지를 이용하여 거리와 인종, 직업에 상관없이 여러 사람들과 소통할 수 있도록 한 작은 블로그를 가리킴.	정보 통신	2009.8.18.
80	마인드맵	mind map	생각그물	문자 그대로 '생각의 지도'라는 뜻으로 자신의 생각을 지도 그리듯 이미지화해 사고력, 창의력, 기억력을 한 단계 높이는 두뇌 개발 기법.	교육	2014.6.30.
81	마일리지	mileage	이용실적(점수)	회원의 이용 실적을 적립하기 위한 방법으로 비행기나 철도를 사용하는 승객들에게, 사용한 총 거리에 비례하여 항공사나 철도 회사에서 베푸는 여러 가지 혜택. 영화관, 커피숍, 음식점 등에서도 손님의 이용 실적(←마일리지)을 적립하여 일정한 혜택을 돌려주는 일이 많음.	사회	2008.7.15.
82	매니페스토	manifesto	참공약	공직 후보자가 유권자에게 선거 공약의 정책 목표와 실현 시기, 예산 확보 근거 등을 구체적으로 제시하는 것.	정치	2012.11.5.
83	매스티지	masstige	대중명품	대중적으로 인기가 높은 명품.	사회	2005.2.15.
84	매치업	match-up	①맞대결, 대진 ②일대일	주로 농구, 축구 등에서 '한 선수가 상대 팀의 다른 한 선수와 맞대결하는 일' 또는 '둘 이상의 사람이나 물건이 짝을 이루거나 짝이 이루어지게 하는 일'. (2006. 2. 22. '맞대결'로 순화하였으나, 2013. 3. 8. 문화부 고시에서 '①맞대결, ②일대일'로 재순화함. 2014. 6. 27. 말다듬기위원회 회의에서 '맞대결' 외에 '대진'도 순화어로 추가함.)	체육	2006.2.22. 2013.3.8. 2014.6.27.
85	머스트해브	must have	필수품	'머스트 해브'는 필수로 가져야 할 물건이나 제품을 가리키는 외래어 '머스트 해브 아이템'의 줄인	사회	2007.2.27. 2013.3.8.

번호	순화 및 표준화 대상어	어원	순화어 및 표준화 용어	의미 및 참고 사항	분야	순화어 발표일
				말. 반드시 필요한 물건을 의미함. (2007. 2. 27. '필수품'으로 순화했으며, 2013. 3. 8. 문화부 고시에서 '필수품'으로 확정 발표함.)		
86	멀티탭	multi-tap	모둠꽂이	여러 개의 플러그를 꽂을 수 있게 만든 이동식 콘센트.	전기	2010.10.27.
87	메디텔	meditel	의료관광 호텔	'메디신(medicine)'과'호텔(hotel)'이 합쳐진 말로, 의료관광용 숙박시설을 뜻함.	사회/경제	2014.3.3.
88	메세나	mécénat	문예후원	특별한 대가를 바라지 않고 문화 예술 활동을 지원하는 기업이나 개인, 또는 그러한 활동을 이르는 말로 기본적으로 문화 예술 활동을 뒤에서 도와주는 일을 가리킴. '문예'는 '문화 예술'의 준말임. 로마의 정치가였던 '마에케나스'의 프랑스어 발음이 '메세나(mécénat)'임. 마에케나스는 당대의 시인들을 후원하면서 문화 예술의 보호자를 자처했다고 함.	사회/예술	2006.5.31.
89	메신저	messenger	쪽지창	'인터넷에서 실시간으로 문자와 자료를 주고받을 수 있는 프로그램'을 뜻함.	정보통신	2005.5.10.
90	멘토	Mentor	(인생) 길잡이	새로운 인생 설계를 위해 도움을 주는 조언자, 또는 후견인을 가리켜 이르는 말.	사회	2009.9.1.
91	모기지론	mortgage loan	미국형 주택담보 대출	주택 구입을 위한 자금을 대출해 주는 제도 중에서 특별히 '부동산을 담보로 주택저당증권을 발행하여 장기 고정금리로 주택 구입 자금을 대출해 주는 제도'.	금융	2012.6.5.
92	모티켓	motiquette	통신 예절	모바일(mobile)과 에티켓(etiquette)의 합성어로 쉽게 말해 휴대 전화를 사용할 때 지켜야 할 예절을 이르는 말. (2008. 6. 3. '통신예절'로 순화했으며, 2013. 3. 8. 문화부 고시에서 '통신 예절'로 확정 발표함.)	정보통신	2008.6.3. 2013.3.8.
93	무빙워크	moving walk	자동길	평지나 약간 비탈진 곳의 한쪽에서 다른 쪽으로 사람이 이동할 수 있게끔 자동으로 움직이는 길 모양의 기계 장치. (2004. 9. 14. '자동길'로 순화했으며, 2013. 3. 8. 문화부 고시에서 '자동길'로 확정 발표함.)	기계장치	2004.9.14. 2013.3.8.
94	미디어	media facade	외벽 영상	건물 외벽에 발광 조명을 비춰 영상을 표현하는	사회/	2015.12.8.

번호	순화 및 표준화 대상어	어원	순화어 및 표준화 용어	의미 및 참고 사항	분야	순화어 발표일
	파사드/ 미디어 파사드			기법.	여가	
95	미션	mission	임무, 중요 임무	보통 '목표/목적', '임무/과업/의무', '중요한 일' 따위의 뜻으로 쓰임. (2004. 10. 12. '(중요)임무'로 순화했으며, 2013. 3. 8. 문화부 고시에서 '임무, 중요 임무'로 확정 발표함.)	사회	2004.10.12. 2013.3.8.
96	바리스타	Barista	커피전문가	커피에 대한 높은 수준의 지식과 다양한 경험을 지니고 즉석에서 커피를 만드는 전문가.	사회/ 직업	2011.6.7.
97	바우처 제도	voucher 制度	상품권 제도, 이용권 제도	일반 국민의 복지 증진을 위하여 주로 하위 계층의 소비자(수요자)에게 정부가 보증하는 증표나 서비스 이용권을 지급하여 어떤 특정한 재화나 서비스 등을 좀 더 싸고 편리하게 소비하거나 이용할 수 있게 하는 제도. (2006. 5. 10.에 '바우처제도'를 '복지상품권제도'로 순화하였음. 2013. 3. 8. 문화부 고시에서 '바우처'를 '상품권, 이용권'으로 재순화함. [참고] 2014. 3. 12. 국어심의회 국어순화분과 심의에서 '전자바우처'는 '전자이용권'으로 순화함.)	문화/ 예술/ 체육	2006.5.10. 2013.3.8.
98	바이백 (서비스)	buyback (service)	(도서) 되사기	다 읽은 도서를 반납하면 정가 대비 최대 절반 가격의 예치금을 되돌려 받는 제도.	경제	2017.4.24.
99	박스오피스	box office	흥행수익	영화나 연극 따위에서의 흥행 수익을 뜻함.	영화	2005.3.22.
100	발레파킹	valet parking	대리주차	'주차 도우미가 손님의 차를 대신 주차하고 볼일이 끝나면 가져다 주는 일'을 통틀어 이르는 말.	사회	2010.3.16.
101	방카쉬랑스	Bancassurance	은행연계 보험	은행에서 보험사와 연계하여 보험 상품을 판매하는 일.	금융	2004.10.5.
102	백패킹	backpacking	배낭 도보 여행	1박 이상의 야영(野營=들살이) 생활에 필요한 장비를 넣은 배낭을 짊어지고 산과 들을 마음 내키는 대로 자유롭게 걸어 다니는 여행을 뜻하는 말. (2017년 국어 순화어 정비 결과, 2017년 4분기 말다듬기위원회에서 '등짐 들살이'를 삭제하기로 결정하였음.)	체육/ 여가	2015.1.5. 2017.11.29.

번호	순화 및 표준화 대상어	어원	순화어 및 표준화 용어	의미 및 참고 사항	분야	순화어 발표일
103	밸류 체인	value chain	가치 사슬	기업이 원재료를 사서 가공·판매해 부가가치를 창출하는 일련의 과정.	경제	2018.4.17.
104	버스킹	busking	거리 공연	길거리에서 행해지는 공연을 일컫는 말.	음악/공연/예술	2015.10.5.
105	버킷 리스트	bucket list	소망 목록	죽기 전에 꼭 해야 할 일이나 꼭 하고 싶은 일들에 대한 목록을 이르는 말.	사회	2014.12.1.
106	번아웃 증후군	burnout syndrome	탈진 증후군	의욕적으로 일에 몰두하던 사람이 극도의 신체적·정신적 피로감을 호소하며 무기력해지는 현상.	사회	2018.7.16.
107	베뉴	venue	경기장, 행사장	영어 사전의 의미로는 '장소'를 뜻하고, 올림픽과 스포츠 분야에서 '경기장'을 가리키며, 그 외에는 모임과 행사 분야에서 '행사장'으로 쓰도록 선정함.	체육	2017.9.20.
108	베이비 플래너	baby planner	육아설계사	임신, 출산, 육아 등에 관련된 정보를 안내하고 조언해 주는 사람.	신생 직업	2013.10.7.
109	베이스캠프	base camp	주훈련장, 근거지	주로 운동 경기에서 전지훈련의 근거지로 삼는 곳. 등산, 탐험 등의 근거지로 삼는 캠프.	체육	2014.6.27.
110	벤치 클리어링	bench clearing	몸싸움, 집단 몸싸움, 선수단 몸싸움	야구나 아이스하키 등의 스포츠 경기 도중 선수들 사이에 싸움이 벌어졌을 때, 양 팀 선수들이 모두 벤치를 비우고 싸움에 동참하는 행동.	체육	2014.12.1.
111	벤치마킹	benchmarking	본따르기	경쟁 업체의 경영 방식을 면밀히 분석하여 자사의 경영과 생산에 응용하고 따라잡는 경영 전략.	사회	2012.4.5.
112	보드마커	board marker	칠판펜	흰 칠판에 필기를 하는 도구. (2010. 8. 4. '칠판펜'으로 순화했으며, 2013. 3. 8. 문화부 고시에서 '칠판펜'으로 확정 발표함.)	물건	2010.8.4. 2013.3.8.
113	보이스 피싱	voice phishing	사기 전화	음성(voice)과 개인 정보(private data), 낚시(fishing)를 합성한 용어이며 전화를 통해 불법적으로 개인정보를 빼내서 범죄에 사용하는 범죄'를 가리켜 이르는 말. (2008. 9. 23. '(음성) 사기전화'로 순화했으나, 2013. 3. 8. 문화부 고시에서 '사기 전화'로 재순	정보 통신	2008.9.23. 2013.3.8.

번호	순화 및 표준화 대상어	어원	순화어 및 표준화 용어	의미 및 참고 사항	분야	순화어 발표일
				화함.)		
114	볼라드	bollard	길말뚝	자동차가 인도에 진입하는 것을 막기 위해 차도와 인도의 경계면에 세워 둔 구조물.	도로 교통	2014.6.2.
115	북마스터	book master	책길잡이	사람들에게 좋은 책을 골라 주는 것과 같이 도서나 독서와 관련된 정보를 알려 주는 일을 전문으로 하는 사람.	도서/독서	2013.4.2.
116	북크로싱	book crossing	책돌려보기	책을 서로 돌려보는 것.	도서/독서	2013.4.2.
117	북텔러	book teller	책낭독자	책을 읽어주는 사람.	도서/독서	2013.4.2.
118	뷰	view	전망	숙박업소에서 객실의 위치에 따라 보이는 경치.	여가	2017.9.20.
119	뷰파인더	viewfinder	보기창	카메라에서, 눈을 대고 피사체를 보는 부분. 촬영할 사진의 구도나 초점 상태를 미리 볼 수 있도록 한 창을 가리켜 이르는 말. (2007. 8. 14. '보기창'으로 순화했으며, 2013. 3. 8. 문화부 고시에서 '보기창'으로 확정 발표함.)	사진기/장치	2007.8.14. 2013.3.8.
120	브랜드숍	brand shop	전속매장	한 회사와 가맹점 계약을 맺고 그곳에서 제공하는 제품만을 판매하는 상점.	사회/경제	2014.3.3
121	브랜드파워	brand power	상표경쟁력	기업체의 상표가 가지는 힘을 뜻함.	사회	2005.4.19.
122	브이오디 서비스 (VOD 서비스)	VOD service, video on demand service	①다시보기, ②주문형 비디오	서비스 통신망으로 연결된 컴퓨터 또는 텔레비전을 통해 원하는 프로그램이나 동영상물을 언제든지 받아볼 수 있도록 해 주는 서비스 또는 그런 서비스를 이용하는 행위. ※ 브이오디(VOD): 초고속 통신망에서 제공되는 통신 서비스의 하나. 가입자가 원하는 시간에 원하는 프로그램을 즉시 선택해 시청할 수 있는 양방향 영상 서비스. 가입자가 원하는 시간에 해당 콘텐츠를 다시볼 수 있다는 점에서 '다시보기'로 순화하였고, 가입자가 선택하여 주문한 비디오를 서비스한다는 점에서 '주문형 비디오'라고도 순화함. (2006. 12. 5.에 '브이오디(VOD) 서비스'를 '다시보기'로 순화함. 2013. 3. 8. 문화부 고시에서	정보 통신/방송	2006.12.5. 2013.3.8.

번호	순화 및 표준화 대상어	어원	순화어 및 표준화 용어	의미 및 참고 사항	분야	순화어 발표일
				'VOD'를 '①다시보기, ②주문형 비디오'로 재순화함.)		
123	블라인드	blind	(정보) 가림	'블라인드(blind)'는 '블라인드 면접', '블라인드 인터뷰', '블라인드 테스트', '블라인드 시사회' 등에서처럼 '어떤 내용이나 정보를 알 수 없음'의 의미로 쓰고 있음. '블라인드(blind)'가 어떠한 정보도 알지 못하도록 막거나 막아 놓음을 뜻하므로, 간단하게 '가림'으로 쓸 수도 있고, 좀 더 정확하게 표현할 때에는 '정보가림'으로 쓸 수도 있음.	정보 통신	2007.3.20.
124	블라인드 채용	blind 採用	(정보) 가림 채용	선발 과정의 공정성을 확보하기 위하여, 응시자의 개인 정보를 배제하고 진행하는 채용 방법.	사회	2017.11.29.
125	블라인드 테스트	blind test	정보 가림 평가	실험 참여자에게 실험에 대한 정보를 제공하지 않고 실험에 참가하게 한 다음, 반응하고 평가하도록 하는 실험 방법.	사회	2015.4.6.
126	블랙 아이스	black ice	(노면) 살얼음	노면 위에 얇고 투명하게 형성되는 살얼음.	시설/ 안전	2014.5.7.
127	블랙아웃	blackout	대정전	전기가 부족하여 갑자기 모든 전력 시스템이 정지하는 현상, 즉 대규모 정전사태.	환경/ 에너지	2013.8.5.
128	블랙 컨슈머	black consumer	악덕 소비자	'구매한 상품을 문제 삼아 피해를 본 것처럼 꾸며 악의적 민원을 제기하거나 보상을 요구하는 소비자'를 이르는 말.	사회/ 식품	2011.2.1.
129	블랙푸드	black food	검정먹거리	검은색을 띤 식품.	음식	2013.3.5.
130	블루오션	blue ocean	대안시장	경쟁이 치열한 기존의 시장을 대체하는 시장을 가리키는 말로, '새로 개척하여 이윤을 많이 남길 수 있는, 경쟁이 거의 없는 시장'을 가리킴.	사회/ 경제	2005.7.5.
131	비바크	〈독〉Biwak	산중 노숙	등산 도중 거친 날씨나 사고 등 예상치 못한 사태가 일어났을 때 한데서 밤을 지새우는 것을 뜻하는 말.	체육/ 여가	2015.11.10.
132	비투비	B2B: Business-to-Business	기업 간 거래	기업과 기업 사이에 이루어지는, 인터넷을 기반으로 하는 전자 상거래.	사회/ 경제/ 정보 통신	2015.11.10.

번호	순화 및 표준화 대상어	어원	순화어 및 표준화 용어	의미 및 참고 사항	분야	순화어 발표일
133	비투시	B2C: Business-to-Customer	기업・소비자 거래	기업과 소비자 간에 이루어지는 전자 상거래.	사회/경제/정보 통신	2015.11.10.
134	비하인드 컷	behind cut	미공개 장면/미공개 영상	특정한 목적으로 사진을 찍거나 영상을 찍을 때, 최종 선정되어 공개된 것이 아니라 공식적으로 공개되지 않은 사진이나 영상을 이르는 말.	연예/언론	2016.11.24.
135	빅리그	big league	최상위연맹	프로 축구나 프로 야구 따위에서 가장 높은 위치나 등급에 속하는 리그를 가리키는 말.	체육	2005.3.29.
136	사이드 메뉴	side menu	곁들이	샐러드와 같이 주요리에 곁들이는 요리(영어로는 '사이드 디시'로 쓰임.).	음식	2015.6.8.
137	샐러던드	saladent	계발형 직장인	샐러던트(saladent)→샐러리맨(salaryman)+스튜던트(student) 공부하는 직장인들을 이르는 말.	사회	2008.6.24.
138	샘플러	sampler	맛보기묶음	음식과 관련해서 특정한 기준으로 선정한 일종의 표본, 음악과 관련해서 여러 음반에서 한 곡씩 선별하여 만든 작품집. 미리 경험할 수 있도록 대표적인 것 몇몇을 따로 골라서 모아 놓은 것.	음식/음악	2007.1.23.
139	샹그릴라	Shangri-la	꿈의 낙원	신비롭고 아름다운 이상향을 비유적으로 가리켜 이르는 말로, 인간이 바라는 희망이나 이상이 모두 실현되어 있어 편안하고 즐겁게 살 수 있는 곳을 가리켜 이르는 말.	사회	2008.1.29.
140	선루프	sunroof	지붕창	바깥의 빛이나 공기가 차 안으로 들어오도록 조절할 수 있는 승용차의 지붕. (2010. 9. 28. '지붕창'으로 순화했으며, 2013. 3. 8. 문화부 고시에서 '지붕창'으로 확정 발표함.)	장치/자동차	2010.9.28. 2013.3.8.
141	선베드	sunbed	일광욕 의자	휴양지에서 누워서 일광욕을 즐길 수 있는 간이의자 겸 침대.	여가	2016.7.20.
142	선팅	sunting	빛가림	창문, 자동차 등의 창유리로 들어오는 햇빛을 막기 위해 유리에 덧댄 검은색의 얇은 필름 또는 그런 필름을 덧대는 일을 가리킴.	장치/자동차	2005.9.27.
143	섬네일	thumbnail	마중그림	영어 어원으로는 '엄지손톱'이나 '매우 작은 것'을	정보	2015.11.10.

번호	순화 및 표준화 대상어	어원	순화어 및 표준화 용어	의미 및 참고 사항	분야	순화어 발표일
				가리키며, 그래픽 파일의 이미지를 소형화한 것을 말함. 일반적으로 인터넷에서 작은 크기의 견본 이미지를 가리킴.	통신	
144	성큰 가든	sunken garden	뜨락정원	빌딩이나 아파트 단지 안에 지하나 지하로 통하는 공간에 꾸민 정원.	건축/조경	2007.10.16.
145	세고시	せごし	뼈째회	작은 생선을 손질하여 통째로 잘게 썰어낸 생선회.	음식	2013.3.5.
146	세트 플레이	set play	맞춤전술, 각본전술	구기 경기에서, 2~3명의 선수가 상대편의 방어 형태에 따라 조직적이고 계획적으로 펼치는 공격 전술. =세트 피스.	체육	2014.6.27.
147	세트 피스	set piece	맞춤전술, 각본전술	구기 경기에서, 2~3명의 선수가 상대편의 방어 형태에 따라 조직적이고 계획적으로 펼치는 공격 전술. 특정한 상황에 맞추어서 미리 계획해 놓은 대로 공격하는 전술. =세트 플레이. (2006. 6. 28. '맞춤전술'로 순화했으며, 2013. 3. 8. 문화부 고시에서 '맞춤전술'로 확정 발표함. *브라질 월드컵을 계기로 '매치업' 등 8개 축구 용어를 다듬으면서 2014. 6. 27. '맞춤전술, 각본전술'로 재순화함.)	체육	2006.6.28. 2013.3.8. 2014.6.27.
148	셀프카메라	self-camera	자가촬영	자기 자신을 직접 사진이나 동영상으로 찍는 일.	사회	2005.8.2.
149	셰어 하우스	share house	공유 주택	여러 사람이 한 집에서 살면서 개인적인 공간인 침실은 각자 따로 사용하고 거실, 화장실, 욕실 등은 함께 사용하는 생활 방식으로 공간 활용을 효율적으로 할 수 있는 공동 주택.	사회	2014.8.1.
150	소셜 다이닝	social dining	밥상모임	누리소통망(SNS) 서비스를 통해 관심사가 비슷한 사람끼리 만나 식사를 즐기며 인간관계를 맺는 것.	정보 통신	2016.11.24.
151	소셜 네트워크 서비스 (SNS)	SNS, Social Network Service	누리소통망 (서비스), 사회 관계망 (서비스)	온라인에서 인적 관계망 또는 사회적 관계망의 형성과 소통을 도와주는 서비스. (2010. 8. 17. '누리소통망(서비스)'으로 순화했으며, 2013. 3. 8. 문화부 고시에서 '누리소통망(서비스)'으로 확정 발표한 후, 2017년 국어 순화어 정비 결과, 2017년 4분기 말다듬기위원회에서'사회관계망(서비스)'를 추가하기로 결정하였음.)	정보 통신	2010.8.17. 2013.3.8. 2017.11.29.

번호	순화 및 표준화 대상어	어원	순화어 및 표준화 용어	의미 및 참고 사항	분야	순화어 발표일
152	소셜 커머스	social commerce	공동 할인구매	누리소통망서비스(소셜 네트워크 서비스, SNS)을 이용한 전자 상거래의 일종.	정보 통신	2010.11.23.
153	소호	SOHO, Small Office Home Office	무점포사업	특별한 사무실 없이 자신의 집을 사무실로 쓰는 소규모 자영업.	사회	2005.5.17.
154	솔푸드	soul food	위안음식	먹는 이의 영혼을 감싸주는 음식 또는 자신만이 마음속에 간직하고 있는 아늑하고 따뜻한 음식.	음식	2013.3.5.
155	쇼플러	Shoppler	원정구매족	물건 구매를 뜻하는 쇼핑(Shopping)과 여행자를 뜻하는 트래블러(traveler)를 합성한 말로, 자신이 마음에 드는 물건을 사기 위해서 전 세계로 여행을 떠나는 소비자를 가리켜 이르는 말.	사회	2008.10.21.
156	숍인숍	shop in shop	어울가게	매장 안에 또 다른 매장을 만들어 상품을 판매하는 새로운 형태의 매장.	사회	2010.4.27.
157	슈퍼 사이클	super cycle	장기 호황	원자재 등 상품 시장 가격이 장기적으로 상승하는 추세.	경제	2018.7.16.
158	스낵 컬처	snack culture	자투리 문화	시공간의 제약을 덜 받고 스낵(과자)을 먹듯 5~15분의 짧은 시간에 즐길 수 있는 문화 콘텐츠.	여가	2017.11.29.
159	스도쿠	すどく, 數獨	숫자넣기	가로세로가 아홉 칸씩으로 이루어진 정사각형의 가로줄과 세로줄에 1부터 9까지의 숫자를 겹치지 않도록 한 번씩 써서 채워 넣는 퍼즐('짜맞추기' 또는 '알아맞히기') 게임을 가리켜 이르는 말로, 여러 칸에 적절한 숫자를 넣는 놀이를 가리킴.	여가/오락	2007.10.2.
160	스마트 모빌리티/퍼스널 모빌리티	smart mobility/personal mobility	1인 전동차	전기 자전거, 전동 휠, 전동 킥보드 등 전력을 동력으로 한 차세대 개인용 이동 수단.	기술 과학	2017.7.24.
161	스마트 워크	smart work	원격 근무	정보 통신 기술을 이용해 시간과 장소의 제약 없이 업무를 수행하는 유연한 근무 형태. (2010. 8. 31. '원격 근무'로 순화했으며, 2013. 3. 8. 문화부 고시에서 '원격 근무'로 확정 발표함.)	정보 통신	2010.8.31. 2013.3.8.
162	스모킹 건	smoking gun	결정적 증거	범죄·사건 따위를 해결하는 데 결정적으로 작용하는 확실한 증거.	사회	2017.7.24.

번호	순화 및 표준화 대상어	어원	순화어 및 표준화 용어	의미 및 참고 사항	분야	순화어 발표일
163	스몰 웨딩	small wedding	작은 결혼식	불필요한 절차를 줄이고 합리적인 비용으로 올리는 결혼식.	여가	2016.10.12.
164	스미싱	smishing	문자결제 사기	스마트폰 문자메시지를 통해 소액 결제를 유도하는 사기 수법.	정보/통신	2013.11.4.
165	스카이 라운지	sky lounge	전망쉼터, 하늘쉼터	고층 건물의 맨 위층에 자리한 휴게실. 아주 높은 곳에 편안히 쉴 수 있도록 특별히 마련해 놓은 공간을 이르는 말. (2006. 5. 3. '하늘쉼터'로 순화했으나, 2013. 3. 8. 문화부 고시에서 '전망쉼터, 하늘쉼터'로 재순화함.)	사회/시설	2006.5.3. 2013.3.8.
166	스크린도어	screen door	안전문	기차나 지하철을 타는 사람이 찻길에 떨어지거나, 열차와 타는 곳 사이에 발이 끼는 따위의 사고를 막기 위해서 설치하는 문. (2004. 7. 27. '안전문'으로 순화했으며, 2013. 3. 8. 문화부 고시에서 '안전문'으로 확정 발표함.)	사회/시설	2004.7.27. 2013.3.8.
167	스크립터	scripter	촬영기록자/구성작가	영화나 드라마의 촬영 현장에서 촬영 상황을 기록하는 사람.	방송/연예	2013.2.5.
168	스타일리스트	stylist	맵시가꿈이	옷이나 실내 장식 따위와 관련된 일에 조언을 하거나 지도하는 사람. (2005. 1. 11. '맵시가꿈이'로 순화했으며, 2013. 3. 8. 문화부 고시에서 '맵시가꿈이'로 확정 발표함.)	의류/패션	2005.1.11. 2013.3.8.
169	스타트업	startup	새싹기업	혁신적 기술과 아이디어를 보유한 설립된 지 얼마 되지 않은 창업기업.	창업/금융	2013.7.1.
170	스탠더드 넘버	standard number	대중명곡	시대에 관계없이 오랫동안 늘 연주되고 사랑받아 온 곡.	음악	2005.9.6.
171	스토리보드	storyboard	줄거리판, 이야기판	이야기에서 중심이 되는 줄기를 이루는 것을 그림으로 옮겨 놓은 것을 가리켜 이름. (2007. 9. 18. '그림줄거리'로 순화했으나, 2013. 3. 8. 문화부 고시에서 '줄거리판, 이야기판'으로 재순화함.)	영화/드라마	2007.9.18. 2013.3.8.
172	스폿 광고 (오표기: 스팟 광고)	spot廣告	토막 광고	프로그램을 방송하는 사이에 나가는 광고. (2006. 6. 7. '반짝 광고'로 순화했으나, 2013. 3. 8. 문화부 고시에서 '토막 광고'로 재순화함.)	광고	2006.6.7. 2013.3.8.

번호	순화 및 표준화 대상어	어원	순화어 및 표준화 용어	의미 및 참고 사항	분야	순화어 발표일
	스파트 광고, 스포트 광고)					
173	스핀 오프	spin off	파생작	주로 텔레비전 드라마나 영화, 만화 분야에서 사용하는 용어로 기존의 작품(본편 또는 원작)에서 파생된 작품.	영화/오락	2015.4.6.
174	시그니처 아이템/시그너처 아이템	signature item	대표 상품	각 회사의 상징적인 특징을 나타내는 대표적인 상품이나 제품을 이르는 말.	소비 문화	2015.4.6.
175	시스루	see-through	비침옷	속이 비치는 얇은 옷. '시스루패션', '시스루룩'(얇고 비치는 소재로 만드는 양장 스타일의 하나)과 같은 용어로 확장되어 쓰이기도 함.	의류/패션	2011.8.30.
176	시시티브이(CCTV)	CCTV, closed circuit TV	폐(쇄)회로 텔레비전(티브이)	특정 수신자를 대상으로 화상을 전송하는 텔레비전 방식으로, 보통 범죄 예방용이나 도로 교통 상황 관찰 등을 위해 쓰임. '폐쇄회로 티브이(TV)'라고도 부름. (2017년 국어 순화어 정비 결과, 2017년 4분기 말다듬기위원회에서'상황 관찰기'를 삭제하기로 결정함.)	정보 통신	2009.3.24. 2017.11.29.
177	시에스	C.S. Customer Satisfaction	고객 만족	기업 경영에서 고객의 만족감을 높여 제품이나 서비스를 찾도록 하는 것.	소비 문화	2016.5.10.
178	시즌 ~	season	~번째 이야기	내용상 계속 이어지는 방송 프로그램들의 순서를 가리켜 이를 때 쓰임. (예) 미국 드라마 '프리즌 브레이크 시즌 2'의 주인공 '마이클 스코필드'는 '석호필'이라는 별명도 얻었다.	드라마/영화	2006.11.21.
179	시즌오프	season off	계절마감, 계절할인	계절이 바뀌어 남은 물품을 정가보다 할인하여 판매하는 방식.	소비 문화	2013.9.3.
180	시티 뷰	city view	도시 전망	주로 도시가 보이는 숙박업소 객실의 전망.	여가	2017.9.20.
181	신스틸러	scene stealer	명품 조연	'장면을 훔치는 사람'이라는 뜻으로, 영화나 텔레비전 드라마 등에서 훌륭한 연기력이나 독특한 개성을 발휘해서 주연 이상으로 주목을 받는 조연.	방송/연예	2014.12.1.
182	실버시터	silver sitter	어르신	가족 대신 노인을 보살펴 주는 일을 하는 사람.	사회	2005.8.23.

번호	순화 및 표준화 대상어	어원	순화어 및 표준화 용어	의미 및 참고 사항	분야	순화어 발표일
			도우미, 경로도우미	또는 그런 직업. (2005. 8. 23. '경로도우미'로 순화했으나, 2013. 3. 8. 문화부 고시에서 '어르신도우미, 경로도우미'로 재순화함.)		2013.3.8.
183	싱어송 라이터	singer –songwriter	자작가수	자기가 직접 작사·작곡한 곡을 노래하는 가수.	방송/ 연예	2013.2.5.
184	싱크로율	synchro率	일치율	어떤 요소와 요소가 합쳐지면서 발생하는 것으로 '일치율', '완성도', '정확도' 등과 비슷한 의미로 쓰임. 영화 번역 시 자막과 배우의 목소리가 맞아떨어지는 정도, 영화의 한 장면을 패러디해 목소리를 따로 입힌 화면에서 목소리와 영상이 맞아떨어지는 정도, 립싱크(입술연기)에서 가수의 입술 움직임과 음성의 일치율 등을 가리킴.	음악/ 영화	2011.11.8.
185	싱크홀	sinkhole	함몰 구멍 /땅꺼짐	멀쩡하던 땅이 움푹 꺼져서 생긴 구멍 또는 그렇게 땅이 갑자기 꺼지는 현상.	도로 교통	2014.9.1.
186	쓰키다시	つきだし	곁들이찬	일식집에서 본 음식이 나오기 전에 밑반찬으로 딸려 나오는 여러 음식.	음식/ 식품	2013.5.2.
187	아우라	Aura	기품	일반적으로 사람이나 작품 따위에서 드러나는 고상한 품격을 가리킴. (2008. 2. 5. '기품'으로 순화했으며, 2013. 3. 8. 문화부 고시에서 '기품'으로 확정 발표함.)	사회/ 영화	2008.2.5. 2013.3.8.
188	아웃도어 룩	outdoor look	야외활동 차림	낚시나 등산, 캠핑 등 야외 활동이나 실외 스포츠를 위해 제작된 옷과 용품을 착용하는 패션 경향.	의류/ 패션	2014.6.30.
189	아웃도어 인스트럭터	outdoor instructor	야외활동 지도자	야외에서 스포츠와 여가 활동을 안전하게 즐기는 방법과 전문 기술을 지도하는 사람.	신생 직업	2013.10.7.
190	아이콘	icon	①상징, 상징물 ②그림 단추	①'어떠한 분야의 최고 또는 대표하는 것'을 이르는 말. (예) 미니드레스가 새로운 유행 아이콘으로 떠오르고 있다. ②'아이콘'이 컴퓨터 화면에 조그마한 그림을 만들어 표시한 것을 가리키는 경우에는 '쪽그림'으로 순화한 바 있음.("국어순화용어자료집–전산기용어(1997)") 2013. 3. 8. 문화부 고시에서 이러한 의미로는 '그림 단추'로 재순화함.	정보 통신/ 연예	2009.9.28. 2013.3.8.

번호	순화 및 표준화 대상어	어원	순화어 및 표준화 용어	의미 및 참고 사항	분야	순화어 발표일
				(2009. 9. 28. '상징(물)'로 순화했으나, 2013. 3. 8. 문화부 고시에서 '①상징, 상징물, ②그림 단추'로 재순화함.)		
191	아카이브	archive	①자료 보관소, 자료 저장소, 기록 보관 ②자료 전산화	소장품이나 자료 등을 디지털화하여 한데 모아서 관리할 뿐만 아니라 그것들을 손쉽게 검색할 수 있도록 하는 일. (2006. 7. 27. '자료전산화'로 순화했으나, 2013. 3. 8. 문화부 고시에서 '①자료 보관소, 자료 저장소, 기록 보관, ②자료 전산화'로 재순화함.)	정보 통신/ 문헌	2006.7.27. 2013.3.8.
192	아킬레스건	Achilles腱	치명적 약점	'어떠한 상대의 치명적인 약점'을 통틀어 이르는 말. (2010. 1. 19. '치명(적) 약점'으로 순화했으나, 2013. 3. 8. 문화부 고시에서 '치명적 약점'으로 재순화함.)	사회	2010.1.19. 2013.3.8.
193	아티젠	Artygen	감각세대	상품에 예술가의 작품이나 디자이너의 작품을 접목시킨 제품을 선호하는 소비 계층을 이르는 말.	사회	2008.5.13.
194	안티에이징	anti-aging	노화 방지	나이가 들어가는 것을 막는 것을 이르는 말.	건강/ 미용	2015.6.8.
195	어메니티	amenity	편의 물품	숙박 시설의 투숙객 또는 항공기의 이용객을 위하여 비치해 놓은 각종 물품.	여가/ 여행	2016.10.12.
196	어뷰징	abusing	조회 수 조작	포털 사이트 등에서 클릭 수를 조작하는 행위.	언론	2016.11.24.
197	언더독 (효과)	underdog (效果)	약자 (효과)	사람들이 약자라고 믿는 주체를 응원하게 되는 현상. 또는 약자로 연출된 주체에게 부여하는 심리적 애착.	사회	2018.4.17.
198	언더패스	underpass	아래차로	철도나 다른 도로의 아래를 지나는 도로를 가리켜 이르는 말.	교통	2008.5.6.
199	언론 플레이	言論play	여론몰이	주로 정치 또는 연예계에서, 자신의 목적을 위하여 언론을 이용하는 것을 뜻함. 자기에게 이롭게 여론 분위기를 이끌어 가는 일.	언론	2006.7.20.
200	얼리 어답터	early adopter	앞선사용자	제품이 출시될 때 남들보다 먼저 구입해 사용하	사회	2012.5.7.

번호	순화 및 표준화 대상어	어원	순화어 및 표준화 용어	의미 및 참고 사항	분야	순화어 발표일
				는 성향을 가진 소비자. (2012. 5. 7. '앞선사용자'로 순화했으며, 2014. 3. 12. 국어심의회 국어순화분과 심의에서도 '앞선사용자'로 심의 확정함.)		2014.3.12.
201	업사이클	upcycle	새활용	재활용품을 새롭게 디자인하여 가치가 높은 제품으로 재탄생시키는 행위.	사회	2012.9.5.
202	업사이클링	up-cycling	새활용	버려지는 제품에 새로운 가치를 창출하여 새로운 제품으로 재탄생시키는 것.	환경	2014.11.3.
203	에듀 테인먼트	edutainment	놀이학습	오락성을 겸비한 교육용 상품 또는 그러한 성격을 띤 학습 형태. '에듀테인먼트'는 교육적인 요소에 오락적인 요소를 가미한 것을 말하는 혼성어임. [교육(education) + 오락(entertainment)]	교육/정보 통신	2008.5.27.
204	에스오에스 (SOS)	SOS	조난 신호, 구조 요청	무선 전신을 이용한 조난 신호. 일반적으로는 급하게 구원이나 원조를 요청하는 행위나 말을 가리킴. (2006. 12. 12. '구원 요청'으로 순화했으나, 2013. 3. 8. 문화부 고시에서 '조난 신호, 구조 요청'으로 재순화함.)	사회/통신	2006.12.12. 2013.3.8.
205	에어와셔	air washer	공기 세척기	필터 역할을 하는 물이 실내 공기를 정화하는 기계.	물건	2016.6.24.
206	에어캡	air cap	뽁뽁이	완충 포장이나 단열 효과를 위해 사용하는 기포가 들어간 폴리에틸렌 필름을 이르는 말. 누르면 뽁뽁거리는 소리를 내기 때문에 '뽁뽁이'로 다듬음.	물건	2015.1.5.
207	에이치엠 아르	HMR: Home Meal Replacement	가정 간편식	짧은 시간에 간편하게 조리하여 먹을 수 있는 가정식 대체 식품.	식품	2018.4.17.
208	에이티브이	ATV (All Terrain Vehicle)	사륜 오토바이	지형을 가리지 않고 각종 험로 및 장애물 등을 주파하는 목적에 특화된 탈것을 가리키는 말.	장치/자동차	2015.9.7.
209	에코드라이브 {에코 드라이빙}	eco-drive, eco-driving	친환경운전	'친환경, 경제성, 안전을 고려한 운전 및 그러한 운전 방식'을 이르는 말.	환경	2011.3.29.

번호	순화 및 표준화 대상어	어원	순화어 및 표준화 용어	의미 및 참고 사항	분야	순화어 발표일
210	에코맘	EcoMom	환경친화 주부	환경 보호를 생활에서 실천하는 가정주부. 즉 가정에서 생태주의적인 삶을 추구하는 주부.	환경	2008.4.8.
211	에코백	eco-bag	친환경 가방	'에콜로지(ecology)'와 '백(bag)'이 합쳐진 말로, '환경을 생각하는 가방'이라는 뜻. 주로 '천'으로 만든 가방을 말함.	환경	2014.10.1.
212	엔딩 크레딧	ending credit	끝자막, 맺음자막	영화나 드라마 등의 끝부분에 제시되는 제작에 참여한 사람들을 소개하는 자막. (2008. 8. 19. '끝맺음자막'으로 순화했으나, 2013. 3. 8. 문화부 고시에서 '끝자막, 맺음자막'으로 재순화함.)	영화	2008.8.19. 2013.3.8.
213	엔지족(NG족)	NG族, No Graduation	늑장졸업족	충분히 졸업할 수 있는 여건이 되었음에도 취업, 진로 등의 문제로 졸업을 미루는 학생.	사회	2009.1.13.
214	영건	young gun	기대주	보통 20대 초반에서 20대 중반까지의 선수를 가리키는 말.	사회	2007.11.13.
215	예티족	Yettie族	자기가치 개발족	'젊고(Young)', '기업가답고(Entrepreneurial)' '기술에 바탕을 둔(Technic-based)', '인터넷 엘리트(Internet Elite)'를 의미하며, 정보 기술을 선도하는 디지털 시대의 새로운 인간군(人間群)을 이르는 말.	사회	2008.5.20.
216	오디오 가이드	audio guide	음성 안내(기)	유명 관광지를 관광할 때나 박물관이나 미술관에서 전시물을 관람할 때, 해당 지역이나 전시물에 대한 정보를 들을 수 있는 기기 또는 그러한 정보를 제공하는 서비스.	정보/문화	2015.6.8.
217	오디오북	audiobook	소리책	테이프·시디·엠피3 재생기 등을 통해 귀로 듣는 책. (2013. 4. 2. '듣는책'으로 순화했으나 2014. 3. 12. 국어심의회 국어순화분과 심의에서 '소리책'으로 재순화함.)	도서/독서	2013.4.2. 2014.3.12.
218	오버페이스(하다)	over pace	무리(하다)	운동 경기나 어떤 일을 할 때에 자기 능력이나 분수 이상으로 무리하게 하는 것.	체육/사회	2011.5.24.
219	오션 뷰	ocean view	바다 전망	주로 바다가 보이는 숙박업소 객실의 전망.	여가	2017.9.20.
220	오일볼	oil ball	기름뭉치	바다 위에 유출된 원유나 폐유가 표류하다가 표면이 굳어져 덩어리 모양으로 엉겨 붙은 것.	환경	2008.1.8. 2013.3.8.

번호	순화 및 표준화 대상어	어원	순화어 및 표준화 용어	의미 및 참고 사항	분야	순화어 발표일
				(2008. 1. 8. '기름뭉치'로 순화했으며, 2013. 3. 8. 문화부 고시에서 '기름뭉치'로 확정 발표함.)		
221	오티피	O.T.P.: One Time Password	일회용 비밀번호	무작위로 생성되는 난수(亂數. 특정한 배열 순서나 규칙을 가지지 않는, 연속적인 임의의 수)로 구성된 일회용 비밀번호 또는 그런 일회용 비밀번호를 이용하는 인증 방식을 이르는 말.	정보/통신	2015.1.5.
222	오프라인	off-line	현실공간	'인터넷과 같은 가상공간이 아닌 실재하는 공간, 또는 사람들이 실제로 경험하는 현실의 세계'를 가리키는 말.	정보 통신	2005.5.24.
223	오픈 소스	open source	공개 소스	소스 프로그램이 공개되어 자유롭게 수정하고 재배포할 수 있는 프로그램.	정보 통신	2017.7.24.
224	오픈 키친	open kitchen	개방형 주방	손님이 볼 수 있게 배치한 레스토랑의 개방형 조리장. 또는 (레스토랑이 아닌 일반 가정의 경우) 주방과 거실의 구별을 두지 않고, 방 중앙에 조리 시설을 두는 방식.	사회	2014.12.1.
225	오픈 프라이머리	open primary	국민 경선(제)	투표자가 자기의 소속 정당을 밝히지 않고 투표할 수 있는 예비 선거.	정치	2017.7.24.
226	오픈 마켓	open market	열린장터	인터넷에서 판매자와 구매자를 직접 연결하여 자유롭게 물건을 사고 팔 수 있는 곳.	사회	2010.9.15.
227	오픈 프라이스제	open price 制	열린가격제	제조 업체가 결정하는 권장 소비자 가격 표시를 금지하고, 판매업자가 자율적으로 판매 가격을 결정해 표시하는 제도.	사회	2011.9.14.
228	올인	all in	①다걸기 ②집중	'도박 따위에서 자기가 가지고 있는 판돈을 모두 거는 행위' 또는 '선거나 정책 따위에서 앞뒤 가리지 않고 자기 조직의 모든 힘을 쏟아 붓는 것'. (2004. 8. 17. '다걸기'로 순화했으나, 2013. 3. 8. 문화부 고시에서 '①다걸기, ②집중'으로 재순화함.)	도박/사회	2004.8.17. 2013.3.8.
229	올킬	all kill	싹쓸이	연예, 게임, 스포츠 등에서 '석권(席卷, 席捲)', '전승(全勝)' 등을 이르는 말.	연예/체육/게임	2011.5.10.
230	옴부즈맨	ombudsman	민원도우미	'옴부즈맨'은 본래 '대리자', '대리인'이라는 뜻의 스웨덴어에서 온 말임. 요즘에는 정부, 공공기관	사회/언론	2005.5.31.

번호	순화 및 표준화 대상어	어원	순화어 및 표준화 용어	의미 및 참고 사항	분야	순화어 발표일
				등에 대하여 일반 국민이 갖는 불평이나 불만을 처리하는 사람이란 뜻으로 흔히 쓰임. ※ '옴부즈맨 제도'는 다양한 의미로 쓰이고 있어서 '국민 감사단{고충 처리} 제도', '시민{독자/시청자/청취자} 의견 청취 제도' 등과 같이 상황에 맞는 말을 선택하여 쓰는 것이 필요함.		
231	왜건	wagon	유아 수레	유아들을 태울 수 있는 바퀴가 네 개 달린 직육면체의 수레.	기구/육아	2015.11.10.
232	워킹맘	working mom	직장인엄마	'아이를 낳아 기르면서 일을 하는 여성'을 통틀어 이르는 말.	사회	2010.2.16.
233	워킹푸어	working poor	근로빈곤층	일자리가 있는데도 경제적인 어려움을 겪고 있는 사람.	사회	2013.1.7.
234	워킹 홀리데이	working holiday	관광취업	국가 간 비자 협정을 통해 상대국 청소년(통상 만 18~30세)들이 자유롭게 취업하며 관광이나 연수를 할 수 있도록 허가하는 제도.	사회/관광	2011.2.15.
235	워터마크	watermark	식별무늬	소유자의 저작권과 소유권을 나타내기 위해 저작물·지폐나 디지털 콘텐츠에 삽입하는 특수한 표시.	정보/통신	2013.11.4.
236	워터파크	water park	물놀이공원	물놀이 따위를 위하여 마련한 공공시설.	여가	2007.7.31.
237	원 스트라이크 아웃(제)	one strike out	즉시퇴출(제)	공무원의 비리가 드러날 때 공무원 직위를 바로 해제하거나 퇴출시키는 제도. 또는 기업, 영업소 등의 특정 불법 행위가 적발될 경우에 허가를 취소하는 제도.	사회	2015.5.4.
238	원 포인트 레슨	one point lesson	요점 교습	스포츠나 기술 등을 지도자가 처음부터 끝까지 가르쳐 주는 것이 아니라 학습자의 잘못 형성된 습관, 놓치고 있는 부분을 지적하여 고칠 수 있도록 지도하는 방식의 교습.	교육	2015.6.8.
239	원 플러스 원	one plus one	(하나에) 하나 더	마트나 상점에서 하나의 물건을 사면 동일한 물건을 하나 더 덤으로 주는 판매 방식.	소비문화	2013.9.3.
240	원데이 클래스	one day class	일일 강좌	새로운 분야에 대한 지식이나 기술을 배우되 쉽고 간단하게 접하고 싶은 사람들을 위하여 하루 동안 단발적으로 이루어지는 강좌.	교육	2014.8.1.

번호	순화 및 표준화 대상어	어원	순화어 및 표준화 용어	의미 및 참고 사항	분야	순화어 발표일
241	웨딩 플래너	wedding planner	결혼설계사	결혼을 뜻하는 말인 '웨딩'(wedding)과 계획해 주는 사람을 뜻하는 말인 '플래너'(planner)가 합하여 만들어진 말. 결혼 예정자를 대상으로 결혼에 관한 모든 것을 준비하고 신랑 신부의 일정 관리와 각종 절차·예산 등을 기획하고 대행해 주는 일을 하는 사람. (2008. 12. 9. '결혼도우미'로 순화했으나, 2013. 3. 8. 문화부 고시에서 '결혼설계사'로 재순화함.)	사회/ 직업	2008.12.9. 2013.3.8.
242	웰빙	well-being	참살이	몸과 마음의 안녕과 행복 또는 그것을 추구하는 일을 가리킴. 웰빙(참살이)을 추구하는 사람들은 대개 육류 대신 생선과 유기 농산물을 즐기고, 단전 호흡이나 요가 등의 마음을 안정시킬 수 있는 운동을 하며, 외식을 삼가고 가정에서 만든 음식을 즐겨 먹고, 여행·등산 등의 취미 생활을 즐기는 경향을 보임.	건강	2004.7.20.
243	웹서핑	web surfing	누리 검색, 웹 검색, 인터넷 검색	흥밋거리를 찾아 인터넷에 개설된 여러 사이트에 이리저리 접속하는 일을 가리켜 이르는 말. (2007. 3. 27. '누리검색'으로 순화했으나, 2013. 3. 8. 문화부 고시에서 '누리 검색, 웹 검색, 인터넷 검색'으로 재순화함.)	정보 통신	2007.3.27. 2013.3.8.
244	웹진	← web + manazine	누리잡지	'월드 와이드 웹(world wide web)'과 '잡지(magazine)'의 합성어로서 '종이 책으로 출판하지 아니하고 인터넷상으로만 발간하는 잡지'를 뜻함.	정보 통신	2012.12.5.
245	유비 쿼터스	Ubiquitous	두루누리, 유비쿼터스	'어디서나 어떤 기기로든 자유롭게 통신망에 접속하여 갖은 자료들을 주고받을 수 있는 (환경)'을 가리키는 말(단독형으로도 쓰이고 "유비쿼터스 공공 서비스, 유비쿼터스 도시, 유비쿼터스 행정" 등과 같이 수식어구로도 쓰임). '두루누리'는 '온 세상을 모두 연결해 주는 (것)'의 뜻으로 만들어 낸 말임. '빠짐없이 골고루'를 뜻하는 '두루'와 '세상'을 뜻하는 순우리말 '누리'를 결합한 말임. 여기에서 '누리'는 '누리꾼(←네티즌)'의 '누리'와 같음. (2004. 10. 19. '두루누리'로 순화했으나, 2014. 3.	정보 통신	2004.10.19. 2014.3.12.

번호	순화 및 표준화 대상어	어원	순화어 및 표준화 용어	의미 및 참고 사항	분야	순화어 발표일
				12. 국어심의회 국어순화분과 심의에서 '두루누리, 유비쿼터스'로 재순화함.)		
246	유시시 (UCC)	UCC←User Created Contents	손수제작물, 손수저작물	정보나 볼거리의 이용자 또는 소비자인 시청자나 누리꾼이 직접 생산·제작하는 콘텐츠를 가리켜 이르는 말. (2006. 8. 10. '손수제작물'로 순화했으나, 2013. 3. 8. 문화부 고시에서 '손수제작물, 손수저작물'로 재순화함.)	정보 통신	2006.8.10. 2013.3.8.
247	이모티콘	emoticon	그림말	컴퓨터 자판의 각종 기호와 글자를 조합해서 감정, 모양, 소리 따위를 그림처럼 나타내는 것. (2004. 8. 10. '그림말'로 순화했으며, 2013. 3. 8. 문화부 고시에서 '그림말'로 확정 발표함.)	정보 통신	2004.8.10. 2013.3.8.
248	이북	e-book: electronic book	전자책	컴퓨터, 이동용 기기 등의 화면에서 종이 대신 디지털 파일로 글을 읽을 수 있게 만든 전자 매체형 책.	도서	2017.4.24.
249	인저리타임	injury time	추가시간	축구 경기에서 전·후반 각 45분의 정규 시간 이후 주심이 재량에 따라 추가로 허용하는 시간.	체육/ 축구	2011.11.22.
250	인포그래픽	infographics	정보 그림	인포메이션 그래픽(Information graphics) 또는 뉴스 그래픽(News graphics)이라고도 하며, 정보, 자료 또는 지식을 시각적으로 표현한 것.	정보 통신	2015.4.6.
251	인플루언서	influencer	영향력자	사회 관계망 서비스(SNS)상에서 수십만 명의 딸림벗(팔로어)을 보유하고 있으며, 유행을 선도하는 사람들.	문화	2018.7.16.
252	잇 아이템	it item	매력상품	누구나 갖고 싶어하는 상품 혹은 각광받는 물건으로 유행을 선도하는 소비재.	소비 문화	2013.9 3.
253	정크푸드	junk food	부실음식 (식품)	열량은 높지만 영양가는 낮은 즉석식(패스트푸드)과 즉석식품(인스턴트식품)을 통틀어 이르는 말.	음식	2009.10.27.
254	제로 베이스	zero base	백지상태, 원점	무엇인가 해당되는 것이 전혀 존재하지 않는 상태, 또는 그런 상태를 가정하는 것. 흔히 예산 따위를 백지 상태로 되돌려 결정하거나 문제 따위를 출발점으로 되돌아가 검토할 때에 "제로베이스에서 결정{검토}한다."라고 표현함. (2008. 4. 15. '백지상태'로 순화했으나, 2013. 3.	사회	2008.4.15. 2013.3.8.

번호	순화 및 표준화 대상어	어원	순화어 및 표준화 용어	의미 및 참고 사항	분야	순화어 발표일
				8. 문화부 고시에서 '백지상태, 원점'으로 재순화함.)		
255	제로에너지하우스	zero energy house	에너지자급 주택	주택의 연간 에너지 사용 및 그에 따른 탄소 배출 효과가 0이 되는 에너지 자립형 주택.	환경/에너지	2013.8.5.
256	젠트리피케이션	gentrification	둥지 내몰림	구도심이 번성해 중산층 이상의 사람들이 몰리면서 임대료가 오르고 원주민이 내몰리는 현상.	사회	2016.5.10.
257	지리	ちり	맑은탕	생선과 채소, 두부 따위를 넣어 맑게 끓인 국.	음식/식품	2013.5.2.
258	체리피커	cherry picker	금융얌체족	주로 신용 카드 회사나 은행 등에서 제공하는 특별한 혜택만 누리고는 정작 신용 카드는 사용하지 않거나 금융 상품에는 가입하지 않는 사람을 가리켜 이르는 말.	정보 통신	2006.8.17.
259	치킨게임	chicken game	끝장승부	어떠한 문제를 둘러싸고 대립하는 상황에서 서로가 양보 없이 극한까지 몰고 가는 상황.	사회/정치	2011.4.12.
260	카메오	cameo	깜짝 출연(자)	유명인이 극중 예기치 않은 순간에 등장하여 아주 짧은 시간 동안 특별히 출연하는 것 또는 그렇게 출연하는 사람.	방송/연예	2013.2.5.
261	카시트	car seat	(아이) 안전의자	아이들의 안전을 위해 차량 좌석에 설치하여 사용하는, 아이들 체형에 맞는 의자. ※ 베이비시트(baby seat): 유아용 의자.	장치/자동차	2010.3.30.
262	캐노피	canopy	덮지붕	벽체 없이 천, 섬유, 플라스틱 등으로 만들어진 지붕.	시설/사회	2014.9.1
263	캐릭터	character	인물, 등장인물, 특징물	소설, 만화, 극 따위에 등장하는 독특한 인물이나 동물의 모습을 디자인한 물건이나 상품. 2007년 말터에서 발표한 순화어 '특징물'만으로는 의미 전달력이 부족하지만, 2002년 "국어순화자료집"에서 발표한 순화어 '등장인물, 인물'과 함께라면 상호 보완적으로 사용될 수 있다고 판단되어 유지하기로 함. (포괄적 의미로는 '등장인물', '사람'만을 가리킬 때에는 '인물', '의인화한 동물, 식물, 신화적 존재, 생명이 없는 대상 등'을 가리킬 때에는 '특징물'이라는 순화어를 골라 쓸 수 있음.)	소설/연극/영화/만화	2007.5.15.

번호	순화 및 표준화 대상어	어원	순화어 및 표준화 용어	의미 및 참고 사항	분야	순화어 발표일
264	캐포츠	caports	활동복	'캐포츠'는 '캐주얼웨어'와 '스포츠'의 혼성어. 운동하기에 편하면서도 평상시 격식에 매이지 아니하고 가볍게 입을 수 있는 복장. 운동복풍의 일상복.	오락	2005.12.14.
265	캘리그래피	calligraphy	멋글씨, 멋글씨 예술	'아름다움'을 뜻하는 그리스어 '칼로스(κάλλος, kállos)'와 '글쓰기'를 뜻하는 그리스어 '그라페(γραφή, graphē)'에서 비롯된 합성어로서, 아름다운 서체를 고안하여 글씨를 쓰는 예술을 뜻함.	예술	2012.7.31.
266	캠프 파이어	campfire	모닥불놀이	야영지에서 피우는 모닥불, 또는 그것을 둘러싸고 하는 간담회나 놀이. (2009. 12. 22. '모닥불놀이'로 순화했으며, 2013. 3. 8. 문화부 고시에서 '모닥불놀이'로 확정 발표함.)	여가	2009.12.22. 2013.3.8.
267	캡처	capture	(장면) 갈무리	방송 장면이나 비디오 이미지를 손쉽게 편집하여 사용할 수 있도록 디지털 영상 데이터로 따로 담아내는 일.	정보 통신	2006.3.22.
268	커플룩	couple look	짝꿍차림	옷, 장신구, 신발 등을 남들이 보기에 짝(커플)으로 비춰질 수 있도록 상대방과 똑같이 맞춰 입거나 갖추는 것. (2009. 11. 10. '짝꿍차림'으로 순화했으며, 2013. 3. 8. 문화부 고시에서 '짝꿍차림'으로 확정 발표함.)	사회/ 패션	2009.11.10. 2013.3.8.
269	컨벤션 효과	convention 效果	행사 효과	정치 행사(이벤트) 직후의 지지율 상승 현상.	사회	2017.11.29.
270	컨트롤타워	control tower	통제탑, 지휘 본부	'중심적인 역할을 하는 사람이나 조직·기구'의 뜻으로 쓰임. '가온머리'의 '가온'은 '가온음[中音]', '가온북[中鼓]'처럼 일부 말 앞에 붙어 '가운데'의 뜻을 나타내는 순우리말임. (2017년 국어 순화어 정비 결과, 2017년 4분기 말다듬기위원회에서'가온머리'를 삭제하고 '통제탑' 유지, '지휘 본부'를 추가하기로 결정함.)	사회/ 정치	2005.6.28. 2017.11.29.
271	컬러푸드	color food	색깔먹거리, 색깔식품	조화로운 식생활과 건강한 삶을 유지하는 데 큰 도움을 주는 여러 가지 색을 지닌 식품을 가리킴.	음식/ 식품	2014.3.31

번호	순화 및 표준화 대상어	어원	순화어 및 표준화 용어	의미 및 참고 사항	분야	순화어 발표일
272	컬트	cult	소수취향	'소수의 조직화된 신앙 집단'이라는 뜻을 가지며 '(다수의 사람들이 보기엔 낯설고, 괴이쩍은 면이 있지만) 소수의 사람들이 열성적으로 찬사를 보내거나 좋아하는, 독특한 문화'를 가리킴.	문화	2005.11.22.
273	컴필레이션	compilation	선집	여러 책이나 영화, 음반에서 내용을 딴 모음을 가리키는 말.	영화/ 음악	2015.12.8.
274	케이터링	catering	맞춤밥상, 출장밥상	계약에 맞추어 음식을 대신 차려 주는 일 또는 그런 식사. 건설교통부 정책용어(2009. 10.) – 출장밥상 (→ 될 수 있으면 순화한 용어를 쓸 것)	음식/ 여가	2007.1.16.
275	코드	code	①부호 ②성향	①정보를 나타내기 위한 기호 체계. '부호'로 순화함.(예: 데이터 코드, 기능 코드, 오류 검사 코드 등) ②생각의 경향이나 성향. '성향'으로 순화함.(예: 코드가 같다, 코드가 다르다, 코드 인사 등) (2006. 9. 26. '성향'으로 순화했으나, 2013. 3. 8. 문화부 고시에서 '①부호, ②성향'으로 재순화함.)	사회/ 정치	2006.9.26. 2013.3.8.
276	코르사주	corsage	맵시꽃	장신구의 하나. 여성들의 옷깃, 가슴, 허리 등에 다는 꽃묶음. (2010. 6. 22. '맵시꽃'으로 순화했으며, 2013. 3. 8. 문화부 고시에서 '맵시꽃'으로 확정 발표함.)	의류/ 패션/ 장식	2010.6.22. 2013.3.8.
277	코스프레 {코스튬 플레이}	コスプレ, costume play	분장놀이	만화, 영화, 게임 등에 나오는 주인공과 똑같이 분장하여 따라 하는 것.	사회/ 패션	2011.8.2.
278	코칭스태프	coaching staff	코치진	운동 경기에서 선수들을 지도하는 사람들로 이루어진 집단.	체육	2014.6.27.
279	콘시어지	concierge	총괄 안내(인)	호텔에서 호텔 안내는 물론, 여행과 쇼핑까지 투숙객의 다양한 요구를 들어주는 서비스.	사회	2017.4.24.
280	콜백 서비스	call back service	(전화) 회신서비스	고객이 전화번호를 남기면 담당자가 고객에게 직접 연락해주는 서비스.	사회/ 통신	2014.6.30.
281	쿡톱	cook top	가열대	음식을 데우거나 끓이는 기구.	물건	2016.6.24.

번호	순화 및 표준화 대상어	어원	순화어 및 표준화 용어	의미 및 참고 사항	분야	순화어 발표일
282	퀄리티 스타트	quality start	선발쾌투	프로 야구에서 '선발 투수가 6회 이상 공을 던지면서 자책점을 3점 이하로 막아 내는 일 또는 그런 경기'	체육/야구	2005.7.12.
283	큐레이션 서비스	curation service	(정보) 추천 서비스	개인의 취향을 분석해 적절한 콘텐츠를 추천해 주는 서비스.	정보 통신	2015.4.6.
284	큐아르코드 (QR코드)	QR Code, Quick Response Code	정보무늬	격자 무늬 그림으로, 많은 정보를 나타내는 네모 모양의 바코드.	정보 통신	2011.3.1.
285	크라우드 펀딩	crowd funding	대중투자	소셜미디어나 인터넷 등의 매체를 활용해 자금을 모으는 투자 방식.	창업/금융	2013.7.1.
286	크래프트 맥주	craft 麥酒	수제맥주	대기업이 아닌 개인이나 소규모 양조장이 자체 개발한 제조법에 따라 만든 맥주.	식품	2017.11.29.
287	크레이들	cradle	다목적꽂이	일반적으로 디지털 사진기나 엠피스리, 휴대 전화 따위를 꽂아 두기만 하면 손쉽게 충전, 전송도 더불어 할 수 있도록 해 놓은 것.	물건/기구	2007.10.30.
288	크로스핏	cross-fit	고강도 복합 운동	여러 종목을 섞어서 하는 운동의 한 종류로서 '크로스 트레이닝'과 '피트니스'를 결합한 말.	체육/여가	2014.9.1.
289	크리에이터	creator	광고창작자	새로운 광고를 처음으로 만들어 내는 사람.	사회/직업	2007.12.4.
290	클러스터	cluster	산학협력 지구	산업 기관과 연구 기관이 서로 돕기 위하여 한데 모여 있는 지역. 기업, 대학, 연구소 등이 한군데 모여서 서로 간에 긴밀한 연결망을 구축하여 사업 전개, 기술 개발, 부품 조달, 인력과 정보의 교류 등에서 상승효과를 이끌어 낼 수 있도록 한 곳.	사회/산업	2006.3.15.
291	클리어런스 세일	clearance sale	재고 할인 (판매)	재고 정리를 위한 판매를 뜻하는 것.	경제	2017.4.24.
292	클린센터	clean center	청백리마당	공직·공무와 관련하여 금품을 받았을 때 공무원이 직접 그 사실을 신고할 수 있는 곳으로 중앙 정부나 지방 자치 단체, 공공기관 등의 내부 조직.	사회/행정	2004.11.30.

번호	순화 및 표준화 대상어	어원	순화어 및 표준화 용어	의미 및 참고 사항	분야	순화어 발표일
293	키맨	key man	중추인물	어떤 단체나 조직에서 주(主)가 되는 인물, 즉 핵심 인물, 중요 인물, 중심인물.	사회	2006.7.12.
294	키즈존	Kids zone	어린이 공간	백화점이나 식당 등 서비스 업계에서 부모와 함께 방문하는 어린이를 위해 준비한 공간.	여가	2016.10.12.
295	타운홀 미팅	town hall meeting	주민회의	지역 사회의 모든 주민들이 초대되어 관련된 공직자 또는 선거 입후보자들의 설명을 듣고, 중요한 정책이나 화제가 되는 사안에 대해 자신들의 견해를 밝히는 회의. (2017년 국어 순화어 정비 결과, 2017년 4분기 말다듬기위원회에서'주민회의'로 재순화하기로 결정함.)	사회/ 정치	2015.7.6. 2017.11.29.
296	타임서비스	time service	반짝할인	정해진 시간에 한하여 값을 많이 깎아 주거나 덤을 많이 얹어 주는 판매 활동.	사회/ 경제	2006.4.5.
297	타임캡슐	time capsule	기억상자	먼 훗날 다시 개봉해 보려고, 땅속에 추억이 될 물건을 넣어 파묻는 상자. (2007. 5. 22. '기억상자'로 순화했으며, 2013. 3. 8. 문화부 고시에서 '기억상자'로 확정 발표함.)	사회	2007.5.22. 2013.3.8.
298	타투이스트	tattooist	문신사	신체에 문신을 새기는 일을 전문적으로 하는 사람.	신생 직업	2013.10.7.
299	텀블러	tumbler	통컵	음료수를 마시는 데 쓰는, 밑이 편평한 컵.	환경	2014.10.1.
300	테스터	tester	체험평가자	출시하기 전 혹은 출시 후 소비자들의 반응을 미리 확인해 보거나 제품의 상태를 확인하기 위해 미리 사용해 보는 사람. (2010. 6. 8. '체험평가자'로 순화했으며, 2013. 3. 8. 문화부 고시에서 '체험평가자'로 확정 발표함.)	정보 통신	2010.6.8. 2013.3.8.
301	테스트 이벤트	test event	시험 경기, 시험 행사	올림픽과 스포츠 분야에서 쓰이는 '시험 경기'는 '선수단(임원진, 관련 단체나 업체 등)이 올림픽 및 패럴림픽 대회가 열리는 지역 및 경기장에서 대회를 미리 경험할 수 있도록 한 행사'를 가리키는 말. '시험 행사'는 그 외 모든 분야에서 쓸 수 있도록 선정함.	체육	2017.9.20.
302	테스트베드	test bed	가늠터, 시험장, 시험(무)대	어떤 것을 세상에 내놓기 전에 그것이 성공할 수 있을 것인지를 미리 알아보기 위해 시험적으로 적용해 보는 소규모 집단・지역・영역.	정보 통신/ 사회	2008.3.25. 2017.11.29.

번호	순화 및 표준화 대상어	어원	순화어 및 표준화 용어	의미 및 참고 사항	분야	순화어 발표일
				(2017년 국어 순화어 정비 결과, 2017년 4분기 말다듬기위원회에서'가늠터' 외에 '시험장', '시험(무)대'를 추가하기로 결정하였음.)		
303	테이크아웃	take out	포장구매, 포장판매	음식점이나 찻집 따위에서 음식물을 사서 밖으로 가져가는 것.	사회	2012.10.5.
304	테트라포드	tetrapod	네발 방파석	중심에서 사방으로 발이 나와 있는 콘크리트 구조물로 주로 파도나 해일에 의한 피해를 막기 위해 항구의 방파제 좌우 바닷속에 설치함.	환경/시설	2015.12.8.
305	투잡	two job	겹벌이	한 사람이 두 가지 직업을 갖는 일.	사회	2005.4.12.
306	트라우마	trauma	사고후유(정신)장애	과거 충격적인 사건의 경험이 현재까지 정신적 고통과 상처로 남아 스트레스가 지속되는 것.	사회	2011.9.27.
307	트렌드 세터	trend setter	유행 선도자	유행을 선도하는 사람이라는 뜻으로, 의식주와 관련한 각종 유행을 창조하고, 대중화하는 사람이나 기업.	사회/문화	2014.11.3.
308	트리트먼트	treatment	머릿결 영양제	'머리털과 두피에 영양과 수분을 공급해 주는 데 쓰는 물질'을 뜻함.	건강	2006.1.25.
309	티처보이	teacher boy	교사의존 학생	과외나 학원 등 사교육에 지나치게 의존하여 혼자서는 공부를 하지 못하는 사람들을 가리켜 이르는 말.	사회	2008.10.14.
310	티핑 포인트	tipping point	급변점	'갑자기 뒤집히는 점'이라는 뜻. 작은 변화들이 기간을 두고 쌓여, 작은 변화가 하나만 더 일어나도 갑자기 큰 영향을 초래할 수 있는 상태가 된 단계 또는 순간.	사회	2015.6.8.
311	팀닥터	team doctor	(팀) 전담의사, (팀) 전속의사, 팀주치의	운동 경기에서 한 팀 선수들의 건강을 책임지는 의사.	체육	2014.6.27.
312	팁	tip	①도움말 ②봉사료	어떤 과제나 문제를 해결하거나 풀 수 있도록 거들거나 깨우쳐 주어서 도와주는 일 또는 그런 말. (2007. 3. 13. '도움말'로 순화했으나, 2013. 3. 8. 문화부 고시에서 '①도움말, ②봉사료'로 재순화	정보통신/사회	2007.3.13. 2013.3.8.

번호	순화 및 표준화 대상어	어원	순화어 및 표준화 용어	의미 및 참고 사항	분야	순화어 발표일
				함.)		
313	파노라마 선루프	panorama sunroof	전면 지붕창	차량 지붕의 일부가 아니라 전체를 강화 유리 등으로 덮은 지붕창(선루프)을 이르는 말.	장치/자동차	2015.1.5.
314	파밍	pharming	사이트금융 사기	해커가 도메인 자체를 중간에서 탈취, 진짜 사이트 주소를 입력해도 가짜 사이트로 연결되도록 유도하여 개인정보를 훔치는 사기 수법.	정보/통신	2013.11.4.
315	파이팅	fighting	아자	응원하거나 격려하는 말로 쓰임.	체육	2004.8.31.
316	파일럿 프로그램	pilot program	맛보기 프로그램, 시험 프로그램	시청자가 본 방송에 앞서 미리 볼 수 있도록 내보내는 방송 프로그램. (2005. 10. 25. '맛보기 프로그램'으로 순화했으나, 2013. 3. 8. 문화부 고시에서 '맛보기 프로그램, 시험 프로그램'으로 재순화함.)	정보 통신	2005.10.25. 2013.3.8.
317	파트너사	partner社	협력사	어떤 일에 협업하고 함께 참여하는 회사.	사회	2017.9.20.
318	파트너십	partnership	동반관계	함께 짝을 지어 일이나 행동을 하는 관계.	사회	2006.2.8.
319	팔로어	follower	딸림벗	트위터에서 나를 따르는 사람(자신의 소식을 받는 사람).	정보 통신	2012.2.6.
320	팔로잉	following	따름벗	트위터에서 내가 따르는 사람(자신이 소식을 받는 어떤 사람).	정보 통신	2012.2.6.
321	팝업 스토어	pop-up store	반짝매장	짧은 기간만 운영하고 없어지는 상점으로, 팝업창과 비슷하다 하여 '팝업'이라는 이름이 붙은 매장.	사회/경제	2014.3.3
322	팝업창	pop-up 窓	알림창	특정 웹사이트에서 어떠한 내용을 표시하기 위해 갑자기 생성되는 새 창. (2009. 9. 15. '알림창'으로 순화했으며, 2013. 3. 8. 문화부 고시에서 '알림창'으로 확정 발표함.)	정보 통신	2009.9.15. 2013.3.8.
323	패셔니스타	fashionista	맵시꾼	맵시 있거나 맵시를 잘 부리는 사람. (2007. 7. 3. '맵시꾼'으로 순화했으며, 2013. 3. 8. 문화부 고시에서 '맵시꾼'으로 확정 발표함.)	패션	2007.7.3. 2013.3.8.
324	패시브 하우스	passive house	초단열주택	첨단 단열공법을 이용하여 에너지의 낭비를 최소화한 건축물.	환경/에너지	2013.8.5.
325	패키지	package 商品	①꾸러미	여러 연관성 있는 상품들을 한 묶음으로 꾸려 놓	정보	2009.2.24.

번호	순화 및 표준화 대상어	어원	순화어 및 표준화 용어	의미 및 참고 사항	분야	순화어 발표일
	상품		상품 ②기획 상품	은 상품을 가리켜 이르는 말. (2005. 10. 25. '꾸러미 상품'으로 순화했으나, 2013. 3. 8. 문화부 고시에서 '①꾸러미 상품, ②기획 상품'으로 재순화함.)	통신/관광	2013.3.8.
326	팩션	faction	각색실화	역사적 사실이나 실존 인물의 이야기에 작가의 상상력을 보태어 새로운 이야기를 풀어 나가는 문화 예술의 갈래.	문학/방송	2006.3.1.
327	퍼블리시티권	publicity權	초상사용권	재산적 가치가 있는 유명인의 성명이나 초상(肖像)을 상업적으로 이용할 수 있는 권리.	사회	2006.3.8.
328	펀칭/펀칭하다	punching	쳐내기/쳐내다	축구에서 골키퍼가 공을 주먹으로 쳐 내는 일.	체육	2014.6.27.
329	페이백	pay back	보상 환급	물건을 구매하거나 계약을 체결할 때, 지불한 금액에서 일정 금액을 되돌려 주는 것을 뜻하는 말.	사회/경제	2015.11.10.
330	펜트하우스	penthouse	하늘채	고층 건물 맨 위층에 자리한 고급 아파트나 값비싼 주거 공간.	건축	2006.10.17.
331	포메이션	formation	대형(갖추기), 진형(갖추기)	상대편의 공격과 방어 형태에 따른 팀의 편성 방법 또는 그렇게 팀을 편성하는 일.	체육	2014.6.27.
332	포스트잇	Post-it	붙임쪽지	한쪽 끝의 뒷면에 접착제가 붙어 있어 종이나 벽에 쉽게 붙였다 떼었다 할 수 있도록 만든 조그마한 종이쪽. (2004. 11. 16. '붙임쪽지'로 순화했으며, 2013. 3. 8. 문화부 고시에서 '붙임쪽지'로 확정 발표함.)	물건/학용품	2004.11.16. 2013.3.8.
333	포커페이스	poker face	무표정	'속마음을 나타내지 않고 무표정하게 있는 얼굴'을 이르는 말. ※ '무표정' 외에 '가면얼굴', '감춘낯', '시치미얼굴'도 순화어 후보로 제안된 바 있음.	사회	2011.6.21.
334	포트홀	pot hole	노면홈	아스팔트 포장의 표면 일부가 떨어져 나가 마치 그릇처럼 파인 홈	시설/안전	2014.5.7.
335	폴리페서	polifessor	정치철새 교수	적극적으로 정치에 뛰어들어 자신의 학문적 성취를 정책으로 연결하거나 그런 활동을 통해 정	사회/정치	2009.1.6.

번호	순화 및 표준화 대상어	어원	순화어 및 표준화 용어	의미 및 참고 사항	분야	순화어 발표일
				관계 고위직을 얻으려는 교수.		
336	푸드뱅크	food bank	먹거리 나눔터	가정과 단체 급식소에서 남은 음식이나 유통 기한이 임박해 판매하기 힘든 식품 등을 필요한 사람에게 전달하여 먹거리를 나누는 민간단체 또는 그러한 일을 담당하는 곳.	음식/식품	2014.3.31
337	풀빌라	pool villa	(전용) 수영장 빌라	수영장이 딸린 별장식 건물.	여가	2016.7.20.
338	풀세트	full set	다모음	관련 있는 물건을 하나로 묶어 놓은 것을 뜻함.	물건	2005.11.15.
339	풀옵션	full option	모두갖춤	승용차, 주택, 여행 상품, 장비 따위에 추가될 수 있는 장치를 모두 갖춘 것을 이르는 말.	물건	2011.7.19.
340	퓌레 (오표기: '퓨레')	purée	과립즙	과일을 삶거나 갈아서 가는 체로 걸러 걸쭉하게 만든 것.	식품/음료	2006.11.14.
341	프라브족	PRAV族, ←Proud Realisers of Added Value族	알뜰개성족	합리적인 소비와 자신만의 가치를 중시하는 성향을 보이는 실속파. 부가가치를 자랑스럽게 실현하는 사람들.	사회	2008.8.12.
342	프레스 콜	press call	언론 시연회	언론에 알린다는 뜻으로 뮤지컬이나 연극 등에서 정식 공연 전에 취재진 앞에서 주요 장면을 보여 주며 공연을 소개하고 출연 배우 인터뷰 등을 진행하는 것.	언론	2016.11.24.
343	프레젠테이션	presentation	시청각 설명회	시청각 자료를 활용하여 사업 계획이나 절차를 구체적으로 설명하는 일 또는 그런 자리.	사회/행정/교육	2007.7.24.
344	프로모션	promotion	판촉, 홍보	판매 등을 유도할 목적으로 잠재 고객에게 상품 정보를 제공하거나 설득하는 마케팅 노력.	사회/경제	2015.6.8.
345	프로슈머	prosumer	참여형 소비자	주로 정보 통신 분야에서 '생산 활동과 소비 활동을 같이하는 새로운 유형의 인간'을 가리킴. 궁극적으로 생산 활동에도 적극적으로 참여하는 유형의 소비자를 가리킴. (2006. 5. 17. '참여형 소비자'로 순화했으며, 2013. 3. 8. 문화부 고시에서 '참여형 소비자'로	사회/경제	2006.5.17. 2013.3.8.

번호	순화 및 표준화 대상어	어원	순화어 및 표준화 용어	의미 및 참고 사항	분야	순화어 발표일
				확정 발표함.)		
346	프로파일러/프로파일링	profiler/profiling	범죄분석가/범죄분석	일반적 수사 기법으로는 해결하기 힘든 연쇄 살인 사건 수사 등에 투입되어 용의자의 성격, 행동 유형 등을 분석하고, 도주 경로나 은신처 등을 추정하는 역할을 하는 사람(프로파일러)/ 그러한 수사 기법(프로파일링).	사회	2014.12.1.
347	프리퀄	prequel	전사편(前史篇)	원작의 전사(前史, 이전의 역사, 이전 이야기)를 다룬 작품으로, 넓게는 속편에 포함되는 작품.	영화/오락	2015.7.6.
348	프리터족	freeter族	자유벌이족	필요한 돈을 마련할 때까지만 일하고 쉽게 일자리를 떠나는 사람들.	사회	2008.6.17.
349	플라모델	plamodel	조립 모형, 조립 장난감	플라스틱 부품을 조립하여 만드는 모형 또는 그 세트. (2007. 9. 4. '조립모형'으로 순화했으나, 2013. 3. 8. 문화부 고시에서 '조립 모형, 조립장난감'으로 재순화함.)	장난감/물건	2007.9.4. 2013.3.8.
350	플래그십 스토어	flagship store	체험판매장	소비자가 제품을 직접 체험하게 할 수 있는 환경을 갖춘 판매장.	사회/경제	2005.9.13.
351	플레이팅	plating	담음새	음식을 내기 직전에 먹음직스럽게 보이도록 그릇이나 접시 위에 담고 장식을 더하는 것.	음식/식품	2016.5.10.
352	플리마켓	flea market	벼룩시장	안 쓰는 물건을 공원 등에 갖고 나와 매매나 교환 등을 하는 시장을 이르는 말.	사회	2014.10.1.
353	플리바기닝	plea bargaining	자백감형제, 자백감형제도	범죄 혐의가 있는 피의자가 자기가 저지른 죄를 스스로 인정하여 고백하는 대가로 검찰이 가볍게 구형하는 일이나 그런 제도. (2005. 2. 1. '자백감형제도'로 순화했으나, 2013. 3. 8. 문화부 고시에서 '자백감형제, 자백감형제도'로 재순화함.)	사회/제도	2005.2.1. 2013.3.8.
354	피겨/피규어	figure	정밀 모형	관절이 움직일 수 있도록 만들어 다양한 동작을 표현할 수 있는 인간·동물 형상의 모형 장난감.	장난감/물건	2015.12.8.
355	피싱	phishing	전자금융사기	불특정 다수에게 메일을 발송해 금융기관으로 위장한 가짜 사이트로 접속하게 하여 이용자들의 금융정보 등을 빼내는 사기 수법.	정보/통신	2013.11.4.

번호	순화 및 표준화 대상어	어원	순화어 및 표준화 용어	의미 및 참고 사항	분야	순화어 발표일
356	피엘상품 (PL상품)	PL 商品, Private Label 商品	자체 기획 상품	유통업체가 상품을 기획하고 개발하여 협력 제조업체에 생산을 위탁해 자체 개발한 상표를 붙여 판매하는 제품. (2010. 12. 21. '자체 기획 상품'으로 순화했으며, 2013. 3. 8. 문화부 고시에서 '자체 기획 상품'으로 확정 발표함.)	상품/ 경제	2010.12.21. 2013.3.8.
357	피오피	P.O.P.: Point Of Purchase Advertising	매장 광고	소비자가 상품을 구입하는 가게 앞쪽, 가게 내부 등에 직접 게시되는 광고.	광고	2017.4.24.
358	피투피	P2P: peer to peer	개인 간 (공유)	개인과 개인 간 또는 단말기와 단말기 간의 정보·데이터 교환을 뜻하는 말.	정보/ 통신	2015.10.5.
359	피티/ 퍼스널 트레이닝	P.T./ Personal Training	일대일 맞춤운동	운동 지도자가 강습생을 대상으로 1대 1로 운동 방법을 가르쳐 주고 건강 관리를 책임지는 프로그램.	체육/ 여가	2014.9.1.
360	핀테크	fintech	금융 기술 (서비스)	금융을 뜻하는 파이낸셜(financial)과 기술을 뜻하는 테크놀로지(technology)의 혼성어로 '정보 기술을 기반으로 한 금융 서비스'를 뜻하는 말.	정보 통신/ 금융	2015.9.7.
361	핑거푸드	finger food	맨손음식	포크나 젓가락과 같은 도구를 사용하지 않고 맨손으로 집어 먹는 음식을 가리키는 말.	음식/ 식품	2014.3.31
362	하드보일드	hard-boiled	냉혹기법	비참하고 끔찍한 현실을 인정이 없고 가혹하게 표현하는 기법.	문학	2007.4.10.
363	하우스 웨딩	house wedding	정원 결혼식	주로 정원이 있는 집, 레스토랑 등에서 소수의 선별된 하객만 초청하여 뜰잔치(가든파티)식으로 하는 결혼식.	사회/ 문화	2014.11.3.
364	하우스푸어	house poor	내집빈곤층	집을 보유하고 있지만 경제적인 어려움을 겪고 있는 사람.	사회	2013.1.7.
365	하이브리드	hybrid	혼합형, 하이브리드	서로 다른 두 가지가 섞여 있음. 또는 그런 물건. ≒혼성, 혼합, 결합. (2004. 12. 14. '어우름'으로 순화했으나 2014. 3. 12. 국어심의회 국어순화분과 심의에서 '혼합형, 하이브리드'로 재순화함.)	사회/ 자동차	2004.12.14. 2014.3.12.
366	하이브리드 카	hybrid car	복합동력차	두 가지 이상의 구동 장치를 동시에 탑재하여 저공해와 연비 향상의 장점이 있는 차.	장치/ 자동차	2014.6.2.

번호	순화 및 표준화 대상어	어원	순화어 및 표준화 용어	의미 및 참고 사항	분야	순화어 발표일
367	하이파이브	high five	손뼉맞장구	각각 한 손을 높게 들고 상대방과 손을 마주치는 행동을 이르는 말. (2010. 3. 2. '손뼉맞장구'로 순화했으며, 2013. 3. 8. 문화부 고시에서 '손뼉맞장구'로 확정 발표함.)	오락/ 사회	2010.3.2. 2013.3.8.
368	할리우드 액션	Hollywood action	눈속임짓	상대방이 반칙을 하지 않았음에도 일부러 넘어지거나 하는 모습을 보임으로써 심판의 눈을 속이는 행동.	체육	2010.5.11.
369	핫 플레이스	hot place	뜨는곳, 인기명소	사람들이 많이 모여 드는 인기가 많은 곳으로 주로 최근에 새롭게 주목 받기 시작한 장소나 유행하는 장소.	소비 문화	2013.9.3.
370	핫이슈	hot issue	주요쟁점	주된 논점이나 주된 관심사를 뜻함.	사회	2009.7.21.
371	해피엔딩	happy ending	행복결말	소설, 연극, 영화 따위에서 주인공이 행복하게 되면서 끝나는 일을 가리킴.	연극 영화/ 드라마	2007.11.27.
372	핸드 프린팅	hand printing	기념 손찍기	기념 행사의 하나로 동판 따위에 손을 찍는 일.	영화/ 연예/ 행사	2007.10.23.
373	햄스트링	hamstring	허벅지 뒷근육 (근육을 가리킬 때), 허벅지 뒤힘줄 (힘줄을 가리킬 때)	인체의 허벅지 뒤쪽(또는 넓적다리 뒤쪽) 부분의 근육과 힘줄.	체육	2014.10.1.
374	헝그리정신	hungry 精神	맨주먹정신	'끼니를 잇지 못할 만큼 어려운 상황에서도 꿋꿋한 의지로 역경을 헤쳐 나가는 정신'을 비유적으로 이르는 말.	사회	2005.04.5.
375	홀드	hold	중간구원	야구에서, 직접적으로 승리를 따내거나 승리를 지켜낸 것은 아니지만 중간 계투 요원으로서 마무리 투수에게 공을 넘겨줄 때까지 선발 투수의 뒤를 이어 공을 잘 던지는 일.	체육/ 야구	2006.10.10.
376	홈 퍼니싱	home furnishing	집 꾸미기	가구, 인테리어 소품, 생활용품 등(가전제품은 제외)을 활용해 집안을 꾸미는 것.	문화	2017.11.29.

번호	순화 및 표준화 대상어	어원	순화어 및 표준화 용어	의미 및 참고 사항	분야	순화어 발표일
377	화이트 해커	white hacker	착한 해커	순수한 학업·공부나 보안 점검 등의 목적으로 활동하는 해커 즉 다른 이에게 피해를 주는 해커(=크래커)에 상대되는 선의의 해커.	통신	2013.6.3.
378	후리카케	ふりかけ	맛가루	어분(魚粉)·김·깨·소금 등을 섞어서 만든 가루 모양의 식품.	음식/식품	2013.5.2.
379	후카시	ふかし [吹かし]	품재기	품재기: '품'(행동이나 말씨에서 드러나는 태도나 됨됨이)과 '재기'['재다'(잘난 척하며 으스대거나 뽐내다)의 명사형]의 합성어.	사회	2005.8.9.
380	후크송	Hook Song	맴돌이곡	한 노래에 같은 가사를 여러 번 반복적으로 사용하여 만든 노래.	음악	2009.3.3.
381	휘핑	whipping	거품크림	커피 전문점에서, 커피 위에 올려놓는 크림.	음식/음료	2006.8.3.
382	휴머노이드	humanoid	인간형 로봇	외관이나 행위가 사람과 비슷한 로봇을 가리키는 말.	기술 과학/산업	2015.10.5.
383	휴테크	休tech	여가 활용 기술, 여가 활용 방법	휴식과 여가 시간을 활용하여 창의력을 키우고 자기 계발을 함으로써 경쟁력을 키우기 위해 하는 일. (2008. 9. 30. '여가 활용 기술'로 순화했으나, 2013. 3. 8. 문화부 고시에서 '여가 활용 기술, 여가 활용 방법'으로 재순화함.)	여가	2008.9.30. 2013.3.8.
384	히키코모리	引き籠もり	폐쇄은둔족	사회생활에 적응하지 못하고 집안에만 틀어박혀 사는 사람들, 또는 그런 현상'을 가리켜 이르는 말.	사회	2008.4.29.

문장 부호

문장 부호는 글에서 문장의 구조를 드러내거나 글쓴이의 의도를 전달하기 위하여 사용하는 부호이다. 문장 부호의 이름과 사용법은 다음과 같이 정한다.

1. 마침표(.)

(1) 서술, 명령, 청유 등을 나타내는 문장의 끝에 쓴다.

젊은이는 나라의 기둥입니다.
제 손을 꼭 잡으세요.
집으로 돌아갑시다.
가는 말이 고와야 오는 말이 곱다.

[붙임 1] 직접 인용한 문장의 끝에는 쓰는 것을 원칙으로 하되, 쓰지 않는 것을 허용한다.(ㄱ을 원칙으로 하고, ㄴ을 허용함.)

ㄱ. 그는 "지금 바로 떠나자."라고 말하며 서둘러 짐을 챙겼다.
ㄴ. 그는 "지금 바로 떠나자"라고 말하며 서둘러 짐을 챙겼다.

[붙임 2] 용언의 명사형이나 명사로 끝나는 문장에는 쓰는 것을 원칙으로 하되, 쓰지 않는 것을 허용한다.(ㄱ을 원칙으로 하고, ㄴ을 허용함.)

ㄱ. 목적을 이루기 위하여 몸과 마음을 다하여 애를 씀.
ㄴ. 목적을 이루기 위하여 몸과 마음을 다하여 애를 씀

ㄱ. 결과에 연연하지 않고 끝까지 최선을 다하기.
ㄴ. 결과에 연연하지 않고 끝까지 최선을 다하기

ㄱ. 신입 사원 모집을 위한 기업 설명회 개최.
ㄴ. 신입 사원 모집을 위한 기업 설명회 개최

ㄱ. 내일 오전까지 보고서를 제출할 것.
ㄴ. 내일 오전까지 보고서를 제출할 것

다만, 제목이나 표어에는 쓰지 않음을 원칙으로 한다.

압록강은 흐른다
꺼진 불도 다시 보자
건강한 몸 만들기

(2) 아라비아 숫자만으로 연월일을 표시할 때 쓴다.

1919. 3. 1.　　　　10. 1.~10. 12.

(3) 특정한 의미가 있는 날을 표시할 때 월과 일을 나타내는 아라비아 숫자 사이에 쓴다.

3.1 운동　　　　8.15 광복

[붙임] 이때는 마침표 대신 가운뎃점을 쓸 수 있다.

3·1 운동　　　　8·15 광복

(4) 장, 절, 항 등을 표시하는 문자나 숫자 다음에 쓴다.

가. 인명　　　　ㄱ. 머리말

Ⅰ. 서론　　　　1. 연구목적

[붙임] '마침표' 대신 '온점'이라는 용어를 쓸 수 있다.

2. 물음표(?)

(1) 의문문이나 의문을 나타내는 어구의 끝에 쓴다.

점심 먹었어?
이번에 가시면 언제 돌아오세요?
제가 부모님 말씀을 따르지 않을 리가 있겠습니까?
남북이 통일되면 얼마나 좋을까?
다섯 살짜리 꼬마가 이 멀고 험한 곳까지 혼자 왔다?
지금?
뭐라고?
네?

[붙임 1] 한 문장 안에 몇 개의 선택적인 물음이 이어질 때는 맨 끝의 물음에만 쓰고, 각 물음이 독립적일 때는 각 물음의 뒤에 쓴다.

너는 중학생이냐, 고등학생이냐?
너는 여기에 언제 왔니? 어디서 왔니? 무엇하러 왔니?

[붙임 2] 의문의 정도가 약할 때는 물음표 대신 마침표를 쓸 수 있다.

도대체 이 일을 어쩐단 말이냐.
이것이 과연 내가 찾던 행복일까.

다만, 제목이나 표어에는 쓰지 않음을 원칙으로 한다.

역사란 무엇인가　　　　　　　아직도 담배를 피우십니까

(2) 특정한 어구의 내용에 대하여 의심, 빈정거림 등을 표시할 때, 또는 적절한 말을 쓰기 어려울 때 소괄호 안에 쓴다.

우리와 의견을 같이할 사람은 최 선생(?) 정도인 것 같다.
30점이라, 거참 훌륭한(?) 성적이군.
우리 집 강아지가 가출(?)을 했어요.

(3) 모르거나 불확실한 내용임을 나타낼 때 쓴다.

최치원(857~?)은 통일 신라 말기에 이름을 떨쳤던 학자이자 문장가이다.
조선 시대의 시인 강백(1690?~1777?)의 자는 자청이고, 호는 우곡이다.

3. 느낌표(!)

(1) 감탄문이나 감탄사의 끝에 쓴다.

이거 정말 큰일이 났구나!　　　　어머!

[붙임] 감탄의 정도가 약할 때는 느낌표 대신 쉼표나 마침표를 쓸 수 있다.

어, 벌써 끝났네.　　　　　날씨가 참 좋군.

(2) 특별히 강한 느낌을 나타내는 어구, 평서문, 명령문, 청유문에 쓴다.

청춘! 이는 듣기만 하여도 가슴이 설레는 말이다.
이야, 정말 재밌다!
지금 즉시 대답해!
앞만 보고 달리자!

(3) 물음의 말로 놀람이나 항의의 뜻을 나타내는 경우에 쓴다.

이게 누구야!　　　　　　　내가 왜 나빠!

(4) 감정을 넣어 대답하거나 다른 사람을 부를 때 쓴다.

네!　　　　　　　　　　　네, 선생님!
흥부야!　　　　　　　　　언니!

4. 쉼표(,)

(1) 같은 자격의 어구를 열거할 때 그 사이에 쓴다.

근면, 검소, 협동은 우리 겨레의 미덕이다.

충청도의 계룡산, 전라도의 내장산, 강원도의 설악산은 모두 국립 공원이다.
집을 보러 가면 그 집이 내가 원하는 조건에 맞는지, 살기에 편한지, 망가진 곳은 없는지 확인해야 한다.
5보다 작은 자연수는 1, 2, 3, 4이다.

다만, (가) 쉼표 없이도 열거되는 사항임이 쉽게 드러날 때는 쓰지 않을 수 있다.
아버지 어머니께서 함께 오셨어요.
네 돈 내 돈 다 합쳐 보아야 만 원도 안 되겠다.

(나) 열거할 어구들을 생략할 때 사용하는 줄임표 앞에는 쉼표를 쓰지 않는다.
광역시: 광주, 대구, 대전……

(2) 짝을 지어 구별할 때 쓴다.
닭과 지네, 개와 고양이는 상극이다.

(3) 이웃하는 수를 개략적으로 나타낼 때 쓴다.
5, 6세기　　　　　　　　　　6, 7, 8개

(4) 열거의 순서를 나타내는 어구 다음에 쓴다.
첫째, 몸이 튼튼해야 한다.
마지막으로, 무엇보다 마음이 편해야 한다.

(5) 문장의 연결 관계를 분명히 하고자 할 때 절과 절 사이에 쓴다.
콩 심은 데 콩 나고, 팥 심은 데 팥 난다.
저는 신뢰와 정직을 생명과 같이 여기고 살아온바, 이번 비리 사건과는 무관하다는 점을 분명히 밝힙니다.
떡국은 설날의 대표적인 음식인데, 이걸 먹어야 비로소 나이도 한 살 더 먹는다고 한다.

(6) 같은 말이 되풀이되는 것을 피하기 위하여 일정한 부분을 줄여서 열거할 때 쓴다.
여름에는 바다에서, 겨울에는 산에서 휴가를 즐겼다.

(7) 부르거나 대답하는 말 뒤에 쓴다.
지은아, 이리 좀 와 봐.
네, 지금 가겠습니다.

(8) 한 문장 안에서 앞말을 '곧', '다시 말해' 등과 같은 어구로 다시 설명할 때 앞말 다음에 쓴다.

책의 서문, 곧 머리말에는 책을 지은 목적이 드러나 있다.
원만한 인간관계는 말과 관련한 예의, 즉 언어 예절을 갖추는 것에서 시작된다.
호준이 어머니, 다시 말해 나의 누님은 올해로 결혼한 지 20년이 된다.
나에게도 작은 소망, 이를테면 나만의 정원을 가졌으면 하는 소망이 있어.

(9) 문장 앞부분에서 조사 없이 쓰인 제시어나 주제어의 뒤에 쓴다.
돈, 돈이 인생의 전부이더냐?
열정, 이것이야말로 젊은이의 가장 소중한 자산이다.
지금 네가 여기 있다는 것, 그것만으로도 나는 충분히 행복해.
저 친구, 저러다가 큰일 한번 내겠어.
그 사실, 넌 알고 있었지?

(10) 한 문장에 같은 의미의 어구가 반복될 때 앞에 오는 어구 다음에 쓴다.
그의 애국심, 몸을 사리지 않고 국가를 위해 헌신한 정신을 우리는 본받아야 한다.

(11) 도치문에서 도치된 어구들 사이에 쓴다.
이리 오세요, 어머님.
다시 보자, 한강수야.

(12) 바로 다음 말과 직접적인 관계에 있지 않음을 나타낼 때 쓴다.
갑돌이는, 울면서 떠나는 갑순이를 배웅했다.
철원과, 대관령을 중심으로 한 강원도 산간 지대에 예년보다 일찍 첫눈이 내렸습니다.

(13) 문장 중간에 끼어든 어구의 앞뒤에 쓴다.
나는, 솔직히 말하면, 그 말이 별로 탐탁지 않아.
영호는 미소를 띠고, 속으로는 화가 치밀어 올라 잠시라도 견딜 수 없을 만큼 괴로웠지만, 그들을 맞았다.

[붙임 1] 이때는 쉼표 대신 줄표를 쓸 수 있다.
나는 — 솔직히 말하면 — 그 말이 별로 탐탁지 않아.
영호는 미소를 띠고 — 속으로는 화가 치밀어 올라 잠시라도 견딜 수 없을 만큼 괴로웠지만 — 그들을 맞았다.

[붙임 2] 끼어든 어구 안에 다른 쉼표가 들어 있을 때는 쉼표 대신 줄표를 쓴다.
이건 내 것이니까 — 아니, 내가 처음 발견한 것이니까 — 절대로 양보할 수 없다.

(14) 특별한 효과를 위해 끊어 읽는 곳을 나타낼 때 쓴다.

내가, 정말 그 일을 오늘 안에 해낼 수 있을까?
이 전투는 바로 우리가, 우리만이, 승리로 이끌 수 있다.

(15) 짧게 더듬는 말을 표시할 때 쓴다.
선생님, 부, 부정행위라니요? 그런 건 새, 생각조차 하지 않았습니다.

[붙임] '쉼표' 대신 '반점'이라는 용어를 쓸 수 있다.

5. 가운뎃점(·)

(1) 열거할 어구들을 일정한 기준으로 묶어서 나타낼 때 쓴다.
민수 · 영희, 선미 · 준호가 서로 짝이 되어 윷놀이를 하였다.
지금의 경상남도 · 경상북도, 전라남도 · 전라북도, 충청남도 · 충청북도 지역을 예부터 삼남이라 일러 왔다.

(2) 짝을 이루는 어구들 사이에 쓴다.
한(韓) · 이(伊) 양국 간의 무역량이 늘고 있다.
우리는 그 일의 참 · 거짓을 따질 겨를도 없었다.
하천 수질의 조사 · 분석
빨강 · 초록 · 파랑이 빛의 삼원색이다.

다만, 이때는 가운뎃점을 쓰지 않거나 쉼표를 쓸 수도 있다.
한(韓) 이(伊) 양국 간의 무역량이 늘고 있다.
우리는 그 일의 참 거짓을 따질 겨를도 없었다.
하천 수질의 조사, 분석
빨강, 초록, 파랑이 빛의 삼원색이다.

(3) 공통 성분을 줄여서 하나의 어구로 묶을 때 쓴다.
상 · 중 · 하위권 금 · 은 · 동메달
통권 제54 · 55 · 56호

[붙임] 이때는 가운뎃점 대신 쉼표를 쓸 수 있다.
상, 중, 하위권 금, 은, 동메달
통권 제54, 55, 56호

6. 쌍점(:)

(1) 표제 다음에 해당 항목을 들거나 설명을 붙일 때 쓴다.

문방사우: 종이, 붓, 먹, 벼루
일시: 2014년 10월 9일 10시
흔하진 않지만 두 자로 된 성씨도 있다.(예: 남궁, 선우, 황보)
올림표(♯): 음의 높이를 반음 올릴 것을 지시한다.

(2) 희곡 등에서 대화 내용을 제시할 때 말하는 이와 말한 내용 사이에 쓴다.

김 과장: 난 못 참겠다.
아들: 아버지, 제발 제 말씀 좀 들어 보세요.

(3) 시와 분, 장과 절 등을 구별할 때 쓴다.

오전 10:20(오전 10시 20분)
두시언해 6:15(두시언해 제6권 제15장)

(4) 의존명사 '대'가 쓰일 자리에 쓴다.

65:60(65 대 60)　　　청군:백군(청군 대 백군)

[붙임] 쌍점의 앞은 붙여 쓰고 뒤는 띄어 쓴다. 다만, (3)과 (4)에서는 쌍점의 앞뒤를 붙여 쓴다.

7. 빗금(/)

(1) 대비되는 두 개 이상의 어구를 묶어 나타낼 때 그 사이에 쓴다.

먹이다/먹히다　　　남반구/북반구
금메달/은메달/동메달　　　( )이/가 우리나라의 보물 제1호이다.

(2) 기준 단위당 수량을 표시할 때 해당 수량과 기준 단위 사이에 쓴다.

100미터/초　　　1,000원/개

(3) 시의 행이 바뀌는 부분임을 나타낼 때 쓴다.

산에 / 산에 / 피는 꽃은 / 저만치 혼자서 피어 있네

다만, 연이 바뀜을 나타낼 때는 두 번 겹쳐 쓴다.

산에는 꽃 피네 / 꽃이 피네 / 갈 봄 여름 없이 / 꽃이 피네 // 산에 / 산에 / 피는 꽃은 / 저만치 혼자서 피어 있네

[붙임] 빗금의 앞뒤는 (1)과 (2)에서는 붙여 쓰며, (3)에서는 띄어 쓰는 것을 원칙으로 하되 붙여 쓰는 것을 허용한다.
단, (1)에서 대비되는 어구가 두 어절 이상인 경우에는 빗금의 앞뒤를 띄어 쓸 수 있다.

8. 큰따옴표(“ ”)

(1) 글 가운데에서 직접 대화를 표시할 때 쓴다.

“어머니, 제가 가겠어요.” “아니다. 내가 다녀오마.”

(2) 말이나 글을 직접 인용할 때 쓴다.

나는 “어, 광훈이 아니냐?” 하는 소리에 깜짝 놀랐다.
밤하늘에 반짝이는 별들을 보면서 “나는 아무 걱정도 없이 가을 속의 별들을 다 헬 듯합니다.”라는 시구를 떠올렸다.
편지의 끝머리에는 이렇게 적혀 있었다.
“할머니, 편지에 사진을 동봉했다고 하셨지만 봉투 안에는 아무것도 없었어요.”

9. 작은따옴표(‘ ’)

(1) 인용한 말 안에 있는 인용한 말을 나타낼 때 쓴다.

그는 “여러분! ‘시작이 반이다.’라는 말 들어 보셨죠?”라고 말하며 강연을 시작했다.

(2) 마음속으로 한 말을 적을 때 쓴다.

나는 ‘일이 다 틀렸나 보군.’ 하고 생각하였다.
‘이번에는 꼭 이기고야 말겠어.’ 호연이는 마음속으로 몇 번이나 그렇게 다짐하며 주먹을 불끈 쥐었다.

10. 소괄호(( ))

(1) 주석이나 보충적인 내용을 덧붙일 때 쓴다.

니체(독일의 철학자)의 말을 빌리면 다음과 같다.
2014. 12. 19.(금)
문인화의 대표적인 소재인 사군자(매화, 난초, 국화, 대나무)는 고결한 선비 정신을 상징한다.

(2) 우리말 표기와 원어 표기를 아울러 보일 때 쓴다.

기호(嗜好), 자세(姿勢)
커피(coffee), 에티켓(étiquette)

(3) 생략할 수 있는 요소임을 나타낼 때 쓴다.

학교에서 동료 교사를 부를 때는 이름 뒤에 '선생(님)'이라는 말을 덧붙인다.
광개토(대)왕은 고구려의 전성기를 이끌었던 임금이다.

(4) 희곡 등 대화를 적은 글에서 동작이나 분위기, 상태를 드러낼 때 쓴다.

현우: (가쁜 숨을 내쉬며) 왜 이렇게 빨리 뛰어?
"관찰한 것을 쓰는 것이 습관이 되었죠. 그러다 보니, 상상력이 생겼나 봐요." (웃음)

(5) 내용이 들어갈 자리임을 나타낼 때 쓴다.

우리나라의 수도는 (　　)이다.
다음 빈칸에 알맞은 조사를 쓰시오.
민수가 할아버지(　　) 꽃을 드렸다.

(6) 항목의 순서나 종류를 나타내는 숫자나 문자 등에 쓴다.

사람의 인격은 (1) 용모, (2) 언어, (3) 행동, (4) 덕성 등으로 표현된다.
(가) 동해, (나) 서해, (다) 남해

11. 중괄호({　　})

(1) 같은 범주에 속하는 여러 요소를 세로로 묶어서 보일 때 쓴다.

주격조사 { 이 / 가 }　　　　국가의 3요소 { 국토 / 국민 / 주권 }

(2) 열거된 항목 중 어느 하나가 자유롭게 선택될 수 있음을 보일 때 쓴다.

아이들이 모두 학교{에, 로, 까지} 갔어요.

12. 대괄호([　　])

(1) 괄호 안에 또 괄호를 쓸 필요가 있을 때 바깥쪽의 괄호로 쓴다.

어린이날이 새로 제정되었을 당시에는 어린이들에게 경어를 쓰라고 하였다.[윤석중 전집 (1988), 70쪽 참조]
이번 회의에는 두 명[이혜정(실장), 박철용(과장)]만 빼고 모두 참석했습니다.

(2) 고유어에 대응하는 한자어를 함께 보일 때 쓴다.

나이[年歲]　　낱말[單語]　　손발[手足]

(3) 원문에 대한 이해를 돕기 위해 설명이나 논평 등을 덧붙일 때 쓴다.

그것[한글]은 이처럼 정보화 시대에 알맞은 과학적인 문자이다.
신경준의 ≪여암전서≫에 “삼각산은 산이 모두 돌 봉우리인데, 그 으뜸 봉우리를 구름 위에 솟아 있다고 백운(白雲)이라 하며 [이하 생략]”
그런 일은 결코 있을 수 없다.[원문에는 ‘업다’임.]

13. 겹낫표(『 』)와 겹화살괄호(≪ ≫)

책의 제목이나 신문 이름 등을 나타낼 때 쓴다.

우리나라 최초의 민간 신문은 1896년에 창간된 『독립신문』이다. 『훈민정음』은 1997년에 유네스코 세계 기록 유산으로 지정되었다. ≪한성순보≫는 우리나라 최초의 근대 신문이다.
윤동주의 유고 시집인 ≪하늘과 바람과 별과 시≫에는 31편의 시가 실려 있다.

[붙임] 겹낫표나 겹화살괄호 대신 큰따옴표를 쓸 수 있다.

우리나라 최초의 민간 신문은 1896년에 창간된 “독립신문”이다.
윤동주의 유고 시집인 “하늘과 바람과 별과 시”에는 31편의 시가 실려 있다.

14. 홑낫표(「 」)와 홑화살괄호(〈 〉)

소제목, 그림이나 노래와 같은 예술 작품의 제목, 상호, 법률, 규정 등을 나타낼 때 쓴다.

「국어 기본법 시행령」은 「국어 기본법」에서 위임된 사항과 그 시행에 필요한 사항을 규정함을 목적으로 한다.
이 곡은 베르디가 작곡한 「축배의 노래」이다.
사무실 밖에 「해와 달」이라고 쓴 간판을 달았다.
<한강>은 사진집 ≪아름다운 땅≫에 실린 작품이다.
백남준은 2005년에 <엄마>라는 작품을 선보였다.

[붙임] 홑낫표나 홑화살괄호 대신 작은따옴표를 쓸 수 있다.

사무실 밖에 ‘해와 달’이라고 쓴 간판을 달았다.
‘한강’은 사진집 “아름다운 땅”에 실린 작품이다.

15. 줄표(―)

제목 다음에 표시하는 부제의 앞뒤에 쓴다.

이번 토론회의 제목은 ‘역사 바로잡기 ― 근대의 설정 ―’이다.
‘환경 보호 ― 숲 가꾸기 ―’라는 제목으로 글짓기를 했다.

다만, 뒤에 오는 줄표는 생략할 수 있다.

이번 토론회의 제목은 '역사 바로잡기 — 근대의 설정'이다.
'환경 보호 — 숲 가꾸기'라는 제목으로 글짓기를 했다.

[붙임] 줄표의 앞뒤는 띄어 쓰는 것을 원칙으로 하되, 붙여 쓰는 것을 허용한다.

16. 붙임표(-)

(1) 차례대로 이어지는 내용을 하나로 묶어 열거할 때 각 어구 사이에 쓴다.

멀리뛰기는 도움닫기-도약-공중 자세-착지의 순서로 이루어진다.
김 과장은 기획-실무-홍보까지 직접 발로 뛰었다.

(2) 두 개 이상의 어구가 밀접한 관련이 있음을 나타내고자 할 때 쓴다.

드디어 서울-북경의 항로가 열렸다.
원-달러 환율
남한-북한-일본 삼자 관계

17. 물결표(~)

기간이나 거리 또는 범위를 나타낼 때 쓴다.

9월 15일~9월 25일
김정희(1786~1856)
서울~천안 정도는 출퇴근이 가능하다.
이번 시험의 범위는 3~78쪽입니다.

[붙임] 물결표 대신 붙임표를 쓸 수 있다.

9월 15일-9월 25일
김정희(1786-1856)
서울-천안 정도는 출퇴근이 가능하다.
이번 시험의 범위는 3-78쪽입니다.

18. 드러냄표(˙)와 밑줄(___)

문장 내용 중에서 주의가 미쳐야 할 곳이나 중요한 부분을 특별히 드러내 보일 때 쓴다.

한글의 본디 이름은 훈민정음이다
중요한 것은 왜 사느냐가 아니라 어떻게 사느냐이다.
지금 필요한 것은 지식이 아니라 실천입니다.
다음 보기에서 명사가 아닌 것은?

[붙임] 드러냄표나 밑줄 대신 작은따옴표를 쓸 수 있다.

한글의 본디 이름은 '훈민정음'이다.
중요한 것은 '왜 사느냐'가 아니라 '어떻게 사느냐'이다.
지금 필요한 것은 '지식'이 아니라 '실천'입니다.
다음 보기에서 명사가 '아닌' 것은?

19. 숨김표(○, ×)

(1) 금기어나 공공연히 쓰기 어려운 비속어임을 나타낼 때, 그 글자의 수효만큼 쓴다.

배운 사람 입에서 어찌 ○○○란 말이 나올 수 있느냐?
그 말을 듣는 순간 ×××란 말이 목구멍까지 치밀었다.

(2) 비밀을 유지해야 하거나 밝힐 수 없는 사항임을 나타낼 때 쓴다.

1차 시험 합격자는 김○영, 이○준, 박○순 등 모두 3명이다.
육군 ○○ 부대 ○○○ 명이 작전에 참가하였다.
그 모임의 참석자는 김×× 씨, 정×× 씨 등 5명이었다.

20. 빠짐표(□)

(1) 옛 비문이나 문헌 등에서 글자가 분명하지 않을 때 그 글자의 수효만큼 쓴다.

大師爲法主□□賴之大□薦

(2) 글자가 들어가야 할 자리를 나타낼 때 쓴다.

훈민정음의 초성 중에서 아음(牙音)은 □□□의 석 자다.

21. 줄임표(……)

(1) 할 말을 줄였을 때 쓴다.

"어디 나하고 한번……." 하고 민수가 나섰다.

(2) 말이 없음을 나타낼 때 쓴다.

"빨리 말해!"
"……."

(3) 문장이나 글의 일부를 생략할 때 쓴다.

'고유'라는 말은 문자 그대로 본디부터 있었다는 뜻은 아닙니다. …… 같은 역사적 환경에서 공동의 집단생활을 영위해 오는 동안 공동으로 발견된, 사물에 대한 공동의 사고방식을 우리는 한국의 고유 사상이라 부를 수 있다는 것입니다.

(4) 머뭇거림을 보일 때 쓴다.

"우리는 모두…… 그러니까…… 예외 없이 눈물만…… 흘렸다."

[붙임 1] 점은 가운데에 찍는 대신 아래쪽에 찍을 수도 있다.

"어디 나하고 한번......" 하고 민수가 나섰다.

"실은...... 저 사람...... 우리 아저씨일지 몰라."

[붙임 2] 점은 여섯 점을 찍는 대신 세 점을 찍을 수도 있다.

"어디 나하고 한번…." 하고 민수가 나섰다.

"실은... 저 사람... 우리 아저씨일지 몰라."

[붙임 3] 줄임표는 앞말에 붙여 쓴다. 다만, (3)에서는 줄임표의 앞뒤를 띄어 쓴다.

저자 소개

최형용 이화여자대학교 국어국문학과 교수
김선영 이화여자대학교 국어국문학과 석사
진 정 이화여자대학교 국어국문학과 박사과정 수료
한은주 이화여자대학교 국어국문학과 석사

알기 쉽고 쓰기 쉬운 **공공언어**

초판 인쇄 2018년 12월 21일
초판 발행 2018년 12월 28일

지은이 최형용, 김선영, 진 정, 한은주
펴낸이 이대현
편 집 권분옥
디자인 안혜진, 김보연

펴낸곳 도서출판 역락
주 소 서울시 서초구 동광로 46길 6-6 문창빌딩 2층
전 화 02-3409-2060(편집), 02-3409-2058(마케팅)
팩 스 02-3409-2059
등 록 1999년 4월 19일 제303-2002-000014호
이메일 youkrack@hanmail.net
ISBN 979-11-6244-384-2 03810

* 책값은 표지에 있습니다.
* 파본은 구입처에서 교환해 드립니다.